じい様が行く 8
『いのちだいじに』異世界ゆるり旅

A L P H A　L I G H T

蛍石
Hotaruishi

アルファライト文庫

主な登場人物
ルーチェ
正体はブライトスライムという魔族。セイタロウの孫娘として一緒に旅に出る。
セイタロウ
日本で茶園を経営していたじい様。年の功と神様から貰った超スキルを引っさげ、異世界で旅に出る。
バルバル
旅の仲間・ナスティの従魔であるマタギスライム。
ロッツァ
ソニードタートルという種族の巨大亀モンスター。見た目に反して足が非常に速い。

マッシュマシュ
キノコの姿をした
魔族。
バンブルと
不毛な争いを
繰り広げる。
バンブル
タケノコの姿をした
魔族。
長年マッシュマシュと
張り合っている。
シーダー
樹木や板など
様々な姿になれる、
お調子者の
スギの魔族。

旅の中で巡り合った人々

セイタロウの旅の仲間

❖ナスティ♀ …………………… エキドナ種の女性。

❖クリム♂ …………………… 赤い子熊のモンスター。

❖ルージュ♀ …………………… 赤い子熊のモンスター。

❖カブラ …………………… セイタロウに育てられたマンドラゴラ。

ローデンヴァルト時計店

❖イェルク♂ …………………… 時計店の主人。地球のドイツ出身。

❖ユーリア♀ …………………… イェルクの妻。

❖トゥトゥミィル♂ …………… 半人半蜘蛛の美少年。

❖ジンザ♂ …………………… 番(つが)いの紅蓮(ぐれん)ウルフ。

❖レンウ♀ …………………… 番いの紅蓮ウルフ。

商業都市カタシオラ

❖クーハクート・オーサロンド♂ ………… 好々爺然(こうこうやぜん)とした貴族。

❖ツーンピルカ♂ ………… 商業ギルドマスター。大柄(おおがら)で禿頭(とくとう)のエルフ。

❖マックス♂ …………………… 商業ギルドのコーヒー、紅茶仕入れ担当。

❖クラウス♂ …………………… 商業ギルドのレシピ管理担当。

❖シロルティア♀ ……………… 商業ギルドの飲食店関係担当。

❖マル♂ …………………… 商業ギルド見習いの少年。

❖カッサンテ♀ ……………… 商業ギルド見習いの少女。

❖ズッパズィート♀ ………… 冒険者ギルド管理官。

❖デュカク♂ …………………… 冒険者ギルドマスター。魔法に秀(ひい)でた影人族。

❖カナ=ナ♀ & カナ=ワ♀ …………………… 影人族の姉妹。冒険者。

❖ドン・ブランコ♂ …………… 冒険者パーティ『野犬』のボス。

《 1 焼き具合論争 》

日本での生を終えた儂――アサオ・セイタロウが異世界フィロソフに転生して……いや、そんな大層な感じもせんし、移住と言うべきかもしれんな。こっちに来てなんだかんだと時間も経ったので、大分この世界にも慣れたわい。

家族も増えて、行く先々で良い人や物との出会いにも恵まれとる。今いる商業都市カタシオラに家も買ったし、仲の良いご近所さんや馴染みの店も出来た。まだ見ぬ巡り合わせも、問題が起こることも――多少程度ならば――楽しみなもんじゃて。

そうそう、先日はチュンズメと呼ばれる一族の屋敷にまで行ってきたんじゃ。どうやらこのチュンズメの祖先は、地球出身の雀らしくてな。違う世界に来てまで、『雀のお宿』を経験できるとは思わなんだよ。

チュンズメの屋敷から先に帰ってきた儂らに遅れること五日。『野犬』と呼ばれる冒険者集団の頭領ドン・ブランコがカタシオラへ戻ってきた。バイキングを開けていたら、ふらっと訪れてな。ブランコの相方候補であるチュンズメ『お嬢』の姿は見えんので、一人で帰ってきたみたいじゃ。

「……接待漬けの毎日だったぜ……」

覇気の感じられん瞳で、随分と存在感が薄くなっとるように見える。一味の頭を張っとる者には見えんわい。ただ、儂と同じ「いのちだいじに」を信条に掲げてるようじゃし、諜報を頼んでいる『お嬢』の相手も自分が生き残る為に必要なことだったんじゃろ。

ブランコは大人二人分の金を払い、席に座りよった。よくよく見れば、ブランコの左肩に一羽のチュンズメが止まっておる。白と茶の斑な翼を持つその者の分も、払ったようじゃ。

しかし、今まで見たチュンズメよりも小さく、普通の雀くらいじゃよ。ならば食べる量的に大人一人分には満たないと思うんじゃが……なんで大人二人分の代金なんじゃろか？あの大きさじゃ、自分一羽では盛り付けもできんと思うぞ。

様子を窺っていたら、案の定、ブランコと常に行動を共にしておる。量も品もまったく同じように、二皿に盛っていくブランコ。盛り付けられる料理は、チュンズメの屋敷で作らなかった品ばかりじゃよ。

料理が山盛りになった皿を卓へ置くと、チュンズメとブランコは対面で席に着く。皿に向かってお辞儀をしたら、勢い良く食べ始めた。「食べられる時にしっかり食べておくのは、冒険者の癖」と言っておったブランコの食べる速さは、かなりのものじゃよ。それに引けをとらん勢いでチュンズメの前の料理も消えていく。様子見していた儂を始め、そばの卓で食事していた客、うちで店員をやってくれとる近所の奥さんらまで目が点になっとるよ。

あまりの出来事に目を疑い、自分の両目を擦っていたら、チュンズメの皿が空になりよった。ブランコの皿には、まだ半人前くらいの量が残っとる。食べ終わらんブランコを置いてけぼりにして、チュンズメは一羽だけで飛び立ち、次に食べる料理の品定めを始めた。野菜の煮物や汁物、うどんやパスタを見ては次の皿へと移っとるぞ。

チュンズメが次に向かったのは、ナスティの受け持つ灼熱の鉄板の前じゃ。今日は三本も角を持つ巨牛ヌイソンバのステーキを焼いておる。ニンニクとタマネギをしっかり炒めたソースを使っておってな。香りが辺りに広がっておるよ。その為、ナスティの前には常に人集りが出来とる。なのに回転が早くてのぅ……一人の客がずっと待ってるなんてことはないんじゃ。

チュンズメは人垣の上からナスティを観察し、何度か頷いたと思ったら最後尾にしっかりと並びよった。足元に降りるのは危険じゃからな。ちゃんと空中で留まっておるよ。

チュンズメの一つ前でステーキを待つ女の子が振り返る。背格好から冒険者と思われるその子が、自分の肩をぽんと叩いた。肩に止まれと言ってるんじゃろ。チュンズメも理解したようでそこに止まる。落ち着いたチュンズメの後ろには、ブランコが立っておるんじゃが……そちらに移る気は、チュンズメにはなさそうじゃよ。一瞥くれただけで、ナスティへ向き直っておるからの。そんなことをしとる間にも列の順番は進んでいく。

「次の方はどうしますか～？」

「良く焼き、ソース多めで！」

ナスティの問いに、チュンズメを肩に乗せた子が答えよる。チュンズメも頷いておるが、お前さんはブランコと一緒に注文せんと分かり難くなるぞ。

「は～い～。お兄さんは～？」

「俺も同じで」

ブランコが答えると、そこでやっとチュンズメが女の子の肩から移動する。良く焼くといえども、さして時間はかからん。あっという間に仕上がり、三皿同時に提供された。そのうち二皿をブランコが受け取り、また卓へ戻っていく。

「良く焼きなど邪道である！　薄ら赤みの残る肉……それこそ至高！」

列の後方に並んでいた茶色い短髪の男が、なぜか座に着いたブランコに突っかかりよった。焼き方など各個人の自由じゃよ。客の好きな焼き具合を叶える為に、ナスティは聞いておるんじゃからな。それを無視して、自分の好みを押し付けるとは……

「……好きに食べてるんだから、いいじゃねぇか」

ステーキを切る手も、咀嚼も止めんブランコが相手しとるが、非常に面倒臭そうな顔じゃ。チュンズメはそんなこと意に介さず、ステーキを齧っておった。短髪男はそんな態度に腹が立ったのかもしれん。卓を激しく叩くと、ステーキ皿が宙を舞い、チュンズメの顔や身体にソースがかかった。

「あっ！　お前、謝って逃げ――」

ブランコが言い終わる前に、短髪男はバク宙のように飛んでおった。

「……遅かったか。今度から、食事時には気を付けろよ」

盛大に飛ぶ男に意識があるのかは分からん。それでも一応教えておこうと、ブランコは言っておるんじゃろ。宙に浮かぶ男に左手を伸ばしたと思ったブランコが掴んだのは、チュンズメじゃった。

ソースまみれになっとるが、その身体は三倍くらいに膨らんでおる。どうやら怒りで我を忘れとるらしい。ブランコの手の中で暴れとるが、チュンズメは抜け出せん。まだやり足りないようで、短髪男を蹴り飛ばそうと足を伸ばし、突こうと首を前に出しとるがの。

宙を舞う短髪男は、後方に数回転して頭から着地しよった。逆エビ状に反ったまま動かん。他の客の迷惑になるから、儂自ら排除しようと思ったのに必要なかったわい。魔法を使おうと人差し指を立てていたんじゃがのう……とりあえず、チュンズメとブランコを綺麗にしてやるか。

「《清浄》」

ブランコの左手と、それに掴まれたチュンズメが、元の色に戻っていく。

「あぁ、すまねぇな。食事の邪魔をされたから、暴れちまったんだ」

謝るブランコに儂は笑顔で応え、暴れるチュンズメに新たなステーキ皿を見せる。すると途端にチュンズメの身体が小さくなり、卓へと戻るのじゃった。

「問題ないじゃろ。食べてるところを邪魔されれば、誰だって怒るのは当たり前じゃ。難癖つけたこやつが阿呆なだけじゃて……ところで、これは前から来てたのか？」

片付けようと儂の隣に来ていた太めの奥さんに聞いてみたら、

「初めてかな？　……たぶん」

と言っておる。

まだ微動だにせん短髪男の意識は戻らんし、店の隅に寝かせておこう。念の為、回復魔法くらいはかけておいてやるか。

儂がそんなことをしとる間に、客らは自分の食事に戻っておった。どこの卓でも肉の焼き具合を論じておる。それぞれが好きな焼き加減を力説しており、ナスティが焼いた実物を見せ合っとるよ。客からの細かな要望にも応えるナスティの技量に、儂は驚くばかりじゃった。

《２　騎士だったそうじゃ》

先日、チュンズメに熨された短髪男は、国内の貴族に仕える騎士だったらしい。その件で、儂に抗議しようにも、店に来られないで困っとるそうじゃ。

後に遺恨を残すくらいなら、目覚めた時に文句の一つでも言えば済んだものを……何も言わずに帰ってしまった自身の落ち度じゃろうて……

あの日の状況を奥さんや常連客に聞いたところ、どうも入店して早々チュンズメたちへ絡んだらしくてな。道理であれだけ激しく飛んだのに、胃の中の物を吐き出さんはずじゃよ。

となると何も食べずに代金だけ払ったことになる。それはまずいと、後日返金しておいたんじゃ。そのことも奴から言わせれば、抗議の一因みたいでな。一方的に死角から暴力を振るわれた上、店の対応も不備だらけだったと愚痴っとるそうじゃよ。

「何かしたのか？」

と、その騎士が店に来られない理由を、茶飲み仲間のクーハクートに聞かれたが、儂は何もしとらん。強いて言えば、主神イスリールからもらって近所のイェルクたちに預けた茶ノ木のせいかのぅ……元々ローデンヴァルト夫妻が商う時計店へ掛けられていた加護が強くなり、少し離れたこの家まで影響下に含まれとるからな。悪意や害意がある者は近付くことすらできん。

その力が働いておる以上、あの短髪男――どこかの騎士様は、儂らにとって宜しくない人物ってことになる。来店できない騎士様と違って、熨した犯人のチュンズメは、店に何度も来れとるがの。

「いや、説明は受けたのだがな……それなりの立場だったそうで、引くに引けない状況みたいだぞ」

「チュンズメ相手に決闘でも申し込むのか？　『食事は楽しく、美味しく、無駄にせず』が大事なのに、それを邪魔したのはあやつのほうじゃからな。チュンズメに非はありゃせん。もしも、そんなことになるなら、客であるチュンズメの代理で儂が出るぞ。のぅ？」

今日も元気にステーキを食べるチュンズメに聞いてみれば、素っ気なく頷くだけじゃ。儂の言っていることは分かっとるみたいなのに、随分とつれない反応じゃよ。今は、儂の相手をするよりステーキのほうが大事なんじゃと、態度がそう物語っとる。

ステーキの上客になっているチュンズメにナスティも笑顔じゃよ。他の客からの悪評も一切出ておらん。行儀良く、綺麗にたくさん食べる姿は愛らしく、逆に大好評なくらいじゃからな。誰かしらチュンズメの盛り付けの手伝いをするほどじゃて。

そのチュンズメは今、あと少しで開店できる奥さんたちの菓子店へ住み着いておる。腕っぷしが強いから、用心棒として雇えないか聞いてみたんじゃ。これが予想外にはまって、なんとチュンズメがカタシオラへ来た理由と合致したんじゃよ。

ここへ来たのはチュンズメの親分さんからの指示で、儂との繋がりを保つのが本当の目的だったらしい。そんな時、渡りに船とばかりに儂からの提案でな。二つ返事で受けてくれたわい。どちらにも利がある、良い契約じゃった。

労働の対価は、儂や奥さんが作る料理で十分とも言っておる。「それぐらいでいいなら」と奥さんたちは喜んでおったが、現役冒険者のブランコと同じ量を食べるからのう……金銭(きんせん)にしたらそこそこの額になるやもしれん。まぁ、普通に冒険者を雇うよりは安そうじゃし、妥当(だとう)な線か。

ステーキを食べ続けるチュンズメを、儂と一緒に眺(なが)めるクーハクートも緩(ゆる)い表情をしておる。ただ、思い返したように下がった目尻(めじり)を上げることも忘れん。後ろに控(ひか)えるメイドさん三人は、全員が頬(ほお)を緩めて眺めておるがの。

「隠居(いんきょ)したとはいえ貴族であるクーハクートの顔を潰(つぶ)すのもなんじゃな。とりあえず屋敷にでも行けばいいか？」

「すまんな。そうしてもらえると助かる」

クーハクートは儂に答えてから、メイドさんたちに一言二言だけの指示を出す。それだけで行動に移したメイドさんたちは、先ほどまでの緩んだ表情を消しておった。

店から離れることを皆に伝え、あとを任(まか)せたら、クーハクートと共に屋敷へ向かう。なぜかスライムのバルバルも同行したがったので、儂の左肩に乗せておるよ。

屋敷までの道すがら、相手の騎士様のことを聞いたんじゃが、近隣随一(きんりんずいいち)の騎士との触(ふ)れ込みだったそうじゃ。それが、武器を持っていなかったとはいえ、一撃で小さなチュンズメに倒されたのか……確かに体裁が悪いのぅ。

目撃していた客らは、言い触らすような者ではないが、どこから話が洩れるか分からん。それで、店とチュンズメを悪者に仕立て、自分の保身を図っとるんじゃな。

「しかし、あれで随一とは……どの辺りまで含んどるか知らんが、この国は大丈夫なのか？　冒険者に敵わんじゃろ」

「あくまで騎士としてだからな。見栄えばかりの装備品。美しさだけの剣技。安全な模擬戦。貴族位などを鑑みた組み合わせによる順位決定戦……そんなものの結果だよ。真に強い者は警備兵などになっている」

あぁ、それでか。フォスの街で警備隊長をしておるジルクなどは、あの騎士より段違いで強かったからな。死を身近に感じる、危険な現場を生き抜き守り抜いた者と、ままごとな手習いで育った者では、純然たる違いも出るじゃろて。心構えも力量も、雲泥の差になるのは当然じゃ。

クーハクートと会話しながら歩けば、ほどなくして屋敷に着いた。門前では執事さんが待っておった。

「お待ちになっております」

そう告げる執事さんが指し示す先は中庭じゃ。そこへクーハクートたちと共に足を運ぶ。

待ち構えていたのは、金ぴかの鎧に身を包み、地面に刺した剣の柄に手を置く騎士と、頭の上で金の髪が聳え立つほどとぐろを巻いている、奇妙な……おかしな……奇抜な格好をしたふくよかな女性じゃった。鬼の形相の騎士と違い、こちらは満面の笑みじゃよ。

「卑怯にも死角から襲ったあの魔物はどうした！」

大声を張り上げる騎士じゃが、鎧がカタカタと鳴っておる。そりゃそうじゃろ。この寒空の下で、金属の鎧なんて着てたら冷えるに決まっとる。こやつ、やはり阿呆じゃ。

「正面からのぶちかましじゃったし、難癖付けたのはお前さんじゃよ。それにチュンズメは魔物ではないぞ」

「否！　あのような汚い手を使うのだ！　魔物に決まっている！」

儂の言葉に耳を貸さず、真っ向から否定しよる。声の大きさだけで張り合う愚者が騎士とはのぅ……騎士を観察しとる間に、ふくよかな女性がクーハクートの隣へ移動しておった。

クーハクートに何かを耳打ちしとる。女性の話に何度か頷いてから儂を見たクーハクートの顔は、実に悪い笑顔になっとるよ。

「熨せますか？　と聞かれたぞ。この機会に〆なおすそうだ」

悪童顔のクーハクートは、こともなげにそう言い放つ。ふくよかな女性は、にこにこしたまま頷いておる。女性の髪形に対抗意識を燃やしたのか、バルバルが儂の左肩でとぐろを巻きよった。

「口だけの騎士など必要ありません。いろいろ折ってやってくださいな」

少しばかり年齢を感じる声で女性が付け足す。この言葉、阿呆の耳にも届いたようで、鎧から出る音が一段と大きくなった。

「そんな依頼は冒険者にしてほしいもんじゃがのぅ。当事者が儂じゃから、仕方ないか……」

横でクーハクートが笑っておる。断り難い状況に持ち込まれた儂を笑うのか、ここに来ても事態を把握し切れていない騎士を笑っとるのか判断できん……あ、いや、これは両方じゃな。

「このまま放っておいて、家族やチュンズメを狙われたらいかん。なので懲らしめるのは分かった。ただ、一方的な暴力はいかんじゃろ？」

すると、笑顔を消したクーハクートが、儂の肩口へ顔を寄せる。

「主人の依頼なのだから構わんよ。それに、頼んできたあの女性は、アサオ殿にとって得な相手だぞ？　珍しい果実が豊富に採れる南方の領主だからな」

人との繋がり……しかも、儂の欲しがる食材を出せるかもしれん相手を提示しよるか。騎士に対して腹を立てとる儂に、利点まで教えるとはクーハクートは上手いのぅ。ここまでされたら断る必要はないわい。

「いいんじゃな？」

念の為、女性に再度確認したが笑顔で頷くのみじゃ。

それを見て、再び騎士に向き直ると、ぷるぷる震えておった。寒さだけでなく、怒りまで加わり、遂には爆発したみたいでな。

「魔物の前に、貴様を成敗してくれる！」

大音声の宣言と共に、儂へ突きを入れてきよった。女騎士リェンの足元にも及ばんくらいの、ハエが止まるかと思うほど遅い突きじゃった。

それを難なく躱し、騎士の伸び切った右肘に外側から掌底を軽く当てる。たったこれだけで、騎士は剣を落としよった。何かを仕込んでいて誘っているのかと疑ったが、ただの実力なんじゃな。なにせ……

「ひ、肘がーーーーーッ!!」

こう叫んでおるからの。

「正々堂々打ち合え！」

騎士は右肘を押さえながら蹲り、儂を見上げて睨んどる。

「構える前に打ち込んできたのはお前さんじゃ。ちょいと避けて、手のひらを当てただけじゃろ？」

顔を真っ赤にして、額に脂汗を滲ませた騎士は、小瓶を取り出して飲み始めた。飲み終えるまでゆうに数秒……敵を目の前にして随分と悠長なもんじゃ。待つ義理もないが、また卑怯だなんだと言われるのも鬱陶しくてな。待っていたら、小瓶を投げつけられた。

「甘いわ！」

小狡い手で隙を作り、落ちている剣を拾おうと走る騎士じゃが、どっちが甘いんじゃろか。

飛んできた小瓶をバルバルが受け取り消化していく。それを片目で見ながら、儂は剣までひとつ飛びじゃ。なんとか剣を掴めた騎士は、やっとその切っ先に儂がいることに気付いたようでな。持ち上げようとした剣を右足で踏みつけてやれば、立ち上がることもできずに、地面と柄で手を挟まれて騒いでおるよ。きっと儂を睨みつける騎士が、

「な、何をする！　その足をどか――」

何かを言いかけたが、儂は既に次の行動に移っとる。騎士の右腕を踏み台に左足で飛び上がり、右の膝を側頭部に叩き込む。頭を軽く揺らす程度にまで加減した膝蹴りじゃったが、騎士を昏倒させるには十分だったようでな。ゆっくり崩れ落ちる騎士に意識はもう残っておらんかった。

「おぉ、いかんいかん。まったく耐えられんか。《快癒》」

剣の上に転がって傷を負われても困ると思い、回復させつつ騎士を横倒しにする。そのまま仰向けにしても、白目を剥いたままじゃった。一応、鑑定もしてみたが、体力は全快じゃし、異常も付いておらん。しかし、この騎士のステータスは、冒険者の足元にも及ば

んのぅ。なのにステータスに依存した剣の振りで技量も感じられんとは……これじゃ誰一人守れんと思うのは儂だけなんじゃろか？

　憐れみを込めた目で観察していたら、やっと騎士が目を覚ます。

「に、二対一とはなんと卑劣な！」

　儂とバルバルを険しい視線で射抜き、そんなことを言い放ちよった。自分のしたことを棚に上げ、相手のみを非難するとは、恥ずかしくないんかの？

「開始の合図を待たずに斬りつけてきたのは誰じゃ？　お前さんの回復を待ってた儂に小瓶を投げたのは？　この二件は卑怯な手と言わんのか？」

「騎士のすることは全てが正しいのだ！」

　そう言うなり騎士が剣の柄を捻った。柄の中へ何やら仕込んでいたんじゃろ。手のひらに入れたそれを掴み、儂へ投げつける。白い粉が儂の顔辺りを包もうとしておるが、慌てず騒がず一歩下がって魔法を唱えるのみじゃ。

　この騎士が《風刃》に耐えられるとは思えんから、カナ＝ナの嬢ちゃんに教わった、風を送るだけのやつじゃよ。風に押し流された白い粉が、翻って騎士を襲う。

　咽せて、嘔吐いて、目を擦る騎士は、なりふり構わず剣を振り回す。

「正々堂々戦え！」

「「お前が言うな」」

騎士の吐いた言葉に、儂とクーハクートが異口同音で反応してしまったわい。ふくよかな女性は、もう騎士を見ておらん。匙を投げ、庇うに値しないと見捨てたんじゃろ。

ぶんぶんと剣を振り回す騎士は、まだ前が見えんらしい。儂は難なく背後を取り、膝裏を軽く小突く。かくんと崩れ落ちた騎士が、土下座の姿勢になった。剣を蹴り飛ばしてから、その腕を捻り上げて肩から指先まで順繰りで極めていく。泣き叫ぶ騎士は、それでも罵詈雑言を吐き続けておったよ。余りにうるさくて思わず《沈黙》をかけるほどじゃ。

数分の後、一切の動きを止めた騎士から儂は手を離す。痛みの限界を超えたので、また失神してしまったようでな。再び介抱しようとした途端、ふくよかな女性が近付いてくる。あれよあれよという間に、騎士は身包み剥がされよったわい。

「貴方には過ぎた鎧でしたね」

それだけ言うと、また笑顔になる女性。鎧と剣を自前の袋に仕舞いこんで、代わりに取り出した一通の手紙を儂にくれた。それを儂が受け取ると、軽く会釈してからクーハクートの屋敷の中へ消えていく。

「儂は、こやつを解雇する為に使われたんかのぅ？」

「かもしれん。とはいえ紹介状はもらえたのだ。ならば良いではないか……これは、こちらで処理しておくよ。しかし、わざわざ屋敷まで来てもらったのに、もてなしもせずに帰すのも体裁が悪い……よし、時間も時間だ、食事にしよう。アサオ殿が料理指導した者たちの上達ぶりを、その舌で確認してもらういい機会だろう」

クーハクートは、儂の予定を勝手に決めたかと思えば、即座に手を打ちよった。バルバルが魚人メイドのトビーに抱えられて運ばれとる。儂は執事さんに案内されたし、残るクーハクートとメイドさん数人で騎士の後始末をしとったよ。

儂は屋敷での食事に付き合い、料理の改善点などを教えた。気になったことがあれば、どんなに些細なことでも言ってほしいと頼まれてな。食材の大きさ、火加減や盛り付けに至るまで、事細かに伝えたんじゃ。

その際、あのとぐろ髪の女性も同席しておってのぅ。一緒に食べた屋敷の料理をいたく気に入ったそうで、彼女の料理番の修業先がこの屋敷に決まっとったよ。

《　3　客同士の繋がり　》

クーハクートに紹介してもらったとぐろ髪の女性は、あの一件の後、何度か店を訪れておる。貴族だというのに、護衛も付けずに一人でふらりと来よってな。クーハクートのところのメイドさんはおるが、彼女らの業務は儂から料理を学ぶことで、客を守ることではないんじゃよ。そう説明したら、

「騎士より……いえ、誰よりも強い店主がいますでしょ？」

と優雅に笑いよった。

「儂がいても、客同士の些細ないざこざは起こるもんじゃろ」

そう儂が告げても、暖簾に腕押しでな。注意はしてあるんじゃ。これから何かあっても、自分で対処してもらうとしよう。それでも問題になるくらいの案件なら、クーハクートに丸投げじゃよ。

ここ数日は、チュンズメの屋敷に隣接したダンジョン『飢え知らズ』より持ち帰った食材を活用しつつ、店を開けておる。

今日の客層は、冒険者の比率が半分以上と随分高くてな。そんな冒険者たちの中に、クーハクートとぐろ髪の女性が、違和感なく混ざっとる。儂と常連の客が見慣れたことに加え、繰り返し店に通ううちに、一般市民と見間違えるくらいの服装にまで落ち着いてくれたんじゃ。

だもんで、冒険者が軽口で話しかけとるわけじゃが……どの料理が好きか、何を食べたかなどの話題で、話に花が咲いとる。しかし、あの特徴的なとぐろ髪で、市民とは思えんはずなんじゃがのう……それとも何か？　儂が知らんだけで、ごくごく普通なのか？

客の動きと、料理の減り方に注意しながら、冒険者と楽しく食事するクーハクートたちを儂は観察しとる。無礼討ちなんぞ起こる気配はないし、気に掛ける程度で良さそうじゃ。

ここ数日でめっきり気温が下がり、儂らの吐く息も真っ白じゃ。《結界》に包まれたこの店なら、凍えるようなことはないんじゃが、汁物と煮込み料理がよく出とる。あとは、肉料理もじゃな。純粋に力が付きそうだと、冒険者らが競うように食べよるから、ナスティが大わらわになっとるわい。最近、特に持ち場を持っておらん儂は、ナスティの手伝いに入ろうかの。

「……蜘蛛？」

ナスティの鉄板焼きの前で順番を待っていた常連冒険者のギザが、震える手で指さす先にはアラクネの美少年・トゥトゥミィルがおった。それぞれ頻繁に来店しとるが、今まで会わんかったのか……そういえば、ギザは蜘蛛がダメとか言っておったのぅ。となるとアラクネ種も苦手か。

ギザに指さされていることに気付かんトゥトゥミィルは、にこやかな表情で儂に近付いて来とる。まだナスティの近くでないここなら、誰の邪魔にもなるまいて。

「アサオさん、今日のオススメは何ですか？」

「串焼きを頬張りながらじゃ、行儀が悪いぞ。ほれ、頬が汚れとる」

トゥトゥミィルの頬に付いたタレを拭い、弱い《清浄》をかけてやる。されるがままのトゥトゥミィルは笑っておった。そして、綺麗になればちゃんと礼を言ってくれる。そんな儂とトゥトゥミィルのやり取りを間近で見たギザは、呆然としておった。

「今日はかき揚げうどんがオススメじゃな。身体の芯から温まるぞ。とはいえ、冒険者たちがステーキばかり食べとるからのぅ。儂も肉を食べたい気分ではある。ギザは何にするんじゃ？」

トゥトゥミィルから聞かれたことに答え、視界に入るギザにも話を振ってみた。ギザは目を真ん丸にしとる。儂らを見ていたんじゃ、会話の流れくらいは把握しとるじゃろ？

「……アサオさんのとこに来たんだから、私はステーキかな。それをごはんに載せるつもり」

ギザの持っている皿には、ごはんがよそわれとる。その横のは漬物じゃな。ギザが指さした卓を見ると、既に汁物の椀が置かれとった。そしてリェンが食事の真っ最中じゃ。儂らの視線に気付いたリェンが、山盛りの白飯をかきこむのを止めた。よくよく見れば、ステーキが載っておるようじゃな。

「おぉ、ステーキ丼か。それはいい案じゃ。トゥトゥミィルもそれにするか？」

「アサオさんの薦めてくれたかき揚げうどんも気になります。でも、どっちも食べたら多いし……」

悩み出してしまったトゥトゥミィルは、表情がころころ変わりよる。いろいろ食べたくても、まだ子供じゃからな。食べられる絶対量は決まっておるし、難しいところじゃろ。そんなトゥトゥミィルを儂と一緒に見ていたギザは、吹き出しとった。百面相のトゥトゥミィルのおかげか、蜘蛛に対する苦手意識は消えたのかもしれん。

「なら、私と半分こにしない？　そうしたら、どっちも食べられるよ」

「いいんですか？」

少しばかり首を傾げるトゥトゥミィルのほうが、遠慮気味にしておるわい。

「私から言ってるんだし、いいの。あ、そうだ。アサオさん、少し小さめの器があるといいかもね。女性や小さい子にはありがたいと思うよ」

「ふむ。だったら、とりあえずこれを使ってくれ」

儂は言うなり【無限収納】から、小鉢や小皿を取り出す。以前に転移させられたペシルステンテで仕入れた磁器や陶器じゃ。色使いや形が独特でな。使い時を待っていたら、【無限収納】に仕舞いっぱなしだったんじゃよ。やっと日の目を見ることができたぞ。

珍しい食器じゃから、トゥトゥミィルもギザもしげしげと眺めとる。似たような大きさと形の器を、この国でも作ってもらうよう頼んでみるか。木工となれば、フォスの職人ポニアかのぅ……いや、他の街の工房にも依頼して、仕上がりの違いを見てみるのも面白そうじゃな。

ギザとトゥトゥミィルは、ナスティに焼いてもらったステーキを丼物に仕上げ、そのまま店内でかき揚げうどんを受け取っていた。他にも煮物や揚げ物、漬物にサラダも盛り付けとるな。それを運ぶのはトゥトゥミィルが率先してやっているようじゃ。リエンの待つ卓には、もう皿がたくさんじゃよ。

リエンもトゥトゥミィルは初見だったみたいじゃが、驚くことなくすんなり受け入れとるわい。一言二言の挨拶くらいしかしとらんぞ。儂らが話していたのを見とるからかのぅ。

そんな様子を見ていたら、ギザが儂の隣に立っておった。その右手にはロッツァの仕上げた焼き魚を盛った皿があり、とても美味しそうな匂いを漂わせとる。

「どうした?」

「アサオさん、私の蜘蛛嫌いを気にして、トゥトゥミィルちゃんに会わせなかったんでしょ」

儂の顔を覗き込み、そんなことを言ってきおる。

「いや、たまたま時間が合わずに、出会わなかっただけじゃろ。蜘蛛嫌いは治ったのか?」

ぶんぶんと音が聞こえるくらい、ギザは首を横に振った。

「嫌いなまま変わらないわよ。今だって見たくない。考えただけで鳥肌ものだもん。ほら、ね?」

目の前に差し出されたギザの左腕には、びっしり鳥肌が立っておる。想像だけでこれほど出るなら、現物は見れんじゃろ……

「その割には、トゥトゥミィルは平気なんじゃな」

「だってあの子、可愛いじゃない。見た目が綺麗で、表情がころころ変わるって……もう全力で愛でるべきでしょ!」

焼き魚の皿ごと右手を振り上げる。魚が落ちないか心配で、思わず儂が手を出せば、ギザもそれに気付いたようでな。慌てながらも、そっと右腕を下ろしよった。

「まぁ、大丈夫そうなら、あの子と仲良くしてやってくれ」

「頼まれてするものじゃないでしょ？　自分の意志でトゥトゥミィルちゃんと仲良くなるわよ」

儂に笑って答えたギザは、リエンとトゥトゥミィルの待つ卓へ歩いていく。途中で奥さんが厨房から出した、新たな料理も盛り付けての。それから、三人で楽しそうに食事をしておるよ。

ギザもリエンもトゥトゥミィルも、儂からしたら子供みたいなもんじゃ。喧嘩するよりかは、仲良くしてくれたほうが、儂の心が安泰でな。ま、子供たちに任せよう。今やるべきなのは、ナスティの周りに集まる客の応対じゃよ。

「アサオさ～ん、お好み焼きが食べたいって～、皆が言ってますよ～」

ナスティの言葉を肯定するように、幾人も頷いておる。

「通常メニューになってないお好み焼きを、どこで知ったんじゃ？」

聞くと、全員が揃ってそっぽを向きよった。

「時間がかかるから、ナスティの鉄板焼きと分けるぞ。希望者はこっちに並んでくれ」

儂の言葉で、ナスティの前の列が三分の一になってしまったぞ。

どうやらお好み焼きが食べられる日を、皆は心待ちにしていたようでな。今度、お好み焼きの日を作ることになったのじゃった。

《4　森へ散歩》

朝ごはんを終え、クリムとルージュと一緒に稽古をしていたら、狼獣人のムニが顔を見せよった。定期的にルーチェたちとの乱取りなどを頼んでおるんじゃよ。とはいえ今日は違うはずなんじゃが……

「……自分の修業……頼む」

ムニはそれだけ言うと儂の前で構えを見せる。謝礼として払っているのは、普段の食事だけじゃからのぅ。こうして希望された時は、なるたけ応えてやるようにしとるんじゃ。得物なしの体術のみでな。

儂はどうとでも対処できるよう、軽く膝を曲げて重心を下げる。

呼吸を止めて一瞬で距離を詰めるムニから繰り出される右拳を払い落とす。その勢いを逆に利用して身体を旋回させたムニが、左腕で裏拳を放ちよる。上段から振り下ろされる一撃は、かなりの重さになっとるようじゃ。それを受け止めて動きを止めでもしたら、それこそ危険でな。儂は半身で避けながら、またも軌道を逸らす。

直後に今度は右の中段回し蹴りが来る。蹴り足を受け止めて足首を固めてから、ムニの内腿に向けて捻りながら倒れこむ。今回は儂がムニの勢いを利用してやった。

　一緒に倒れた儂とムニじゃが、ここで手を止めてはいかん。すかさず捻らなかったほうの左足を掴んでくるりと回り、右足の上に交差させる。儂の足を絡ませてあるから、これで極めじゃ。なんとか上半身を起こして儂を殴ろうとするムニじゃったが、ちょいと足をずらすだけで激痛が走るようでな。一分くらいで負けを認めよった。

「……痛い……」

　足の戒めを解いてやったら、うつ伏せになって悲しそうな顔をしておる。

「返し方、教えて」

　そう頼まれたら教えるしかないじゃろ。

「膝を交差される前に殴るのが一番じゃ……とはいえ、かかってしまったら身体を裏返すくらいかの」

　ふんふんと頷いとるムニに足四の字固めを教え、試しにと儂へかけさせてみる。

「これをひっくり返すと――」

　儂は身体を捻り、ムニごと反転する。

「……痛い……」

「こうなるんじゃよ。技をかけていたつもりが、かけられていた……そんな事態になりかねんから注意が必要じゃぞ」

　もう一度捻って元に戻り、足を解いてもらう。

ムニには関節技が珍しいらしく、毎回のように新しい技を一つ教えておるよ。腕、足、首、腰といくらでも攻め手があるからのぅ。なんだったら指にだってかけられる。極め方を知れば、避け方や狙い方にも繋がるはずじゃ。なのでムニも積極的に覚えとるんじゃろな。

今日の組手を終えれば、ムニは帰っていった。この後、儂はマンドラゴラのカブラと一緒に出掛ける予定になっとる。近くの森まで散歩に行きたいと言われてな。キノコや木の実の補充がてらに行くんじゃよ。森ならクリムとルージュもか？　そう思い二匹を見たが、首を横に振っておる。その後、どこかを指してくれたが、そっちにあるのは……

「イエルクたちのところか？」

どうやら正解だったらしい。こくりと頷いてから、二匹は揃って出掛けていった。

ルーチェとナスティにも聞いてみたが、今日は行かんそうじゃ。一緒に何かするんじゃと。それ以上は秘密で、儂には教えんと言われたわい。

「あ、じいちゃん。どっか行くのか？」

身支度を終えて、家を出ようとしたところをカナ＝ナに見つかった。相変わらずカナ＝ワも一緒におり、駆け足で迫る二人に挟まれてしまったわい。

「カブラと一緒に森まで散歩じゃ。ついでにキノコや木の実を採れればいいんじゃが……一緒に来るか？」

「「行く!!」」

元気に答えた二人を連れて、今は街道を歩いておる。どこの森に行くのかはカブラ次第でな。近場で脅威になるような魔物もおらんし、のんびりとしたもんじゃよ。

街道に出てくるラビにウルフ、あとは大ぶりな山鳥をカナ＝ナたちが狩っておる。魔力の加減も手慣れたようで、必要最小限の火力でやっとるよ。なので疲労も微々たるもんじゃ。しかも狙う魔物は、味が良いものばかりでな。その辺りの見極めも上手になっとるのは良いことじゃて。カナ＝ナとカナ＝ワは、これを披露したくて同行したのかもしれん。

狩った後の処理の技術も向上しとるぞ。皮を剝ぐのはまだ覚えておらんようで、血抜きと内臓の処理だけやっておる。とはいえ、そこまでしてあれば、未処理のものとは食べる時に比べものにならん差が出てくるもんじゃ。

狩りと処理をしつつ歩いていたら、一時間ほどで森に着いた。今日のカブラの目的地は、この街道脇の森らしい。生えとる木に飛び乗っては、何かを確かめとるようじゃ。

狩りを頑張ったカナ＝ナたちは、次にキノコ採りを始めた。とりあえず手当たり次第に、目につくキノコを採りまくっておるが……半分以上は食べられなそうじゃよ。触るだけでは害のない程度の毒性なので、二人が毒にあたったり麻痺を起こしたりはしとらんぞ。

「カナ＝ナが今採ったキノコは、食べたら麻痺するんじゃ。カナ＝ワのは、トイレから出てこれんな」

カナ＝ナが持つのは、黄色い傘を緑の斑点が鮮やかに彩るキノコ。片や、軸がほとんど見当たらない、どす黒いキノコを取り上げたのがカナ＝ワじゃ。

「……食べちゃダメ」

「そうだね。じゃあいらないね」

二人はじっと手に持つキノコを観察してから、ぽいと捨てる。

「あぁ、食べられんだけで、薬や罠には使えるんじゃぞ。だから儂にくれんか？」

「「はい！」」

二人は投げたキノコをもう一度拾い直して、それから手渡してくれた。他にも採っていた分を受け取り、【無限収納】に仕舞えば、勝手に中で仕分けてくれてのぅ。便利な機能じゃよ。

「触ったら危ないキノコもあるから、気を付けるんじゃぞ。食べたことあるキノコだけ採ってくれれば、十分役に立つんじゃからな」

「はーい！」

「……分かった」

笑顔で答えてくれた二人と一緒にキノコ集めを続けて、儂らは少しずつ森の奥へ進んでいく。

カブラは相変わらず、木の幹に取り付いて何かしとるよ。手伝いを頼まれんし、何をしとるのかも教えてくれんからな。静観に徹しとるんじゃ。

「じいちゃん。これは食べられる？　ほら」

カナ＝ナが親指と人差し指で挟んで持ち上げたのは、長さ10センチ、直径3センチほどの木の実らしきものじゃった。縦長の形からシイの実っぽく見えるが、随分と大きいわい。カナ＝ナを見ていたら、今度は左からぬっと腕が伸びてくる。カナ＝ワも拾った木の実を見せてきよった。こちらは丸い感じで、儂の知るクヌギの実によく似とる。

儂の右手にはシイらしき木の実。左手にはクヌギに似た木の実。儂の手のひらに山盛り載せたら、二人はまた拾いに行ってしまった。さて、このどんぐりをどうするか。

「どちらも食べ方を知らんぞ……あぁ、食べることに限定しなければいいんじゃな。そろそろ店に来る子供たちにも、新しい玩具が必要な頃じゃて」

周囲に生える木を見てみれば、低い木々に混ざって幾本かが、巨木になっとる。その根元を中心に木の実が落ちているようじゃ。カナ＝ナとカナ＝ワは、被っていた帽子を逆さにして木の実を拾っておった。二人はあっという間に拾い集め、すぐに帽子を一杯にして儂のところまで持って来とるよ。

一生懸命、木の実を拾う二人が微笑ましくてのぅ。渡されたどんぐりを一つ手に取っては、小刀で切り込みを入れて顔を描いてみた。線と点だけの簡単なものじゃが、なんとなく特徴を出してやれば、それとなく誰かに似るもんじゃよ。

そんなことをしているうちに昼時じゃ。皆でおにぎりやサンドイッチで昼ごはんにする。森に来るまでに獲ったラビなどは、カナ＝ナたちの今後の為に残しておいてあるぞ。二人とも容量は小さいながらも、マジックバッグを持っておったからのぅ。なんでも儂のところに通い出してから買ったんじゃと。素材だけでなく、料理などを入れておけば、いつでもどこでも食べられるからと、探し回ったそうじゃよ。

カナ＝ナとカナ＝ワと一緒に昼ごはんを食べておったら、遠巻きに冒険者が一人、儂らを見ていた。特に声をかけてくるでもなし、獲物を狙っている素振りも見えん。《索敵》で確認したら、付近に仲間がおったみたいでな。一分と経たずに見えなくなったよ。

昼ごはんの腹ごなしがてら、どんぐり人形を追加で作っておったら、カブラが儂の足元に滑り込んできた。何かに追われているように大慌てな感じでじゃ。カブラの後ろを見ても何も見当たらんし、《索敵》で確認しても分からん。不思議に思い、首を捻っていると、少しばかり地面が揺れた。

「じいちゃん、何かいるぞ」

「……下です」

どんぐり拾いでまた離れていたカナ＝ナたちが、地面をじっと見ながら儂のもとへ戻ってきた。直後、儂らの前に現れたのはピンク色の太い柱じゃ。身体の表面を粘液で滑らせており、てかてかしとるよ。どう見てもミミズなんじゃが、巨大すぎて全体像が測れんわ

い。今、地面から出てるのもきっと一部なんじゃろ。

『なんぞ、面白い気配に来てみれば……翁か』

大気を激しく揺らしておる。念話でなく、声を響かせとるようじゃが、こちらも大きすぎてよく分からんわい。鎌首をもたげるように儂を見下ろしとるぞ。辛うじて『翁』と聞こえたから、きっと儂に用事があるんじゃろな。

カブラ、カナ＝ナ、カナ＝ワが三人して、耳を塞いで苦悶の表情を浮かべておった。儂は《快癒》と《治療》を三人にかけてやり、それからミミズへ向けて話し始める。

「もう少し小さな声で頼む。耳が壊れそうなんじゃよ」

『これくらいか？　すまんな。会話自体がいつ以来か分からんくらいで、加減を忘れていた……地の女神から聞いたのだが、ドリアードから何かもらってるのだろう？　それをこの地に撒いてくれぬか？』

一気に音量を絞ってくれたミミズは、素直に謝罪を述べる。どうやら【無限収納】に仕舞ったままのものが目当てらしい。ドリアードはなんぞ強くなれると言っておったが、大地に撒いてもいいのか。儂が持ってても宝の持ち腐れのようじゃし、構わんじゃろ。このミミズからは敵意を感じん。

「これでいいか？」

儂は【無限収納】から濃緑の蔦を取り出し、ミミズの前に置いてみる。喜んでいるのか、地面から出てる先っぽが震えとるよ。

『ありがたい。しかし、このままでは……』

この場に置いた蔦は仕舞ってあるうちの半分くらいでな。しかももらった時のままじゃから、生命力に溢(あふ)れとる。どうやら、このままでは具合が良くないようじゃな。

『吸収しやすい形ならば、何でもいいのだが……できまいか？』

「なら、少し待っとれ。切ってから燃やしてみよう」

言うなり指を振ってみたが、カナ＝ナに止められた。

「私がやるのだ！」

カナ＝ナが話しとる間に、カナ＝ワの詠唱(えいしょう)が終わったらしい。

「《風刃(ウィンドエッジ)》」

ドリアードの蔦が細切(こまぎ)れになっていく。切り終わる頃には、カナ＝ナの魔法が放たれた。

「《炎柱(フレイムピラー)》」

詠唱を聞いていたら《火球(ファイアーボール)》だったんじゃが、火球が爆(は)ぜてしまうから今回の作業には適しとらん。そのことに途中で気付いたんじゃろ。カナ＝ナの出した《炎柱(フレイムピラー)》は、蔦を燃やし尽(つ)くしてから、真っ白い灰を作りよった。

「できたのだ！」

「……失敗しなくて良かったです」

まだ熱を帯びとるが、問題はなさそうじゃよ。ミミズが自分の身体に塗しよったからのぅ。そのまま地面に潜り、あちこち走り回っとるみたいじゃ。しかし、巨体の割に極々小さな揺れしか感じんぞ。

『これでこの森も活気を取り戻すだろう。何か礼をせねばなるまい』

もこっと地面を持ち上げ、再び顔を出したミミズは、そう言った。

「ならばお前さんがかき混ぜた土をもらえんか？　知り合いのマンドラゴラが喜びそうなんじゃ」

『そんなことでいいのか？』

「あとは、粘液の付いた泥や、お前さんの排泄物も畑に良さそうでな。もらえるか？」

一拍置いたのち、ミミズが大笑いを始めた。

『好きなだけ持っていけ』

ひとしきり笑ったあと、儂から少し離れ、ミミズは頼んだものの小山を作ってくれたのじゃった。

「……何に使うの？」

それを見ていたカナ＝ワが首を捻っておる。カナ＝ナに至っては、顔を顰めとる。

「エーンガチョ」

魔法以外にも新たなことを知りたいカナ＝ワと、魔法以外に興味がなく率直な意見を口にするカナ＝ナ。

「野菜にとっては大事な栄養なんじゃよ。そのまま口に入れるわけでもないし、臭わんじゃろ？　それにカブラを見てみ？　嬉しそうに踊っておる」

儂の頭の上で小躍りするカブラを指させば、カナ＝ワは納得してくれたようじゃ。まだ、どんなふうに野菜を作っているかを教えてなかったな。今度カナ＝ナを連れて行ってやるか。そしたら、きっと分かってくれるはずじゃて。

ミミズからの謝礼を【無限収納】に仕舞い、儂らは森をあとにした。帰り道、カブラに聞いてみたんじゃが、木々に取り付いていたのは、健康診断みたいなことをしていたんじゃと。どうにも元気がないので、悩んでいたらあのミミズが来たそうじゃ。あまりに大物が来たんで、儂のところまで慌てて戻ったらしい。

「ん？　大物なのか？」

「ドリアードはんが、森の主。あの方は、地面の主なんや」

カナ＝ナとカナ＝ワと手を繋ぎ、儂のほうを振り返りながら、カブラはそんなことを言っておった。

《 5 どんぐりで工作教室 》

カブラと一緒に出掛けた森で、カナ＝ナとカナ＝ワが集めてくれたどんぐり。帽子にいっぱい入れては、儂のもとに運ぶのを繰り返してくれたから、【無限収納（インベントリ）】にたんまり入っておるよ。それを使って、今日は工作をしようと思ってな。どんぐりの中に虫なんぞいたら、子供たちが怖（こわ）がるかもしれん。なので、全部まとめて《駆除（リドベスト）》をかけておいた。その際、いくつかのシイの実には、虫でない先客が棲（す）んでおったようで、ころころとどこかへ行ってしまったわい。《索敵（レコナ）》も赤く反応しとらんし、イスリールの加護にも浄化（じょうか）されとらんようじゃからの。無害な住人だったんじゃろ。

儂は今、工作教室の参加者の為に昼ごはんとおやつを仕込んでおる。手伝いのルーチェが張り切っておってな。予想よりも大分多く出来上がっとるよ。いつものおやつであるポテチやかりんとうの量産も十分じゃて、他にも作りたいものがあるかと、ルーチェに聞いてみたら、

「工作をしながらでも食べられるおやつ！」

との希望を出されたんじゃ。ポテチもかりんとうも食べられるが、手が汚れるか……となると串を持つなり、スプーンやフォークを使うなりするものがいいかのぅ。

あまり手の込んだものだと工作しながらは難しいじゃろか……とりあえず焼き団子（だんご）を作ってみるか。確か作ってなかったと思うしの。醤油味（しょうゆあじ）の焼き団子とみたらし団子なら、大人も子供も食べられるじゃろ。緑茶にも合うから、休憩（きゅうけい）にもってこいじゃな。

あとは白玉（しらたま）団子にしよう。あれならつるりとした食感と、甘い汁で食べやすいと思うか

らの。

「昼ごはんはどうする？」

「それは我がやろう」

ルーチェに問うたんじゃが、思わぬところから返事が来た。庭から儂らを見ていたロッツァじゃった。顔だけ窓から覗かせておる。

「クリムとルージュが貝を獲りたいそうでな。それを焼いておこう。アサオ殿には、貝で晩ごはんを頼む。麺が食べたいのだが、できるだろうか？」

「貝ダシのうどんでも、汁多めのスパゲティでもできるぞ。まぁどちらを作るかは、獲ってきてくれた貝を見てからじゃな。貝が苦手な子がおるかもしれん。一応、魚も頼む」

「分かった。では、行くぞ」

窓から離れたロッツァの背には、クリムとルージュが乗っておったよ。踊るように跳ねて、元気いっぱいじゃ。

ロッツァたちを見送り、儂は団子を作り続ける。どんどん捏ねて、成型して、串に刺してと忙しくてな。猫の手も借りたいほどじゃったよ。そんな儂を見兼ねたのか、手伝いをする機会を見つけたのか分からんが、バルバルとカブラが儂の両隣にいてくれとる。

団子を捏ねて、おおよその大きさに千切るまでが儂の役目になり、成型はカブラがやってくれとるんじゃ。その後、串を身体から生やしたバルバルが、真ん丸になった団子を三個貫きよる。それを受け取ったルーチェがとても美味(うま)そうに焼いておる。話し合ったかのように流れ作業が出来上がったわい。

いつも串焼きを絶妙(ぜつみょう)に仕上げるルーチェの上手さは知っておったが、カブラやバルバルがこんな芸当を隠(かく)し持っていたとはのぅ。

おやつの準備が万端整(ばんたんととの)った頃、店の庭には三十人ほどの親子が集まっておったよ。ナスティが今日やることを皆に説明しとる。説明を聞いておるだけなのに、子供たちは勿論(もちろん)、親まで期待に満ち溢れた目を儂らに向けとるわい。

ナスティの説明を引継(ひきつ)ぎ、儂が補足(ほそく)するのは怪我(けが)に注意することや、刃物で遊ばないことなどじゃ。今日使う素材も伝えたが、竹ひごやどんぐり、小石や貝殻(かいがら)に興味津々(しんしん)みたいでな。

「怪我したら痛いからのぅ……気を付けるんじゃぞ」

この一言で、説明を終わらせた。

ここからは、儂が作るのを見ながら一緒にやっていく。一度手本を示してやれば、その後は好きなように作っていけるはずじゃからな。とはいえ、まったく同じ工程で作っても差は出てくるものじゃて。良い具合に個性として表に出るんじゃよ。

どんぐりの頭に小さな穴を開けて、そこへ軸となる短い串を刺していく。たったこれだけでも楽しいんじゃろ。子供たちは、きゃっきゃきゃっきゃと騒いどるよ。早速作ったどんぐり独楽を卓の上で回してみる。中心をとれた独楽は良く回り、ずれたものは独特な回転を見せて倒れる。それだって楽しいもんじゃ。だって自分で作った、自分だけの玩具じゃからな。

上手に回らせるコツをちょっとだけ教えれば、子供たちはすぐさま新しい独楽を作り出す。親も同じような顔をして、楽しんでおる。作っては回し、回してはまた新しい独楽を作っとるよ。一部の子らは、色塗りが楽しいらしい。大きさや形を選別して、染料を見繕って、顔や模様に仕立てたら、嬉しそうに笑っとるわい。

独楽の次に儂が教えたのは、ヤジロベエ。これは、飛ばしたり回したりせんから、活発な子には向かんかもしれん。ただ、子供が作ったヤジロベエを家に飾れるからのぅ。親やその上の世代にはいいじゃろ。

真っ直ぐの竹ひごを二本刺す子もおるし、湾曲している竹ひごを三本刺す子もおってな。中央のどんぐりを顔にする子がおれば、形を活かして卵のように塗る子もおる。竹ひごの先端に付ける素材も、木の実や小石、貝殻の子もおるんじゃ。いやぁ、子供たちの発想力は面白いもんじゃよ。

なんだかんだと工作していれば、庭の端から良い匂いが漂ってきよった。昼ごはんに間に合うようにロッツァが焼いてくれとる貝や魚が、皆の腹を刺激してな。もう注意力散漫なんてもんじゃないわい。こんな状況で続けても怪我するだけじゃて、一度切り上げた。

昼ごはんを食べながらも、自分たちで作ったヤジロベエと独楽の品評会は続いておる。さすがに独楽を回しながら食べるような真似はさせておらんがの。それでも自作した物を見ながらの食事は美味いんじゃろ。おにぎりにサンドイッチ、バーガーなどがじゃんじゃか消えていきよった。一部の親は、ヤジロベエを肴に飲む勢いじゃよ。

食事を終えた儂は、午後の準備を始める。暖簾でも作ってみようかと思ったんじゃ。いろんな素材に、穴開け用の錐。紐や糸、あとはそれらを通しやすいように針かの。

子供たちは親と一緒に、食休みまで済ませたようでな。支度をしとる儂の動きが、気になって仕方ないらしい。その際、前回作った竹とんぼを希望されたんじゃ。ただ、教えられる者がおらん。そう思って周囲を見ていたらルーチェと目が合った。そしてすっと手を挙げられる。その補佐にナスティが付いてくれることになったので、竹とんぼ作りはまるっと投げておいた。

大人しめの子は色塗りや絵付けが楽しいようじゃから、二枚貝の内側に絵を描いてから遊ぶ絵合わせを教える。暖簾作りも思った以上の人気じゃよ。

なんだかんだと時間が過ぎる。おやつの頃になると、イェルクとその妻のユーリアが顔を出しよった。二人に懐いた紅蓮ウルフのジンザとレンウが籠を背負っておるが、中身はなんじゃ？　足取りがふらついておらんから、きっと軽いものだとは思うんじゃが……

「みんなー、こんなの作らなーい？」

　ユーリアが子供たちに呼びかける。自身に視線が集まった頃合いを見計らって、ジンザの背負う籠をごそごそ。取り出したのは、長さ一尺を超える装飾前のクリスマスツリーじゃった。隣に立つイェルクは、飾り付けの素材を持っておるわい。大小様々な松ぼっくりじゃ。ついでにガラス玉や棒、小さい真っ赤な球も持っとるな。

「これまた大きいのぅ」

「レンウたちが持ってきてくれたんですよ」

　にこりと笑うイェルクに、儂は問いかけた。子供らはユーリアの周りに集まって、その手に持つツリーに目を輝かせとる。

「このプラっぽい飾りはどうしたんじゃ？」

「作りましたよ。端切れや端材、小石などをいろいろしましてね」

　念の為、小声で聞いたが、プラではないみたいじゃな。ただ、いろいろしたってことは、何かしらのスキルじゃろ。こんな加工ができる者を、儂はこっちで見ておらん。となると、あまり大っぴらにせんほうが良さそうじゃ。

「私たちも一緒に作りたいなー。皆どう？」

「「いいよー」」

　儂にウィンクしたユーリアが子供たちに問いかけると、元気な声が返ってくる。

「じゃあ、一緒にやろうねー」

あっという間にユーリアは子供に囲まれてしまった。それでも竹とんぼを作る子はおるし、色塗りをする子も残っておった。ただ、ユーリアのところへ行きたいんじゃろ。気になって仕方がない顔をしとるからの。

「ユーリアと一緒なのは、今日だけかもしれん。いや、次もあると思うが、いつかは分からんからのぅ。行ってくるといい」

「……うん！」

きらきらお目目で即答じゃった。

竹とんぼの先生を買って出たルーチェも、あの子らと同じ顔をしとる。

「ルーチェもじゃぞ」

「行ってきまーす」

ルーチェがナスティを引っ張って、輪(わ)の中に進んでおる。

「あら～、毛糸もあるじゃないですか～」

レンウの背負う籠を覗いたナスティが、赤青黄色と色とりどりの毛糸を持ち上げた。

「ありますよ。飾り付けの種類が多いほうが嬉しいじゃないですか」

にこにこ笑いながらイエルクが答え、他の素材も並べ出した。砂利(じゃり)と同じくらいの粒(つぶ)になった宝石や鉱石も含まれておる。子供たちの為とはいえ、奮発(ふんぱつ)しすぎじゃろ。

そんな風に思っていたら、イエルクに、

「アサオさんの食事だって同じようなものですよね」

と言われてしまったわい。

おやつを食べながら、わいわい楽しむ皆を儂は見ておる。ふと家のほうを見たら、二十歳（はたち）そこそこの男女が立っておった。儂と目が合い、軽くお辞儀をしてくれる。どうやら儂に用があるみたいじゃ。

「すまんのぅ。今日は店を開いておらんから、何も食べられんのじゃよ」

「あ、いえ。アサオさん？　にこれを渡すのが依頼だったんで、ここに来たんです」

腰の鞄（かばん）から一枚の紙を取り出し、儂へ手渡してくる青年。二つに折り曲げただけの手紙のようじゃ。ただ、手紙を寄越（よこ）すような相手はおらんぞ？

「誰からの依頼なんじゃ？　とんと心当たりがないんじゃが……」

「冒険者ギルドで直接頼まれたんです。名前は分かりません。でも、手付金をもらえましたから、悪い人じゃないと思いますよ」

「なんか寒そうだったね。こんな季節にものすっごい薄手（うすで）の服だったもん」

儂も含めて三人揃って首を傾げる。ただ、依頼主の格好を思い出したのか、女の子はにしっと笑っておった。

手紙を読んでも、やはり相手は分からん。日時と場所が書いてあるだけじゃ。

「誰かは分からんが、金を払ってまで悪戯（いたずら）はせんじゃろ。とりあえず、配達ありがとの。

これは儂からの駄賃（だちん）と思って食べてくれ」

儂は鞄を探すふりをして、【無限収納（インベントリ）】から取り出した小袋を二つ渡す。こんな寒い中来てくれた二人に、温かいバーガーの差し入れじゃ。これに二人は喜んでくれてな。

「口に合うようなら、今度は食べに来ておくれ」

二人はお辞儀をして帰っていきよる。帰りながらバーガーを頬張り、顔を突き合わせておったよ。その後、儂へ向かって大きく手を振り続け、見えなくなるまでずっとやっておったわい。

「さてさて、この手紙をどうするか……」

そう零（こぼ）した儂の言葉は、楽し気（げ）に笑う子供たちの声に塗りつぶされるのじゃった。

《6　お弁当》

「あの、何日か前、森にいませんでしたか？」

バイキングの入り口で代金を受け取っていた儂に、一人の冒険者が声をかけてきた。その話し方は疑うというより、自信がない感じじゃよ。低身長の痩（や）せ型で髪も短く刈（か）り上げられとるから、男か女か判別できん。声も中性的でのう。

「いたぞ。木の実やキノコを採ってたんじゃ」

「いっぱい採れたよ！」

「……たくさん集めました」

料理を並べる手伝い真っ最中のカナ＝ナとカナ＝ワが、儂の横から答えておる。にこっと笑う二人を見て、冒険者は何かを確信したようじゃ。

「やっぱり！」

ぱぁっと顔を綻(ほころ)ばすと、儂の手を握(にぎ)ってぶんぶん上下に揺らす。

「あの時見た食べ物が知りたかったんです。ついでに買えたらと思って！」

「「あの時の？」」

カナ＝ナとカナ＝ワが二人して首を傾げよった。森で食べてたのは昼ごはんじゃから、おにぎりやサンドイッチじゃな。となると、この子は儂らを見てた冒険者なのか。

「昼ごはんのことじゃよ。少し離れたところに、何人かいたみたいでな。その一人なんじゃろ？」

「はい！」

元気に答える冒険者は、変わらず儂の手を掴んで振っておるよ。

「お店に並んでますか？」

まだ儂の手を離さんのに、意識はもう店内に向いとる。

「ないよ」

「……出してないです」

カナ＝ナたちの答えを聞いた途端、冒険者の動きがぴたりと止まった。そして、ギギギと音が聞こえるくらいのぎこちなさで、首を回して儂に泣き顔を見せる。何かを言いたそうに口を動かし、諦(あきら)め、また言いたそうに上目遣(うわめづか)いじゃ。

「おにぎりとサンドイッチは簡単に作れるから、すぐにでも出せるが――」

「お願いします！」

「どこか適当な席に座って待っておれ」

「はい！」

狼獣人のムニを思わせるほど、この冒険者は従順(じゅうじゅん)な雰囲気(ふんいき)を醸(かも)し出しとるよ。あ、似てるのも納得かもしれん。今は、頭の上に耳が出とるし、尻尾も激しく揺れとるわい。丸い耳じゃが、種族は何の獣人じゃろな？

観察しながらサンドイッチとおにぎりを【無限収納(インベントリ)】から取り出す。これを一人前として冒険者のところへ持って行ってやり、他の客の分は受付近くで作って即追加じゃ。さすがに代金を受け取る役目を兼務(けんむ)するのは難しくての。今はカブラが交代してくれとるよ。

ここ最近、店ではあまり出しておらんかったからか、おにぎりとサンドイッチは飛ぶように売れ、あっという間に消えてしまった。

「まだ必要か？」

と聞けば、咀嚼中だというのに、客のほとんどが頷く始末じゃ。何人かは無理な動きだったらしく咽せておる。慌てて汁物を口にしたら熱かったんじゃな。涙目になっとるわい。

「食べ物は逃げんから、落ち着いて食べるんじゃぞ」

泣いてる子らに注意してから、儂はおにぎり作りに戻る。

そういえば、とおにぎりを渇望していた子を見てみれば、昆布の常備菜をもりもり食べておった。どうやら一品ずつ皿に盛り、それを完食しているみたいじゃよ。

みるみる目減りしていく昆布が消えると、おにぎりの子がまた料理を盛りに行く。行った先は野菜の煮しめ。昆布の隣じゃから、端から順に食べ進めていっとるようじゃ。その後、煮魚、肉の煮込み、ロッツァの焼き魚、ルーチェの串焼き、ナスティのステーキと進んでおるわい。それにしても速さが変わらん。淡々と同じペースなんじゃ。早食いするでも、口に目いっぱい詰め込むでもなく、綺麗にずっと変わらんペースで食べとる。見ているこっちは気持ちいいもんじゃよ。

ひと通り食べ終わったのか、おにぎりの子が儂の前に戻ってきた。

「どれも美味しいです。でも、一番はこれでした」

そう言いながら、おにぎりを二つ皿へ盛る。

「そうか。中身を変えれば、それこそ無限に種類が出来るからのぅ。米に飽きなければ、主食と主菜がいっぺんにとれるし、冒険者には便利かもしれんな」

「あ、そうです。これって市場や店で普通に売ってないんですか？」

儂に質問しながら、タマゴサンド、ハムサンド、野菜サンドと皿へ盛り続けておった。

「誰からも頼まれんから、ここで出してるだけじゃよ。ん？　持ち帰りにしたいのか？」

「はい！」

「あ、俺も」

「私もー！」

儂とこの子の会話に耳を欹てていたらしく、常連客たちが次々手を挙げ始めたわい。

「なんじゃ。思った以上に希望者がいたんじゃな……」

「いやー、悪いかと思ってさ」

「うんうん」

常連客の男女が頷いておる。

「腹痛を起こされても困るから、やるならおにぎりの具は梅干し限定じゃぞ」

「あの、赤くて酸っぱいのだけ⁉」

挙がっていた手が何本か下がる。それでもまだ十人は超えとるぞ。

「出先で食べるのに苦労するのは分かるが、万が一腹を下したら戦えんじゃろ？　必死に攻撃を受けたのに、漏らすかもと心配して力が入らんなんて危なすぎじゃ。その点、梅干しは殺菌効果があるから、いくらか長持ちするんじゃよ。とはいえ、寒い季節でも二～三日がいいとこじゃな。それでもいいなら作るが、どうする？」

「「「お願いします！」」」

　下がらなかった手の持ち主が、一斉に儂へ頼むのじゃった。

　ついでとばかりに、サンドイッチも頼まれたんじゃが、そっちはその日のうちに食べ切ることを約束できた者のみにしておいた。こちらも具材を儂が指定することになったから、タマゴサンドやフルーツサンドは断ったんじゃよ。なので幾人かは残念そうにしておったが、それでも持ち帰りが魅力的らしくてな。ハムサンドと野菜サンド限定でもかなりの数が出たよ。

　サンドイッチが二種類なのに、おにぎりの具が梅干しだけだと可哀そうじゃろ。そう思って、醤油味の焼きおにぎりとネギ味噌焼きおにぎりも追加してやった。サンドイッチもおにぎりも、一人当たり合わせて十個までにしたが、大きめなんじゃから十分じゃろ。冒険者や職人でも満腹になれるよう、かなり大きめにしたからのぅ。

　儂が思った以上に持ち帰りは人気じゃったよ。これからも続けてほしいと希望者が続出しておるわい。通常営業を奥さんたちに任せ、儂はおにぎりとサンドイッチを量産するのじゃった。

《 7 希望多数につき 》

一部の料理を持ち帰り可能にしたら、これが大好評でな。持ち運びや保存性を高めた料理の開発を、と冒険者や職人さんから頼まれるほどじゃよ。期待に応えたいところじゃが、儂の作れる料理なんて限られとるから、

「できるかどうか分からんぞ」

とだけ答えてある。それに対して客たちは、

「できたら嬉しいけど、今のままでもすごいって。これを続けてくれるだけでもありがたいんだ」

そう言ってくれておる。まぁ、難しく考えんで、薬味や香辛料を多用してみるか。そんなことを考えて、店が休みの今日、儂は通商港と市場を探索しとるんじゃ。

久しぶりに顔を出した通商港では、人魚のテッラに出迎えられたわい。いつものように海水がたっぷりたたえられた盥に入っておる。珍しい食材や調味料の入荷を聞いてみれば、数日前の便で入ったらしい。聞いたこともない名前の香辛料が何点かじゃが、鑑定してみればなんとかなるじゃろ。とりあえず紹介状を書いてもらえたわい。

新たな食材は特にないらしく、少しばかり困った顔をしとったよ。とはいえ、儂が欲しい白米や大豆などは入荷したそうじゃからな。そちらも仕入先を紹介してもらえた。聞く

ところによれば、穀物や豆類を主に扱ってるそうなんじゃよ。顔を見せただけで二軒も教えてもらえた儂は、ほくほくじゃ。

テッラと世間話をしている時に、バイキングで持ち帰りを始めたことを伝えたら、儂らの会話を聞いていた職員たちが目の色を変えておった。

「明日、早速伺わせてもらいます！」

そう一人が代表で儂に告げ、残る全員で頷いとったよ。

「こりゃ、頑張らんといかんな」

「若い子たちがご迷惑をお掛けしますね……すみませんがよろしくお願いします」

顎髭を弄る儂に、なんとも情けない顔を見せるテッラじゃった。

「お客さんの生の声じゃからの。帰ったら何種類も試作してみよう」

通商港をあとにした儂は、紹介してもらった商会へ顔を出す。白米などは、チュンズメのところのダンジョン『飢え知らズ』で十分とはいえ、普通に店からも仕入れられればそれに越したことはないからな。全部をダンジョンに頼るのも危険じゃし、一店舗に頼り切りも心許ない。

となればどちらからも仕入れができるようにしたいもんじゃ。それに、こちらでも普通に扱える白米なら、儂が商業ギルドに登録した料理も広まってくれると思うんじゃよ。

顔を出した商会は、ムギ、アワ、ヒエ、キビも扱っておった。あと、トウモロコシが大量じゃったな。店員さんが教えてくれたんじゃが、これらは主に家畜向けらしくてな。どれもが乾燥したものじゃったよ。ただ、儂らが食べても問題ないから仕入れておいた。儂の鑑定さんも美味しく食べる方法を教えてくれたしのぅ。

トウモロコシは、黄色と白だけでなく、赤や紫、茶色に緑と様々な色が混ざっておった。ひと房の中でこんな風に生るそうでな。日本にいた頃には知らんかったが、地球にもあったのかのぅ……新たな発見が多いわい。

格安のトウモロコシやキビなどばかりが売れても、店の実りが少ないじゃろ？　なので、大豆、ヒヨコ豆やレンズ豆も仕入れておいた。大量一括購入の上、テッラの紹介状は効果覿面だったのかもしれん。かなりの値引きをされたわい。支払いの時に顔を合わせた商会の頭領さんは、儂より若いおっさんじゃったよ。

「今後とも、ご贔屓に！」

なんて言いながら手もみをしておったが、この文化はどこへ行っても変わらんのか……

もう一軒の店は、通りを三本跨いだ先にあるようでな。今出てきた店の丁稚っぽい子に案内してもらえた。一度で上得意になるわけでもないと思うが……まぁ、厚意を無下に断るのも悪くてな。案内のお礼にと少しばかりの駄賃を包んで、少年は帰してやった。

大店かと勝手に想像していたんじゃが、こぢんまりとした店じゃったよ。適度に品物が並び、客への応対も懇切丁寧な良い店じゃ。過度の接客をせんのも儂好みじゃな。

まだまだ若い女性が店主のようで、最近仕入れた香辛料を見せてもらった。鑑定してみたら、どれもこれも中華料理向けのようじゃよ。唐辛子だけで五種類もあったしのぅ。八角や陳皮、桂皮に花椒と基本の香辛料が買えたのはありがたいことじゃ。店主が調合した五香粉もあったから、それも買えたよ。

それらとは別に置かれていた根っこも仕入れじゃ。以前に仕入れたウコンとはまた別の品種のようでな。赤や紫、橙に近い黄色のものと、彩り豊かじゃった。他にも気になったものを買い漁っていたら、結構な額になってしまったわい。

店主がはらはらしとったが、支払えるからいらん杞憂じゃよ……と思っとったら、どうやら儂の支払い能力でなく、つり銭の心配をしていたようじゃ。確かに、全部を金貨で支払えば、つり銭も馬鹿にならん量じゃからな。なので儂はぴったり払っておいたよ。そしたら、おまけに蜂蜜を固めた飴らしきものをもらえた。作り方を知りたかったが、秘密のようで教えてもらえず残念じゃった。

そういえば、こっちの店ではテッラの紹介状を見せんかったな。支払いを済ませてからも店内を見学させてもらっている時に、そのことを店主へ聞いてみた。

「誰からの紹介だろうと、気に入らない相手には売らないよ」

そんな風に鼻を鳴らしながら言われてのぅ。一応、儂は店主のお眼鏡に適ったようじゃ。

仕入れの帰りにローデンヴァルト時計店に寄ったんじゃが、いつも以上に人がおったよ。

何事かと思い、念の為観察してみたが問題なさそうじゃ。

先日一緒にやった工作教室を、こっちで開催してくれてたんじゃよ。品目は違えど、職人さんのほうが腕も指導も上じゃからな。子供も大人も笑顔じゃった。時計店に暮らすトゥトゥミィルも好奇の目を向けられていないから、のんびり編み物をしておったよ。

遠目に見ていたのに儂の視線に気付いたようでな。トゥトゥミィルに手を振られたわい。儂も振り返したんじゃが、それがいかんかった。子供らに見つかってしまい、「おやつのおじいちゃんだ！」と集られたぞ。

手持ちのきんつばとホットケーキを出して、何とか解放してもらえた。親御さんたちはしきりに頭を下げておったがの。少しばかり元気が過ぎるかもしれんが、許容範囲じゃろ。さすがに無料は悪いと思ったようで、いくらか代金をもらって、儂は帰宅したのじゃった。

《8　おにぎりとサンドイッチ》

バイキングが通常営業をしとる最中、儂は持ち帰りの量産と研究じゃよ。客の好みを反映できれば一番いいんじゃが、そうとは限らん。

その証拠に、客の意見の大半は、バイキングで食べた料理を具にしてほしいというものがほとんどでな。汁気の多い煮込み料理や肉汁滴るステーキ、時にはジャムをおにぎりに、なんてことも言ってくるんじゃから……

「ジャムならパンのほうがいいじゃろ？」

そう言って、ジャムサンドを作ってみたが何か物足りん。儂の知るジャムパンと言えば、コッペパンなんじゃよな。あとバターを塗ってあったし……近いパンだとバーガーに使う丸パンかのぅ。

試しに作ったジャムバタバーガーは、男女問わずの人気じゃった。ジャムの種類を変えていくつか並べてみたが、そのどれもが飛ぶように売り切れとる。

手持ちのジャムが底を突く前に、新たなメニューを出してやらんとと思い、シュガーバタートーストを作ってみた。ジャムと違い、直接砂糖の甘さを感じるからか、甘味好きの常連客がはまってしまったわい。

腹持ちもそれなりにするが、いかんせん砂糖とバターの塊を食べているようなもんじゃからな。持ち帰りの一品にするのは違う感じかのぅ。それに甘い物を持ち帰れるようにすると、今建てているお菓子の店と客の奪い合いになってしまう。店で働いてくれとる奥さんたちが主体となってあちらを回すんじゃから、なるべく客が被らんようにせんとダメじゃ。

客の意見に流されすぎたかもしれん。初心に帰って、日持ちのする持ち帰り品じゃ。パンなら下手に何かを挟まず、オーブンで水分を飛ばしたラスクが一番じゃろ。砂糖を塗したり、ニンニクをこすりつけたりしたものなら、味を感じられる。ただ食べるだけの作業になる冒険者たちの食事も、多少はマシになるはずじゃて。あとは燻製肉か塩漬け肉が基本か。干した魚でもいいが、この辺りではとんと見かけんし、どうにも肉を好む者が圧倒的多数を占めとるからのぅ。

さて、次はおにぎりに取り掛かるか……とはいえ、儂がどれだけ頑張って試作しても、梅干しの牙城を崩せるとは思えん。だからといって、毎度毎度同じ味では可哀そうじゃ。

そこで、こちらは今まで聞いてきた客の意見を参考にしてみようと考えたんじゃよ。

一番人気で希望が多かったのは、肉の煮込みやステーキ。ゴロッと主張する肉が第一希望らしい。叶えてやりたいが、日持ちの観点から諦めることにした。

代わりに、細かく刻んだ肉を濃い目に味付けてから煮詰める。挽き肉と違い、多少粗くしてあるから、肉感は残るはずじゃて。味付けは醤油と砂糖を基本に、ショウガとニンニク、トウガラシを少々使ってあるから、ごはんが進むぞ。しっかり水分が飛ぶまで煮詰めた肉そぼろで、具材は一品完成。

似たような味付けじゃが、魚や貝で作る時雨煮もいけそうじゃ。素材本来の味を殺さん、ギリギリの濃い味を探すのが一苦労じゃよ。しかし、これは儂らが旅に出た時にも使えそうじゃな。【無限収納】があるから、儂らには腐らせる心配はない。ただ、店を守ってくれる奥さんたちはその限りではないからのぅ。

そんなことを考えつつ量産していく時雨煮は、いつの間にやら五種類が出来上がっておった。煮詰めた醤油の匂いに、儂の腹が盛大に鳴いておる。それに負けじと大合唱しとるのは、儂の前に並んだ大勢の客じゃよ。全員が白飯を盛ったお椀持参じゃ。儂は鍋をかき混ぜていた木べらで少しずつよそってやる。自分の席に戻った者から、ごはんをかきこみ、「美味い、美味い」と吠えとったよ。

　そんな客を横目に、儂も腹ごしらえじゃ。白飯に時雨煮を載せ、熱い緑茶をかける。さらさらと喉を通っていく茶漬けは、胃の中から身体を温め、腹を満たしてくれるわい。

「……アサオ殿、それはズルいぞ。我も食べたい」

　客が時雨煮を食べていた時は我慢していたロッツァが、儂へ顔を向けてそうこぼしておった。幾人かの客がロッツァに同意し、また儂の前に列を作る。ロッツァと一緒に魚を焼いていたクリムも、行儀良くその列に並んどる。

　希望する者に茶漬けを振る舞ったら、先ほど出来上がった時雨煮が半減してしまったぞ。まぁ、上々の評判を得られたと思って、また作るしかあるまい。

　肉、魚で作るおにぎりの具は出来た。次にやるとしたら野菜か。しかし、野菜は漬物があるからのぅ。おにぎりにしようとは思えん……いや、高菜炒めのようなものならできそうじゃな。

　ピリ辛の漬物はあったかのぅ……アイテムバッグを覗けば、試しに作ったトウガラシの醤油漬けがあった。それを刻んで混ぜ込んだおにぎりは、辛すぎて儂には食べられんかった。それに、漬け汁も入ってしまったからダメじゃ。

作ったはいいものの、儂が食べられんトウガラシおにぎりは、常連の女性客が美味しそうに完食しおったよ。

「ピリ辛で美味しかった」

と、平気な顔で感想まで述べてな。常設メニューにしてほしいと頼まれるほど喜ばれたよ。

トウガラシおにぎりの辛さに対する反動で、儂はデンブを作っておる。魚の切り身を炒めてほぐし、砂糖を大量に投入して味付けじゃ。ほんの少しの塩が砂糖を引き立ててくれてのぅ。淡(あわ)い桃色にしたかったが、食べられる染料の持ち合わせはありゃせん。なので、少しばかり茶色いデンブになってしまった。

新たな料理が出来上がるのを待ち望んでいた数人が、白飯片手に儂の前に列を成(な)す。

「甘いから、そのままごはんと一緒に食べても美味くないぞ？」

そう言っても、諦めん彼らは、デンブごはんに挑戦し始める。

まぁ、想像通りの結果でな。ほぼ全員が、デンブの甘さに撃沈(げきちん)したわい。ただ、一人だけは二口、三口と食べ続け、気付けば完食しておった。デンブの甘さに病(や)みつきらしく、こちらも常設メニュー化を希望されたのじゃった。

《９　嗅覚殺し》

レンウとジンザ、それにカブラと一緒にクーハクートの屋敷へ向かう。その行き道に市場へ寄り道したんじゃが、儂の行動は読まれていたらしくてな。今はメイドさんが二人も同行しておるよ。

「寄り道などせずに、早く来い」

って伝言かと思えば違った。どうも儂を野放しにすると、面白いことや珍しいものを見つける確率が高いんじゃと。なので、「何に興味を示し、どんなものを仕入れたのかを確認してくる」なんてことを指示されたそうじゃ。

儂の気を引いた品や事柄が、全部クーハクートにとって利益になるとは思えん。その辺りは奴とて加味してるんじゃろ。メイドさんたちにはあくまで報告を上げてもらうだけで、そこから吟味するのはクーハクートと執事さんでやるらしいからの。ただ、頼まれたメイドさんたちも、半分仕事くらいの気持ちのようでな。興味深そうに儂と歩いとるよ。

たった今、儂が気にした店は、飲み屋でない酒屋じゃよ。酒の匂いがダメなレンウとジンザを軒先で待たせて中を覗けば、小柄な店の割に品揃えが豊富じゃ。店内は大樽が所狭しと並べられておってな。店の中におるだけで酔えるかもしれんぞ。それくらい香りが充満しとる。

ふらっと立ち寄ったんじゃが、この店は今まで見てきた酒屋と大きく違うところがあってのぅ。樽の数もそうじゃが、一番はワインの表記の仕方じゃろな。味の奥行き、色の濃淡、酸味の強弱などが、樽一個一個に書かれとった。客が選びやすいように配慮する店など、こっちに来てから初めて見たぞ。

あとはワインの扱いじゃな。どの店も生産した土地などお構いなしに、仕入れたワインに加水して混ぜ合わせるのがほとんどなのに、この店は産地ごとに樽が分けてあった。これも珍しいはずじゃ。

いや、別に加水も混合も悪じゃないんじゃよ？　商品の規格を揃えるのは大事なことじゃし、店独自の比率で混合すれば味の差別化もできるんじゃから。そして利益を出さんことには、自分たちがおまんまの食い上げじゃて。儂が幾度も通う店はその辺りを頑張っておったよ。逆に一度きりで行かなくなった店なんぞは、店主が努力や研究を放棄して利益追求に走っとったな。

それで、この店なんじゃが、ワインだけでなく、蒸留酒も扱っておるみたいじゃよ。量は少なく、値段も張るがの。女店主と話せば、遠方まで仕入れに行く親戚がおるんじゃと。で、出先で美味い酒に出会えたら、交渉と購入をして送ってくれとるそうじゃ。

しかし、テキーラにしてはアルコール分が低いな……あぁ、似たような別物なのか。鑑定してみたら『っぽいもの』と出ておるわい。他にも白濁した酒もあるが……そっちも同じところから届いたと。どちらも仕入れさせてもらった。

カブラが喜び、メイドさんたちも気にしていたが、これらは料理に使わんぞ？　儂が一人でちびちび飲んで、楽しむ分じゃて。

仕入れた蒸留酒もそうじゃが、珍しい酒は瓶詰で保管しとるらしい。なんでも以前送られてきた酒が異臭を放ったんじゃと。とはいえ、そのまま捨てるわけにもいかず、倉庫の地面に穴を掘り、密封した甕に入れて眠らせとるそうじゃ。

密封してても臭いが漏れ出すらしく、地下室……いや半地下は基本、立ち入り禁止にしとると言っておった。しかし、酒が変異するのは、腐るか、発酵じゃよな？　となれば酢にでもなっとるんかのぅ？

現物を見てみないことには決められんが、もしかしたら買い取れるかもしれんからの。店主にそんな相談を持ちかけ、地下の甕を見せてもらえないか頼んでみたところ、快い返事をもらえた。

客の少ない時間だったからか、店主は酒屋の店番を旦那に任せ、儂らを連れて倉庫まで歩いていく。店を離れるから、レンウたちも一緒にじゃ。道中、半地下の物体はどんなものか聞いてみた。曰く、鼻を強烈に刺し、涙で前が見えなくなるくらいらしい。強烈となると、本当に酢か疑わしくなるわい。

倉庫に着く直前。

「おとん、なんや臭ない？」

カブラが小さく呟いた。以前、水の精霊と出会った時にこんな会話をしたのぅ。一瞬、儂の脳裏にその記憶が甦る。曇った儂の顔を見たカブラも思い出したんじゃろ。座布団の上で動かなくなってしまった。それでも、頭を振り、悪夢を振り払っておるようじゃ。

「ちゃうちゃう、アレとはちゃうんやで。なんかムズムズするんよ」

慌てて否定するカブラ。それとは別に、レンウとジンザが歩みを止めてしまった。儂らが向かう先が気になりつつも行きたくない。そんな感じじゃよ。

無理に付き添わせるのも可哀そうでな。メイドさんが一人、一緒に残ると言ってくれたので、任せることにした。そのメイドさんも獣人じゃった。

倉庫の前まで来れば、儂にも臭気が感じられたよ。扉を開けずとも分かる刺激臭。これは強烈じゃ。鼻の利くレンウたちには、この上ない有効打になってしまうわい。無理させず良かった。

店主が半地下で見せてくれた甕の中身は、やはり酢じゃった。鑑定結果にも酢と出とったが、食用とするには、相当希釈せんとダメらしい。一応、仕入れられそうと伝えたら、

「タダでもいいから持ってって！」

と女店主から懇願された。実際、処分するにも金はかかるようじゃからな。

全部を無料でもらうのも気が引けたので、酒を多めに仕入れる取引となったよ。

酢の臭いが漏れる心配も、儂の【無限収納】にはないからのぅ。半地下に眠らされていた甕六個をもらい、風魔法で倉庫の空気を外へ送り出しておいた。その際、隣近所に送ったら、大惨事になりかねん。なので、遥か上空に向かって送っておいたのは、我ながら良い判断じゃった。

倉庫から帰り、レンウたちのもとへ向かったが、なんと逃げられた。どうやら儂らの身体には、酢の臭いが沁みついているらしい。獣人のメイドさんにそう言われてな。

三度《清浄》をかけたら逃げられなくなり、更に三度重ね掛けしてやっと近付いてくれた。そこから四度、都合十度の《清浄》でもって、レンウたちはいつも通りに儂の隣に戻ってくれたよ。

漏れ出た臭いが沁みついただけでこれとはな……原液のまま使ったら、魔物も倒せるんじゃなかろうか？　今度、街の外で試してみるかのぅ。

酒屋をあとにして、屋敷で待つクーハクートを訪ねる。その際、一連の出来事を話してやったら、盛大に笑われたわい。少しだけイラッときたが、屋敷であの酢を出すわけにはいかん。メイドさんや執事さんに迷惑がかかるからな。ぐっと我慢しておいた。

《 10　カブラのお手軽強化術 》

寒さが身に沁みる冬の日、ロッツァが庭で丸くなり、日を浴びておる。ルーチェとナスティは、キグルミパジャマを着こんでおり、ついでに盥いっぱいの温水で暖を取っているようじゃ。各々が持つ指輪に付与した《結界》は、戦闘より日常でこそ役立っておるな。

　しかし、ルーチェとナスティは盥だけでは満足できんらしい。近付いてきたクリムをルーチェが捕まえ、ルージュはナスティに抱えられた。そのまま可愛がりながら暖まろうというつもりじゃろ。二匹はなされるがまま、蜂のキグルミを着させられた。

　そんな様子を眺めつつ、儂は相も変わらず料理研究じゃよ。室内に籠らず、庭の隅に魔道コンロを並べとる。

「なぁ、おとん。あの酸っぱいの少しだけくれへん？」

　いつも乗っている浮かぶ座布団から下り、カブラが儂を見上げながらそんなことを言いおった。その背後には親父さんのとこのマンドラゴラ。何か相談していたらしく、大きめの盥を二人で抱えとるよ。

「構わんが、何するんじゃ？」

　言いながら【無限収納】から小振りの密閉瓶を取り出す。帰宅して試しに取り出したら、入っていた甕のままだと臭いが漏れてな。【無限収納】の中で移し替えをしておいたんじゃ。この容器はイスリールがくれたパッキン付きのじゃから、こっちの人に見られて騒がれると困るんじゃよ。

「ツカルノヨー」

「そやで。強ぉーなれるそうなんや」

腰を軽快なリズムで横に振りつつ答えるマンドラゴラに、カブラも頷いておる。

「危ないことをしちゃいかんぞ」

二人で抱えていた盥を儂の隣に置かせ、そこへたっぷり《浄水》を注ぐ。その中に大さじ二杯の酢を入れたら、素早くかき混ぜた。

その際、大さじに雫が残るのがもったいなくて、盥の水に浸けてちゃちゃっと掻き回したんじゃが、少しばかり跳ねてな。儂の左手にかかってしまったんじゃ。痛かったわい。ほぼ原液のまま手に触れたら、久方ぶりのダメージじゃったよ。

いや、まともな痛みは、こっちにきてからは初かもしれん。それが、酢によるものとはのぅ……想像だにせなんだ。

しかし、薄めた盥の酢水は触れても痛みはないし、ピリピリと感じることもない。なので、マンドラゴラに様子を見てもらった。

「ンー、イイネ」

盥の酢水に腕を浸けると、軽く身震いをしておった。そのまま盥に全身で浸かる。全身くまなく浸かる為なのか知らんが、盥の中で上下左右に何遍も回っとったよ。

二人で入るには小さいようで、カブラは順番待ちじゃ。

ほんの三分ほどで、マンドラゴラが酢水から出てきた。全身を激しく揺らし、水滴を弾き飛ばしとる。儂の気のせいかもしれんが、身体の表面にツヤとハリが出ておらんか？

「ココデー、カイフーク！」

儂がコンロに載せておいた寸胴鍋を奪い、中の水を浴びるように飲んでおる。一滴も零さず飲み干し、

「プハーッ！　イキカエルー！」

風呂上がりのおっさんのように、そんなことを言っとるよ。

回復って言葉が気になって、鑑定でマンドラゴラを見てみたが、本当に回復しておった。酢水で少しばかりのダメージを負い、それを水で癒す。その際、経験値を得たのか、レベルが上がりよった。

「フッフフーン♪」

踊るマンドラゴラの腰を振る速さが上がっておる。

「ウチもやー」

威勢の良い掛け声と違い、カブラはそっと酢水に入っていく。顔の下まで沈めたが、頭はつけんようじゃ。

「お？　おお？　おおぉぉぉぉ!!」

ぷるぷる頭を揺らすカブラが奇声を上げる。盥の水が波打っておるから、身体も揺らしておるんじゃろ。それでもその表情に苦痛の色は見て取れん。念の為、鑑定したら、体力

が1だけ減っておったがの。

マンドラゴラと同じくらいの時間で盥から上がったカブラは、水の代わりに儂の回復魔法をせがみよる。

「《治癒（エイド）》」

「ちゃうー。もっといいのやー」

ほんのちょっとしか体力が減っていないので、《治癒（エイド）》にしてみたら、お気に召（め）さなかったらしく、カブラは首を横に振っておる。

「《快癒（ヒールオール）》」

「はぁぁぁぁ、生き返るー」

蕩（とろ）けた表情で、儂の魔法を浴びるカブラ。

それを見ていたマンドラゴラが、再び盥に飛び込む。また三分ほどで出て来たんじゃが、今度は水を飲まん。儂の前に仁王立（におうだ）ちして、

「カイフク、クレクレー♪」

なんて言っておったよ。《快癒（ヒールオール）》を浴びて気分爽快（そうかい）だからか、さっきより遥かに素早く動き回るマンドラゴラ。日向（ひなた）ぼっこ中のロッツァのところにまで走り、タッチしてから帰ってきたその表情は、なんとも得意気じゃ。まったく意味が分からん。

「マタ、ツヨクナッチャッタナー」

くるっと回っては止まってポーズ。綺麗なバク宙を決めては照れ笑い。そんなことをして儂に見せておる。

その後、カブラが酢水に浸かって回復し、マンドラゴラが入っては回復し、を繰り返した。何度か休憩も挟ませたんじゃが、昼前までずっとやっておったよ。途中からは、儂の料理の進み具合を見計らって、盥に入るなんて真似も見せておったのぅ。鑑定で観察しながら二人を見ていたら、本当にぐんぐんレベルが上がっとった。

「しかし、自分を傷つけて鍛えるなんてどこで覚えたんじゃ？」

「セイレイノ、キントレー」

キントレ？　筋トレか。となると精霊の筋トレじゃな。儂とカブラが以前出会った筋肉至上主義なあの精霊に関係がありそうじゃ。

「……もしかして、水の精霊はん？」

「ソウソウ。アレーナマエガキントレー。キンニクバカダヨ」

表情の消えたカブラの質問にマンドラゴラが答えるのじゃった。筋肉至上主義の精霊ってだけでも驚きなのに、名前がキントレーか……『名は体を表す』がここまで来ると天晴じゃよ。

《11　待ち合わせ》

先日のお手軽レベル上げに味を占めたカブラじゃったが、そうそう旨(うま)い話はないようでな。店休日ごとにやって三回目の今日は、一向にレベルが上がっておらん。

親父さんとこのマンドラゴラは前回の初めに入っただけで、

「モウオシマイー」

と言っておったしの。上りが遅くなったのを肌で感じていたんじゃろ。だからか、今日は姿を現さん。

「おとん、ちょっと濃くしてー」

そう頼まれたから、大さじ二杯を三杯に増やしたが、効果は出とらんな。まぁ、酸耐性が付いてしまっとるのも原因じゃろ。

面白そうなことをしとるカブラをバルバルが真似て、酢水に浸かったがレベルは上がらんかった。マタギスライムからの進化も起こらん。その代わりといっては何じゃが、バルバルにも酸耐性が付きよった。元々耐性が豊富なスライムじゃから、種類が増えるのは良いことじゃ。どんどん生存確率が上がるでな。

そうと分かれば、クリムたちにもと思ったが、こちらは断固拒否(だんこきょひ)の姿勢を崩さんかった。レンウたちも同じじゃ。耐性獲得(かくとく)より、嗅覚が我慢ならんらしい。

ルーチェやナスティも嫌がったので、酢水療法はお終いとなった。

儂は料理開発の続きでもやろうとしたが、ひとつ思い出した。先日、冒険者の子たちに渡された手紙の指定日時が今日なんじゃよ。その旨伝えて出掛ければ、今日はナスティが同行となった。

「待ち合わせの相手は～、誰なんですかね～」

屋台で買ったニンジンの一本漬けを齧るナスティは、いつも通りの口調じゃ。

儂の教えたレシピが広まっとるようで、手数の少ない料理や持ち歩けるものが屋台で売られとるんじゃよ。あえて小振りなニンジンを使う漬物なので、八百屋や農家さんの廃棄処分が減ったらしい。「皆の懐が潤う良い料理です」と商業ギルドのツーンピルカが喜んでおったのは記憶に新しいのぅ。

「上質な紙を使っておったから、上流階級の者なんじゃろ？」

「だと思います～。でも～、店に顔を出さない時点で～、ダメダメですよ～」

「それは儂も思うがの」

イスリールからもらった茶の木の効果で、加護が強くなっておるからな。悪意や害意を持つ者は、ローデンヴァルト時計店や儂の家の近辺に近付くことすらできん。だからか大きな商会の者は一人も来ておらんし、貴族絡みもクーハクートとミータ少年くらいじゃ。皆、腹に一物抱えとるんじゃろ。今日の相手が姿を見せん事情は推し量れんが、来ない来られないのどちらだろうと、芳しくない客だというのは想像に難くないわい。

「ま、行けば分かることじゃが……行くまでもなく敵なのは分かったぞ」

待ち合わせ場所が、以前料理対決という名の祭りを開催した広場でな。そこがマップで確認できたので、先に見てみたんじゃが、小さな点で真っ赤に染まっとる。

「行かないで済ませますか～？」

ナスティの顔には、「面倒事はまっぴらごめん」と書かれとる。

「いや、普段の生活の時に絡まれるほうが面倒臭い。ここで終わらせてしまおう」

そんなことを言いつつ、儂は《言伝》を飛ばす。広場にいる者は、クーハクートに任せてしまいたくての。

返事が来るまでの間にナスティに軽く説明すると、その表情は怒りを通り越して呆れておったよ。儂も同感じゃ。

『ふん縛って、転がしておいてくれ。あとで回収する』

儂の前に戻ってきた光の玉は、姿を変えてそう告げた。

「クーハクートが来る前に終わらせよう」

「は～い～」

儂とナスティが広場に顔を出すと、中央にまで案内される。周囲を大きな男たちが囲んでおるが、一切口を開かんし手も出してこん。それでも険しい視線を浴びせてきよる。

儂らが中央に辿り着いたら、そこでやっと男たちが話し出した。きっと口々に罵詈雑言の嵐じゃよ。なんとなく予想はできたから、《沈黙》を《結界》で挟んで無音空間を作っておいて正解じゃったな。聞き流すにしても気分が良いものではないからのぅ。

いくら非難の声を浴びせて、口汚く罵ろうとも儂らが相手にせんから、男たちは苛立っておるみたいじゃ。今、正面に立つ男が首謀者らしく、こめかみを引くつかせておる。

男が手を振りかざすと、周囲の男たちが口を噤む。代わりに石を投げ付けてきたようじゃが、全部自分らへ跳ね返っとるわい。誰かに石を投げるのは良くないことと教わらんかったのか？　まぁ、今身を以て覚えてくれたじゃろ。

周囲の男どもが倒れたので、儂は《結界》と《沈黙》を解く。

首謀者の男が何かを話す前に、儂の隣におったナスティがするりと進んでしまった。一瞬で儂から離れたナスティは、男の首を右腕で刈り、そのまま地面に叩きつける。男が微動だにしとらんが、アレは生きとるか？

「スカッとしました～」

儂を振り返ったナスティは、すっきりとした表情を見せた。男のそばに落ちる小瓶を拾い上げ、儂のほうへ帰ってくる。

「話くらい聞いてやってもいいじゃろ、《治癒》」

死んではおらんが、気を失い、いろいろ漏らしとる男に一応の回復をかけた儂に、

「時間の無駄ですよ～」

にこりと微笑むナスティじゃった。ナスティから小瓶を受け取り、中身を鑑定して見れば、またもや目くらまし用の白い粉でな。初見で通用しなかったものが、二度目では通じると思うあたり、どうしようもない阿呆じゃ。

「元騎士が何をしているのやら……」

回復してやっても意識を取り戻さん首謀者――以前熨した元騎士を中心に、周囲の男どもとまとめて儂は《束縛》で縛ってやる。

血や汗、それ以外諸々で汚れた男たちがひと塊になって、呻いておる。口々に「臭い、痛い、汚い」などと言っておるが、儂の知ったこっちゃないぞ。

遅れてやってきたクーハクートに男たちを引き渡したが、その目は汚物を見るかの如くじゃった。

その後、ナスティと一緒に帰宅する儂に向けたクーハクートの顔は、いつもと変わらんかったよ。

「警備隊へは話を通しておく。まぁ、聞き取りくらいには応じてくれ」

そう言って二人のメイドさんを儂に預け、男らを引きたてて行きよった。メイドさんに言付けたのは、

「処理を済ませたら家に行くから、何か美味いものを希望する」

じゃった。一応、あやつらの前では、威厳ある紳士を演じたいらしい。

二時間ほど後に現れたクーハクートによれば、あの元騎士は捕縛されながら騒いでいたそうじゃ。普通なら役に立つ騎士の職も、『元』になってはのぅ。ついでにとばかりに教えてくれたんじゃが、警備隊も儂に信を置いてくれとるらしく、どちらを信じるかは秤にかけるまでもなかったんじゃと。

まぁ、儂を呼び出した理由が、あのご婦人に捨てられたことの腹いせらしいしの。筋違いも甚だしいことじゃて。ご婦人からの詫びの言葉をクーハクートが伝えてくれたが、こんなことの尻拭いまでしなくちゃならんとは……つくづく貴族ってのは大変なんじゃな。

《 12 ゴーレム 》

先日の元騎士たちに買い手が付いたらしく、儂の懐が若干潤った。犯罪奴隷になった者が売れると、被害を受けた者と捕まえた者とに利益配分されるんじゃ。盗賊などを捕まえた際は、盗品の買い戻しなどもあるからのぅ。予想を超える利益が出るので、冒険者たちも討伐を請け負うんじゃよ。

逆に利益を見込めんのが、ゴブリンなどの素材にならん魔物じゃな。素材になったり、食材になったりすれば、討伐する旨味があるが……ゴブリンは何も使えん。扱っている武器なども安物じゃて。だから討伐依頼が残ってしまうんじゃよ。

だもんでたまに、カタシオラ周辺を儂が掃除しとるんじゃ。以前旅の途中で出会ったゴブリンのように知性を持ってくれれば、討伐なんぞしなくても済むんじゃがな……

今日は、常連客の騎士リエンと迷宮探検家ギザが実戦の感覚を忘れない為にと、儂に同行しとるよ。儂らの他は、バルバルとレンウが一緒じゃ。ジンザは留守番をして、家の近所を守ってくれとるよ。

儂がマップで確認しとる間に、ギザが低い山の斜面を見とってな。

「あそこ、怪しくない？」

ナイフで小山に開いた穴を指しておる。儂らが屈んで入れるくらいのそれは、小山を少し上ったところに口を開けとった。言われて気付いた儂が、《索敵》で確認してみれば、思った以上に奥行きがあるぞ。

「何かおるな。しかし、入り口の狭さの割に、数がいそうじゃよ？」

「……外から確認できるってズルいわね」

儂の使う《索敵》に文句を言っとる。儂からすれば、直感や勘が優れているギザのほうが、よっぽどずっこいと思うがの。

小山の洞穴に近付いたら、鼻が曲がりそうな臭いが漂ってきおった。臭いは下に溜まるものだと思ったが、ここのは排気されとるようじゃよ。中に入る前から、この臭いに儂の心と身体が負けそうじゃ。現に、レンウは儂から離れ、木の根元で待っておる。耐えられんらしい。

「《清浄》」

　せめて入り口だけでもと思って使ったが、さして変わらん。風で押し戻そうとも考えたが、

「捕まった人がいるかもしれないから、慎重に入るわよ」

　鼻まで布で隠したギザが行ってしまった。リエンもギザと似た格好で後を追う。二人だけで行かすわけにもいかん。儂とバルバルが殿として追いかけた。布を当てても臭いが我慢できん儂は、鼻と口を布で巻いておるが、その下に鼻栓じゃよ。

　洞穴の中は儂らが立って歩ける高さがあった。横幅も三人で並べるくらいはあるのぅ。長物は無理でも、多少の立ち回りならできるじゃろ。それに、光る石が一定間隔で埋め込まれとるから、かなり明るいぞ。

　なだらかな下り坂を進んでいくと、話し声が聞こえる。どうやら利益配分の打ち合わせらしい。「ゴーゴー」「ナナサン」と繰り返しとるよ。しかし、どちらも声を荒らげておってな。取引や話し合いって雰囲気ではないな。

「……」

　無言で手や指の動きだけを使って儂に相談するギザ。数の確認と、捕らわれた市民などの確認を促された。

捕縛なり、討伐なりする相手は十一。救出する相手はおらん。それを伝えると、リェンが飛び出した。

ただ、さすがに名乗り上げるようなことはせん。最速、最小の動きで、一番近い者を殴り倒しとる。その脇をギザが通り抜け、最奥（さいおう）目指して一直線に駆け抜ける。

残された儂とバルバルは、ギザを追いかけようと背中を見せた者へ投石じゃ。バルバルの場合は、射出（しゃしゅつ）のほうが適切か。肩や腕、足などを狙い、余計な動きをさせんようにしていく。

全員を行動不能にしてから気付いたんじゃが、盗賊とゴブリンがいたんじゃよ。詳細を確かめる前に行動してしまったが、先ほどの商談もこやつらだったんじゃろか？

「これで全部ね」

倒した盗賊たちを縛り上げ、ゴブリンをまとめ上げたギザが、手についた埃（ほこり）を払っておった。リェンは奥の暗がりを睨んでおる。《索敵（レコナ）》に反応は出ておらんが、普通の生き物だと儂には分からんからな。バルバルは、儂の頭に乗ったまま、入ってきた穴のほうを見とるようじゃ。

一人の盗賊がにやりと笑い、ゴブリンがそれに頷いた。舌を噛（か）み切ったらしく、口から血を吐いておる。それが何かの合図だったんじゃろ。穴全体が激しく揺れおった。

「逃げるぞ、《加速（クイック）》、《堅牢（スタウト）》、《結界（バリア）》」

全員に魔法をかけてから走らせる。また殿になった儂は、盗賊たちを浮かせて引っ張り、入り口目掛けて駆け出すのじゃった。走る最中も穴の揺れが収まらん。それでもなんとか穴から抜け出た儂らは、レンウの待つ木まで駆け抜けた。

洞穴を振り返ってみれば、何やら岩が生えてきておる。一本かと思ったそれが二本に増え、後を追うように小さな尖（とん）がりが無数に現れよる。

それが洞穴から出てくると、その背後で小山が崩れよった。岩の集合体が儂の目の前におる。腕や足、身体を形作った岩は、関節部分と顔の辺りが光り、儂を見下ろしているようじゃ。

「ロック……ゴーレム」

リエンが驚いた顔でそれを眺め、呟いとった。

宙に浮かべた盗賊たちが奇声を上げながら笑っとる。ゴブリンたちは無言じゃ。見てみれば身体の大きな一匹以外、残りが全部口から血を流しとる。最初の一匹と同じことをしたんじゃろ。

「まずい、まずい、まずい！」

ギザが慌てとる。それすら狙い通りの反応だったようで、縛られたままの盗賊たちは、更に下卑（げび）た笑いを見せとるわい。

儂を見下ろすロックゴーレムの後ろに、もう一体現れる。その隣に黒光りする小さな獣型と、真っ白に輝く人型。

「ゴーレムマスター」

品のない歪んだ笑顔の盗賊たちを睨みながら、リェンが言っておる。盗賊の一人がそれらしい。

「アイアンに、シルバー？　そんな素材どこにあったのよ！」

ギザが黒い獣型と真っ白い人型を指さしとる。慌てふためくギザをよそに、続々と現れるゴーレムの背後から金色の大物が姿を見せた。

その瞬間、盗賊たちから悲鳴が上がる。仲間の一人があらゆる穴から血を噴き出しとるぞ。

「あのゴブリンもゴーレムマスター？　なんでそんなにいるのよ！」

叫ぶギザをひと目見てから、リェンがレンウを連れて距離を取る。

ギザがリェンから遅れること数秒、走って離れていった。

「生贄を捧げてゴーレムを作り出す呪術、まだ使える者がいたのか……」

まだまだ出現してくるゴーレムを見ながら、リェンが呟いとる。硬そうな木で形作られたゴーレムが、一体二体と数を増やしていった。

しかし、岩や鉄を切るのは、ギザの軽業では難しいじゃろな。リェンの剣術をもってしても苦戦しそうじゃし……これどうすればいいんじゃろか？　魔法で溶かしたり、切り刻んだりすればいいのかのぅ。

ゴーレムたちから距離を取る間に、盗賊がどんどんと減っていき、残るは一人のみ。ゴブリンも図体が大きい一匹だけ生き残っとった。それに引き換え大発生したゴーレムは、思った以上に迫力があるわい。

怪獣大戦争のようにゴーレムが入り乱れて殴り合っておる。金色一体に黒色が二匹で相対しとるが、それでも相手になっとらん。黒色が潰れ、ひしゃげ、単なる塊に成り下がるまでほんの数秒じゃ。木で出来たゴーレムだけは、異常に素早く、三位一体で軽快な動きを見せる。真っ白い人型に尖った腕を突き刺したと思ったら、中から爆ぜさせよった。ゴーレムだからいいが、あれを人や魔物にやったら、とても見られたもんじゃないぞ。徐々に数を減らすゴーレムは、最終的に金色と岩製だけが残った。他は全て足元にごろごろ転がっておるよ。

その二体は向かい合っていたのに、何を思ったか儂らに振り返る。縛り上げた盗賊とゴブリンが笑っとった。どうやら、最初からこうするつもりだったんじゃろな。仲間だった者らを殺して、残った一人と一匹で山分け……頭数が減れば当然取り分は増えるからのぅ。

「ここで逃げても街が危ないか。となれば処分しなくちゃいかんな。二人はレンウを頼む」

「「ちょっ！」」

バルバルを頭に乗せたまま、儂は二体のゴーレムの前に歩いていく。歩きながら、その辺りに転がるゴーレムの死骸(しがい)は【無限収納(インベントリ)】に回収しておいた。万が一再生なんぞされたら大変じゃし、動き回るとしたら邪魔でな。木で出来たゴーレムはバルバルの餌(えさ)じゃよ。胴体から捥(も)がれた腕部をバルバルが拾い上げ、儂の頭上でずっとシュワシュワ音を立てて消化しとるわい。

　儂の周囲が綺麗になると、金色ゴーレムが直径50センチほどの球を撃(う)ち出しおった。儂はそれを叩き落とす。速度が乗っているからかなり重かったぞ。足元に転がしておくのは邪魔じゃから、これも【無限収納(インベントリ)】に仕舞ってみた。金色の球は、金の塊じゃったよ。

　撃ち出されたこれが仕舞えるなら話が早い。身体の一部だったものを収納できとるんじゃから、生き物と認識されとらんのじゃろ。

　金色ゴーレムにすれ違いざまに触れて、【無限収納(インベントリ)】へ入れ込もうとしたが、想定していたような事象(じしょう)が起きてくれん。ゴーレムは五体満足なままじゃった。

「そのままでは片付かんか。ならば、金の球みたいにすればいいんじゃな」

　振り回される腕や足を、《風刃(ウィンドエッジ)》や《水砲(ウォーターガン)》で撃つが身体から落ちん。

「素材の為に、ちいとばかし働くか」

　金色ゴーレムの右肘を極めてもこれまた外(はず)れん。それならばと《加熱(ヒート)》で熱しながら、捻り上げたら簡単に外れてくれたわい。肘から肩に上がり、そちらも奪っていく。同じ要

領で左腕、右足、左足と続けていけば、残るは胴体と身体だけとなる。

「ここからばらすのは、面倒じゃな……」

ゴーレムの足元に穴を掘り、《炎柱》で延々熱されるようにしてみる。それでも足りなければ、《浄水》でもぶっかけてやれば、壊れてくれるじゃろう。

「バルバルのほうは終わりそうか？」

儂が金色の相手をしている間、バルバルがロックゴーレムを相手してくれてな。家族の中では決して強くないバルバル一人で大丈夫か心配したが、杞憂じゃったよ。ゴーレムから飛ばされる石礫を、難なく受け止め消化しとるからのぅ。なので任せてみたんじゃが……一方的な展開になっておったわい。進化したおかげか、かなり強くなったみたいじゃて。

ゴーレムがどれだけ石礫を飛ばそうともバルバルに食べられてしまい、直接触れようものならばそこが溶かされる。学ばずに何度も繰り返してしまったんじゃろうロックゴーレムは、もう両腕と右足がなかったぞ。

それでも愚直に攻撃を繰り出すロックゴーレムは、左足一本で飛び上がり、バルバルを圧し潰そうとしたが、無意味な攻撃じゃな。造作もなく避けられ、背中に乗られとる。もう戦闘とは呼べん、バルバルの食事風景になっとったよ。

バルバルの行動を観察し終えたので、儂は熱していた金色ゴーレムに振り返る。《炎柱（フレイムピラー）》だけで融（と）けてくれたらしく、穴には液体が波打っておったよ。火を消し、《浄水（ウォータ）》をかけたら、辺り一面が水蒸気で見えんくなった。それに熱い。

「ア、ア、ア、ア、アサオさん？　大丈夫なの？」

　蒸気に包まれてあっという間に見えなくなった儂に、ギザが声をかける。

「大丈夫じゃよ。しかし、これが冷めるのには時間がかかるからのぅ。日を改めるか」

　熱々な金の液体に手を翳（かざ）せば、【無限収納（インベントリ）】に仕舞えた。触れるかどうかの瀬戸際（せとぎわ）まで寄ったせいで非常に熱かったわい。これを取り出す時は注意せんといかんな。状態が変わらん【無限収納（インベントリ）】の中では、温度すら変化しないからのぅ。融けた金の他に、核（かく）も一つ収納されたようじゃ。

　バルバルが食べ終えたロックゴーレムの周りは、残骸（ざんがい）一つ残っておらん。

「こんな物が入っとらんかったか？」

　儂が核を地面にころりと転がしてやると、バルバルはぼんやり白く光る石を吐き出してくれた。

　再度、核を【無限収納（インベントリ）】へ仕舞い、中身の一覧に目を通す。鉄塊（てっかい）に銀塊（ぎんかい）、金塊（きんかい）まで収穫（しゅうかく）できたが使い道に悩むのぅ。とりあえずイェルクたちなら使えるか？

　そんな風に考えていた儂は、うっかり盗賊たちの存在を忘れていたわい。人間とゴブリンのゴーレムマスターは、どちらも舌を噛み切り自害しとったよ。今度からは、猿轡（さるぐつわ）を噛ませないといかんか……それと、考え事をする場所を弁えんとならんな。

ギザとリェンにレンウを頼み、儂とバルバルは警備隊の詰め所へと顔を出す。今回の件を連絡して詳細を説明しておかんと。討伐までしかできん儂らに事後処理は無理じゃ。然るべき役目の者に頼んでおくのが一番じゃて。

しかし、盗賊とゴブリンが協力体制をとるとは……あの知恵を他のことに回してくれれば、また違った結果になったと思うんじゃが、ままならんもんじゃ。

《 13 キックベース 》

ゴーレムから得た鉄塊などをイェルクに見せたら、喜んでおったよ。一昨日の戦闘も無駄ではなかったようじゃ。儂に素材の良し悪しは分からんが、どうにも純度が高いものらしくてな。何かと使い道があるから、ありがたいそうじゃ。

鉄塊、銀塊、金塊をローデンヴァルト家に置いてある鞄に移し、さて帰ろうかと思ったら、引き留められてのぅ。聞けば、イェルクとユーリアが協力して、新しい玩具ができたんじゃと。

それはボールじゃった。大きさも何種類かあって、大きいものはバスケットボールか？硬い球は危ないからと、どの大きさもぶにぶにと柔らかい。サッカーボールに野球ボール、卓球くらいの小さな球まで様々じゃよ。

ロッツァたちが獲っていた魚の浮袋を、なんやかやしたら出来たらしい。詳しく聞いても分からんが、イスリールにもらったスキルが良い仕事をしてくれたのは分かった。他の素材でも作ってみようと、これからまた実験するそうじゃよ。

出来上がったボールとトゥトゥミィルを儂に預け、二人は工房へ籠ってしまった。預けられたトゥトゥミィルも、

「アサオさんと遊んできて」

とだけ言われたみたいじゃ。

サッカーボールくらいの球を蹴りながら帰れば、その音が人を集めてのぅ。子供も大人も関係なく、儂の後を付いてきてしまっとるよ。ローデンヴァルト家から、儂の家までほんの少しなのにな。

翼人の女の子のワイエレと狸耳の子が、儂から受け取った野球ボールを投げ合っておる。普段使っていたのは木製の球じゃからな、それと比べると勝手が違うらしく、コツを掴むのに苦労しているようじゃ。

しかし、取り損ねて変な箇所に当たっても痛くないからの。なので顔に当たろうが、胸に当たろうが二人は気にしておらん。そんなことを繰り返すから、子供の適応能力は高いんじゃろうな。儂の予想を軽く超えて、家に着く頃には上手にキャッチボールをしておったよ。

「じいじ、おかえり。それで遊ぶの？」

ルーチェが家の陰から飛び出してくる。近付いてきた音と儂の気配に期待していたらしく、目がキラキラしとるよ。儂の蹴り上げる球と、ワイエレたちが投げ合う球。あとはトゥトゥミィルが持ってくれとる球を見て、ルーチェの顔はどんどん締まりのないものになっていきよるわい。

ボールを持ち帰った後も、子供たちが引っ切り無しに集まってくる。誰も連絡などしとらんのに……第六感があるんじゃろか？　ボールに慣れてもらうのを第一に、キャッチボールで遊ばせとるが、そろそろ飽きる頃じゃな。

そんな子供たちを横目に、儂は砂浜に大きな図を描く。何人かの子供が儂の後を追っかけとったが、何をしとるのかは分かっとらんな。それでも楽しそうじゃ。

今、描いていたのは家の近くを頂点にした二等辺三角形じゃよ。波打ち際に近付きすぎると寒かろう。そう思って手前にしたんじゃが、想像以上に横長な形になってしまったわい。三辺の中央辺りに細長い板を置き、三個の頂点にも正方形に切った板を埋める。

後ろに並んでいた子らと、キャッチボールをしていた子ら。そのどちらも儂の目の前で説明を待っとる。ついでに幾人かおる大人もか……

「そのボールはイェルクとユーリアが作ってくれたんじゃ。今度会ったら礼を言うんじゃぞ」

「「はーい」」

ルーチェを含めた子供たちが元気な返事をしてくれる。

「儂が描いた三角形はこれからやる遊びには大事でな。ルーチェ、ここに立って、儂の転がしたボールを蹴り返してくれ」

「分かったー」

細長い板に乗った儂は、サッカーボールをルーチェ目掛けて真っ直ぐ転がす。ホームベースに辿り着くまでに、少しばかり弾(はず)んだが、

「てりゃー」

ルーチェには関係なかったようじゃ。ボグンッて音と共に、儂の横を通っていくボール。両手を上げてルーチェが喜んどる。それを見ていた子供たちも、大歓声じゃよ。

「今みたいに蹴り返したら、あっちに走る」

儂が指さす左先には、正方形の板。言われたルーチェが走り、とんと着地。

「そうしたら、次は――」

「ボクがやるー」

狸耳の子が立っておる。儂の投げた次の球を蹴ったが、今回はぽわんと舞い上がった。

ゆっくり落ちてきた球は、そのまま儂の腕に収まる。

「これでアウト一つ。アウトが三つになったら、投げるチームと蹴るチームが交代じゃ。

今日は儂ら大人組が投げるから、子供たちが交代でやってみようかの」

儂の説明を聞きながら、子供たちは早くもチーム分けをしておったよ。儂を含めた大人が全部で四人。もしかしたら海までボールが届いてしまうかもしれん。その場合を考慮して、ロッツァが波打ち際で待ってくれとる。

細かいルールなどを説明しても覚えんじゃろ。なので今日は、投げられた球を蹴り返して走る。走ってる最中にボールを当てられるか、地面に当たる前にボールを捕られたらアウト。それだけを決めておいた。

このルールは子供たちに分があるから、最初はなかなか交代できんかったが、大人も本気になってのぅ。大人の意地を見せて子供らからアウトを取れば、子供らも負けておらん。なるべく浮かばんように蹴り、一生懸命走っとるよ。大人も子供も楽しそうに走り、転げ、砂まみれじゃよ。それでも誰一人としてやめんし、諦めん。

全員に《清浄》をかけてから昼ごはんを食べたら、午後もまたキックベースじゃったよ。楽しそうな声を聞きつけた常連客が三チーム目を作り、冒険者たちが四チーム目を作る。その頃には、儂が離れても遊べるくらいになっとった。延々、皆が夢中になった遊びは、儂が夕飯の仕込みを終えるまで続けられるのじゃった。

誰も彼も物欲しそうにしておったが、夕飯はそれぞれの家にあるはずじゃて。土産はやれんが、これくらいはの。

そう思って、全員に《清浄(クリーン)》をかけてから、皆の帰宅を見送った。

《14 ドッジボール》

「キックベースが楽しかった」

輝く瞳を儂に見せ、ワイエレがそう語っておる。その上で、ボールを当てられたり避けたりするのが、殊(こと)の外(ほか)面白かったらしい。バイキングの営業時も楽しそうにしとるが、今の雰囲気はそれ以上じゃわい。

子供らが楽しく遊べればくらいの思いだったのに、店が休みの度(たび)、大勢の人が我(わ)が家に集まるようになってな。今では営業日なのか、休業日なのか分からんくらいの盛況(せいきょう)ぶりじゃよ。

ユーリアたちが頑張ってボールを作っても、全然足りておらん。材料費はさしてかからなくても、作れるのが二人だけじゃからのぅ。無理して本業に差し障(さわ)りが出ても困る。そんな状況じゃから、ボールのあるアサオ家が皆の遊び場になっとるんじゃ。ボール以外の遊び道具もあるし、道具を使わない遊びも儂が知っとる。そのことも拍車(はくしゃ)をかける一因なのかもしれん。

そして、ワイエレが言っていた「ボールの当てっこ」を遊びにしてほしいと頼まれたんじゃよ。ある程度の人数で楽しめるとなると、儂が知る遊びはドッジボールくらいでな。

今はそのコートを、砂浜に二面描いておる。

ロッツァたちが踏み固めてくれた辺りは、結構砂が締まっとるからの。板や紐を使わずとも、線はそうそう消えんじゃろ。

人数と種族、あとは大人と子供の比率などを揃えたチームを四つ作らせた。内野と外野を教え、ルールも一緒に教えていく。外野で当てた場合は、また内野へ戻れるようにしたから、それなりの時間楽しめると思うんじゃよ。あと、空を飛べたり地面に潜れたりしてもそれはさせん。まぁ、やってみてから細かいルールを決めていこう。

四チームが総当たりで対戦しておる。どのチームもどんぐりの背比べな実力差じゃが、基礎（きそ）体力と運動神経の差はあるからのぅ。冒険者とメイドさんは頭一つ抜け出とるよ。

儂の想像と違ったのはルーチェじゃ。避けるのが得意でも、ボールを受けるのは苦手らしい。ボールを上手く抱えられず捕りこぼし、何度も外野になっとった。しかし、すぐさま誰かにボールを当てて、内野に戻っておるがの。

そんな中、見学者を笑わせるのがクリムじゃよ。避けることも捕ることも難なくできるのに、あえて顔面でボールを受けとるんじゃ。ルール上、顔面に最初に当たった場合は、セーフと言っておったからな。顔でボールを叩き落として、同じチームの子供に渡しとる。器用な上に頑丈（がんじょう）で賢（かしこ）いクリムらしいわい。

しかし、子供が真似し出す心配はなさそうじゃよ。わざと顔面でボールを受けようとしても、大概は失敗して終わるからのぅ。何かが目の前に飛んで来たら、思わず避けてしまうもんじゃて。

ルージュもクリムに負けてられんとばかりに、顔面受けに挑戦しとるが失敗しとる。ボールを顔で受け止めずに、噛みついておるからの。ルージュが噛んでも割れんボールとは……驚きじゃよ。

試合の終わったチームの子が、儂のところへ近付いてくる。休憩する場所がないと困るでな。儂がおやつと飲み物を用意して待機しとるんじゃよ。

「ねぇねぇ。どうやったら上手に捕れるの？」

「ボクは当てるのが上手くなりたい！」

猫耳の女の子が問うてきたら、それに答える前に別の男の子に質問されてしまった。

「うーむ。とりあえず順番に答えるから、少し待ってくれるか？」

「うん！」

質問した男の子以外の子もいい返事をしてくれる。麦茶や果実水を注いでやり、各々に飲ませていく間に、儂は猫耳の子へ答えた。

「さっきボールを捕ろうとした時、手だけでやったじゃろ？」

「うん」

「あれだと弾いてしまうことがあるんじゃ。そうしない為には、こうするんじゃよ。カブラ、投げてくれるか？」

儂の後方で浮いていたカブラにボールを渡し、投げてもらう。

「てりゃー」

カブラから飛んできたボールを、儂は身体の正面で受けて、腹の辺りで抱える。ボールを投げ返してやったら、今度はもっと速い球で戻ってきた。今度はボールを抱え込むように前のめりに倒れてみる。

「な？　こんな風にやると、落とし難いんじゃ」

「分かった、ありがと！」

猫耳の女の子は儂からボールを受け取り、代わりに麦茶を飲んでいたカップを渡された。今の話を聞いていた子らで練習するんじゃろ。数人が離れていくと今度は、当て方を知りたがっていた男の子が、一歩前に出てきた。それを追うように、カップを置いた別の女の子が付いてくる。更に大人の女性が二人追いかけてきた。

「さてと、上手く当てるのは……狙う場所を絞るのと、視線を外すのが効果的じゃよ」

「視線？」

男の子に耳打ちするように言ってやれば、小声で聞き返してくる。

儂の前に子供二人と大人二人を並ばせた。儂が持つのは野球ボールが三個。さっき渡してしまったから、手持ちがこれしかなくてな。まぁ、コツを教えるには問題ないじゃろ。

「いくぞ?」

男の子を見ながら、短髪の女性に野球ボールを投げる。今回は視線の勉強じゃからな。捕り難い場所は狙わず、正面に投げた。それでも女性は慌てたせいで捕りこぼす。

「次は……ほれ」

女の子に笑いながら投げた野球ボールは、男の子に受け止められた。二個が投げ返され、儂の手元にはまたボールが三個となった。

「おぉ、上手いのぅ。これに狙う場所を組み合わせるとこうなる」

長髪女性の膝をちらりと見てから、男の子の正面へ投げる。今度は捕れなかったようじゃ。足元に転がっとる。

「ほれほれ、どんどんいくぞ」

女の子の左足首を狙って投げた野球ボールは避けられた。続けて投げた球は、長髪女性の膝へ当たる。

「これを練習すれば、上手になれると思うぞ」

とりあえず野球ボールを渡してみれば、四人はそのまま儂から離れていく。一息吐こうと左手を湯呑み(ゆの)へ伸ばしたら、それを誰かに止められた。ぷるぷる震えるバルバルじゃった。手持ちのボールがなくなった儂に、自作した木製ボールを渡してくる。受け取ったそれは、想像より遥かに軽かった。振った感覚と音から察するに、中身を空洞(くうどう)にしたらしい。

さすがに木製ボールでは、ドッジボールやキックベースで使えんか……とはいえ、これを作れば皆がボールに触れる機会を増やせそうじゃ。

儂はバルバルに軽量木製ボールの量産を頼み、そのお代として料理を作るのじゃった。

《15　食べすぎと摂りすぎ》

バイキングを営業している今日、常連客の一人が悲しそうな顔をしておった。平常運転なら、美味しそうに料理をぱくぱく食べ進める子なんじゃが……腹でも痛いんじゃろか？　いや、腹痛なら店には来んか。

「久しぶりに着てみたら、胸当てと腰巻が入らなくなった……」

そう言いながら、根菜の揚げ浸しを食べておる。焦げ茶色の短髪もいつもみたいにつんつん立てとらんし、へんにょり垂れとるよ。防具が着られんのは、冒険者にとって死活問題じゃろ。

それにしても体形が変わるほど休業していたのか……それでも食べていける冒険者は、実入りがいいんじゃな。しかし、そんなことになるまで気付かんのは、かなりの問題じゃないかのぅ。

「食べた分だけ動かんと、そりゃ身に付くじゃろな。うちの店は揚げ物も多いしのぅ」

「ここの料理が美味すぎる……そのせいだ……」

短髪冒険者は非難しとるようじゃが、声に覇気がありゃせん。それを見て笑っていた他の客も、次々自分の腹や二の腕を触って硬直する。どの子も冒険者のようで、慌てて装備品を持ち出し、腰などに当てとった。

数人が目を白黒させて、残る者らはほっと胸を撫で下ろしておる。短髪の子と似たような状況になっとる者がいるんじゃな。これは、店に並べる料理を少し変えてやるべきか？客が激減したり、軽めの料理を希望されたりしたら一考してやるかの。

「私は、足がむくむなー」

前髪を眉下辺りで切り揃えた髪型の女性が言えば、数人の女性客が頷いておる。

「だから水を減らしてるんだけどね。もう毎晩、足がパンパンよ」

「いや、水を減らしちゃ逆効果でダメじゃよ」

思わず答えた儂に、女性客が一斉に振り返った。その目は獲物を見るそれじゃ。何気なく言っただけだったんじゃが……予想以上に悩んどる子が多いのかもしれんな。

「……アサオさん、どういうこと？」

若干据わった目で、儂は詰められる。

「足のむくみは、たしか塩分過多がその原因のはずでな。だもんで水をいっぱい摂って、身体の外に出さんと。しょっぱい料理を多く食べたら、より多くの水を飲む。これじゃよ」

「それ、本当なの？」

女性客のほとんどが怪訝（けげん）そうな顔をしとる。それでも儂の言葉に耳を傾（かたむ）けるのは、実際足がむくむのを経験しとるからなんじゃろう。

「細かいことは知らん。儂もそんなことを聞いたってくらいじゃからな」

儂を見ている女性客らは、全員無言で首を捻る。

「……何日か試してみよっかな。水だけでいいんでしょ？」

「そうじゃよ。まぁ、気持ち悪くなるほど水を飲むことはないぞ。健康を目指して不健康じゃ、本末転倒（ほんまつてんとう）じゃて」

一人が口にすれば、それが波及（はきゅう）していく。皆でうんうん頷いとった。

「……それ、俺にも効果あるか？」

消え入りそうなほど小さな声が聞こえる。見れば先ほどの短髪冒険者じゃ。他にも目を白黒させとった子らもか。必死の形相で儂を見とるわい。

「お前さんたちは、食べる量を減らして動くこと。これに限るぞ」

「動くって何すればいいんだ？」

額に一本角を生やした男が儂を見下ろす。

「なに、稽古量を増やしたり、討伐依頼を受けたりすればいいじゃろ。経験を得て懐が潤い、体重が減る。いいこと尽（づ）くしじゃな。あ、無理はしちゃいかんぞ。食べずに動くとか、無謀（むぼう）な依頼に挑戦するとかは駄目じゃ。もし死んだら二度と美味しい料理を食べられんでな」

「そうですね～。稽古するなら～、ルーチェちゃんとはどうですか～？　いっつも同じ人が相手だと～、ルーチェちゃんにも良くないと思うんですよ～」

香りと音で客の腹を擽（くすぐ）るステーキを焼くナスティが、儂の援護（えんご）とばかりに言葉を継いでくれる。

「やりたいです！」

串焼きを返しながら右手を挙げるルーチェは、元気な返事じゃ。その右手には塩を掴んでおるらしく、高めから串焼きに振りかけておった。無駄に見えても、塩振りにはそれなりの距離が必要でな。これがいい塩加減になるんじゃよ。

「食べてすぐは身体が驚いてしまうからのぅ。暇（ひま）なようなら来てくれ。お代は……一食無料でどうじゃ？」

「「やります！」」

短髪冒険者と太った者らが声を揃えて返事をする。それだけでなく、むくみを気にしていた女性たちも、即答じゃった。太っているようには見えんが、少しでも強く、綺麗になりたいのが女心なんじゃろな。ルーチェの相手が多くて困ることはないから、ありがたいことじゃよ。

「だったら、今日は食べるわよ！」

「おう！」

……ダイエットは明日からって迷言は、こちらでも同じか……なら、儂は食で手伝ってやろう。

塩と脂を減らしても満足感を得られる料理……やっぱり和食かのぅ。

「美味しく食べて～」

「楽しく運動！」

ナスティとルーチェが客らを後押ししとった。

ナスティは、ステーキの他にお好み焼きまで提供しとるよ。ルーチェは串焼き専門じゃが、味付けが塩、タレ、辛味噌の三種類あるからな。肉だけでなく、野菜やキノコも焼いとるから、思った以上の忙しさになったようじゃ。なので手伝いにルージュが駆り出された。ロッツァの焼き魚はクリムが補助に回っとる。手慣れたあのコンビなら問題なしじゃて。

たらふく食べて、限界まで飲んだ客らは、腹を抱えて帰っていきよった。

明日から運動するとはいえ、食べすぎじゃ。まぁ、食べられないストレスよりかは、遥かにいいんじゃろうがな。

『野菜を多めに使い、塩や醤油の量を減らす。その分、ダシをしっかり利かせて、素材の味を生かした料理に仕上げる』

できる限りそう意識して作った儂の料理は、ナスティや冒険者ギルドのズッパズィートに好評じゃよ。最近、少しだけ腹回りを気にしていた奥さんたちにもじゃな。とはいえ、野菜だけでは物足りん。肉や魚もある程度は摂らんと……反動でどかっと食べてしまうこともあるからのぅ。

そういえば、なんでズッパズィートが来てるんじゃろか？

「冒険者の身体は、大事な資本ですので」

儂が疑問を口にする前に答えてくれたわい。店に来ていた子たちから、報告が届いたんじゃと。『太ったせいで依頼に失敗した』など笑えんからな。失敗程度で済めばまだいいものの、最悪『死』に直結してしまったら、笑うことすらできん。そんな理由もあって、今回の試みを見学したいそうじゃ。気になることがあれば、その都度言ってもらえれば、誰かしらが対応できるじゃろ。

まず最初にしてもらった味見では問題なさそうじゃしな。

ズッパズィートたちには、料理だけでなく食べ方も試してもらった。特殊なことはしておらん。早食いをせずに、よく噛んで食べる。これだけで量も減らせるんじゃよ。

あとは極度の空腹になる前に食事を摂るくらいか。これは買い物する時にも使える手じゃな。腹が減っている時に見た食べ物は、何でもかんでも欲しくなるからのぅ。そんな状態で選んだら食べすぎるし、買いすぎるってもんじゃ。

ただ、きちんと栄養を摂るのは大事じゃて。なので必要な食材を必要なだけ食べて、適度な運動をする。そのことを実践してもらえば分かると思うが、一朝一夕でなるようなものでもなかろう。きっかけの一つにでもしてもらえれば、こちらとしては成功と言っていいじゃろ。

儂が料理を作り、味見と監修をナスティたちがする。朝から繰り返していたこの流れは、二時間ほどで終えられた。

翌日、続々と集まる冒険者たちは、稽古とは思えんくらいの本気装備じゃよ。幾人かは、昨日自分で言っていた通り、腰巻に腹肉が乗っかっとる。締め付けすぎもあるらしく、若干顔色が悪い者もおってな。稽古の前に倒れられても問題じゃ。無理せんよう装備を外させたわい。

「美味しいごはんの為にー、頑張るよー」

「「「おー!!」」」

ルーチェの呼びかけに、大勢の冒険者が手を挙げて答えよる。目的が変わっとる気がせんでもないが……まぁ、いいか。ちゃんと動くことと、しっかり食べることが繋がってくれれば良かろう。

組み手で稽古する者、数人で狩りの動きを確認し合う者。あとはロッツァに挑戦する者もおった。

運動の範疇を超えると思うが、ロッツァにとっては対人戦の稽古になるからのぅ。ロッツァもそれで断らんのじゃろう。しかし、一人でロッツァに挑むほどの猛者はおらんな。即席パーティでも、最低三人で組んでおるよ。前衛二人に後衛一人が主流のようじゃが……その程度の人数ではロッツァを止められんぞ。

案の定、前衛も後衛も関係なく弾き飛ばされとるわい。ズッパズィートが教えてくれたが、普通のソニードタートルを相手するにしても、中堅以上の冒険者が三十人は必要らしい。知識と経験を得ているロッツァが相手なら、熟練冒険者百人でも敵うかどうか……ってのが、ズッパズィートの見立てじゃよ。

今、稽古をしてもらっている者らでは、本来の大きさから半分以下にまで小さくなったロッツァの種族を見抜けんか。弾き飛ばされた者らが集まり、今では十五人でパーティを組んでるが……結果は変わらんな。十二分に手加減したロッツァでも、この近隣で敵う魔物なぞおらんからの。

唯一いるとすれば、海の大口――メガマウロンドくらいじゃな。あれの倒し方は思いつかん。海の底でじっとしとるらしいし、海面に姿を現さん。ならば、手を出さんのが一番じゃ。

ロッツァの稽古は、攻撃から一転して防御の番になったようじゃよ。今は、じっと冒険者たちの攻撃に耐えておる。何をされようと、甲羅（こうら）に引っ込めた手足を出さん。数人が背後に回ってちくちくやっとるが、徒労（とろう）に終わっとるぞ。魔法使いが二人がかりで下から《岩壁（ストーンウォール）》を出したが、ロッツァの顎置きにしか見えん。もう少し腹寄りに出していれば、ひっくり返せたかもしれんのに……

「《岩壁（ストーンウォール）》」

なんとなく試してみたくなり、ロッツァの首の付け根辺りに岩壁を出してみた。儂の手助けは予想外だったらしく、ロッツァが大慌てでじゃ。

「アサオ殿、横やりはどうかと思うぞ！」

あと少しでひっくり返る寸前まで反ったロッツァが、儂を非難しとる。

「すまんすまん。ロッツァを仰向けにする手を思いついてしまってのぅ。こっそり実験したんじゃが、思った以上に効果的だったようじゃな」

「陸で仰向けにされた亀種は無防備に近いが――」

儂に答えるロッツァが、ゆっくりと腹を天に向けていく。

「対処法くらいは持っているぞ」

勢いを殺さず利用して、首の振りまで使い再度転がったロッツァは、元の姿勢に戻っておった。背後にいた冒険者は、巻き込まれずに回避（かいひ）できたようじゃな。取り付ける格好のタイミングと思い、距離を詰めた者らはロッツァの眼前に出てしまっとる。そのせいで、ロッツァ以上に大わらわじゃよ。

「上手いもんじゃな」

「このくらいできなければ、生きていけん」

「それもそうか」

ロッツァは儂から視線を外さず、さりとて周囲への警戒(けいかい)も怠(おこた)らん。なんとか態勢を戻した冒険者たちじゃが、魔法使いも剣士も攻めあぐねておる。

「もうちょっかいかけんから、怪我しない程度にしてくれ」

「分かった」

儂の言葉に頷くロッツァへ、再び冒険者たちが群(むら)がるのじゃった。

大人が必死に余分な脂肪を燃やしている頃、くっついてきた子らも稽古をしておった。稽古というより遊びの延長(えんちょう)に近いかのぅ……しかし、教えてるのがムニとナスティじゃからな。一般的な子供と比較にならんくらい動けるようになっとるよ。

冒険者の子だけでなく、ワイエレたちも混ざっとってな。今はムニを追い詰める遊びの真っ最中じゃ。

正面から波のように押しては引きを繰り返し、ムニを追い立てる子供たち。難なく躱されてしまい、悔(くや)しいのかと思ったんじゃが、誰も彼もが笑顔じゃよ。

どれだけやってもムニに触れん。さすがに押しの一手だけでは無理じゃろ。そう助言しようとしたら、ナスティが猫耳の少女に何か耳打ちしていた。身振り手振りを交えたナスティの説明に少女が頷くと、トテテと駆けて行ったわい。その先にいるのは、ワイエレじゃった。

ワイエレは、子供たちの輪から離れ、数人の子供を連れていく。同じような班がもう一つできとるが、そちらは狸耳の子が中心みたいじゃよ。

正面から攻める子の数が減ったから、ムニがより一層楽に相手しとる。それでも元々頭数が多いからのぅ。取り付こうとする子の波はあまり変わらん。

見ていれば、ワイエレと狸っ子の班が分かれて、それぞれムニの背後を左右から挟み込む。即興（そっきょう）といえども三方向からの攻め手はきつそうじゃ。さりとてムニは苦労しとらんな。

ここまでは予想の範囲に収まってるんじゃろ。すると、狸っ子が群がる子供の足元をするする進み、ワイエレが上空から抱（だ）き付きに行った。

攻め手が五方向になるのは、ムニにも予想外だったらしい。ワイエレまではなんとか躱したが、狸っ子に捕まってしまいよった。これで子供たちの勝ちじゃ。

「……負けた」

自分の腹にしがみつく狸っ子の頭を撫でるムニが、そう呟いておった。

「やったー！　勝ったよ、ナスティさん！」

子供たちを拍手で称えるナスティは、いつもの笑顔じゃよ。そこに集まる子供もまた、笑顔じゃ。全員で奪い取った勝ちがとても嬉しいと見える。

それを見学していた冒険者たちが、驚いた顔で固まっとる。

「おい、あれできるか？」

「いや無理だろ……」

そんな相談がちらほら耳に入ってくる。人海戦術に多方面作戦まで追加されたからのぅ。三十人規模を集められれば、できないわけではないが……指揮する者も必要じゃし、冒険者には難しいか。良くも悪くも、我の強い子が多いのが冒険者じゃからな。

ムニとの遊びが終わった子供たちは、半分が休憩になり、儂からおやつを受け取っておる。残る半分は、ナスティが先生となり魔法の勉強をするらしい。そこにクリムとルージュが参加するみたいじゃよ。一応、適宜休憩をとれるようにと、飲み物やおやつはナスティに渡してある。ナスティなら、子供たちの状態を見誤って無理をさせるようなことにはならんじゃろ。

休憩していた子供たちの半分くらいが、カブラのところへ向かう。カブラから一緒に身体強化を学ぶんじゃと。いつの間にそんなことができるようになったのやら……儂の知らんところでカブラも成長しとるんじゃな。

残る子供たちは六人。こちらは儂の料理の手伝いをするそうじゃ。女の子と男の子が半々で、ワイエレはここに残っておるよ。

手伝いと言っても、今日、儂が作ろうと思った料理はほぼ作り終わっとる。なので、子供たちが作りたい料理を聞いてみた。

結果は、半々じゃった。男の子がケーキを希望して、女の子がクッキーを作りたいそうじゃ。どちらもオーブンを使う料理じゃから一遍に出来そうじゃよ。

儂は子供たちに手順を説明しながら、一緒に作っていく。オーブンを温める時間で、ほとんどの工程が終わるくらいじゃから、難しいことはありゃせん。焼きの準備が終わり、ケーキを中段、クッキーを下段で焼く。支度の途中から甘い匂いが広がってな。稽古をしとる皆が、気もそぞろな状態じゃよ。

「もー、ダメでしょ！　よそ見したら怪我するからね！」

集中力の切れた者らに、ルーチェがいたくご立腹じゃ。かくいうルーチェ本人も、甘い香りに釣られて手加減がままならなくなっとるわい。あれでは、誰かしらが怪我するのは時間の問題じゃよ。

「焼き上がるまであと三十分。そこまで頑張ったら休憩じゃ」

「はーい！」

「「おう！」」

時間の区切りをつけたのが、功を奏したのかもしれん。皆の様子が目に見えて変わったぞ。

「……足りるかな？」

中が見えんオーブンをじっと見つめるワイエレが、ぽつりと呟く。それを聞いた猫耳少女が、切ったり抜いたりしたクッキーをそらで数え始める。男の子のほうは、パウンドケーキが二つに、シフォンケーキが二つじゃからな。数えるまでもなく、分かっとる。それでも心配そうな顔じゃ。

「あの子らが食べる分は、別に用意してあるから大丈夫じゃよ。ほれ」

儂は食器棚の扉を開けて、子供たちに中を見せる。そこにはケーキとクッキーがたくさん盛られた皿があってのぅ。これは、昨日のうちに儂が仕上げておいたんじゃよ。おからや野菜を材料に使い、砂糖や油脂(ゆし)を減らしたものでな。甘みが減っても美味しいものをと思い、頑張ったんじゃ。

「だから、今作ったのは、皆のお土産じゃ」

ワイエレたちがにんまり笑い、元気に頷く。

ぴったり三十分経ったら、ルーチェたちは稽古を切り上げ、休憩しに戻ってきた。飲み物と一緒にお菓子を用意してやれば、全員が頬をぱんぱんに膨らませながら食べておる。

「また、動かなくちゃだね」

天使の微笑みを浮かべたワイエレの一言に、冒険者たちが硬直する。我関せずのルーチェだけはぱくぱくケーキを食べ続け、表情を蕩けさせるのじゃった。

　塩分と油脂を減らした料理に、庭でやる稽古……そのどちらもが良い結果を出せたようでな。「食べても太りにくい店」と評判になっとるそうじゃ。手足のむくみを気にする女性客も、儂の想像以上におってのぅ。一部の男性客からも高評価を得ておる。

　薄い味付けながらも、ダシを利かせて素材の風味を活かしている料理が、大層な人気になっておるわい。できることなら常設してほしいと請われるくらいじゃった。さして難しくも面倒でもないから構わんが、皆が言うほど太っている客はおらんのにのぅ……身体が資本の冒険者や職人は、微々たる変化にも気を配るんじゃろ。そう思っておこう。

　味付けや素材にこだわりを持ってくれる客が増えたのはいいことじゃ……いいことなんじゃが、どうにもこだわりが強くなりすぎてな。肉や魚を食べることに、罪悪感を覚えてしまった者まで出る始末じゃよ。食べすぎなければ問題ありゃせんと言っても聞いてくれん。困ったもんじゃ。

　そんな客に向けてというわけではないが、覚えている限りの精進料理を店に出してみた。これらも女性客を中心に、そこそこの人気が出ておる。豆腐やおから、ヤマイモやレンコンなどの滋養強壮を見込める根菜が材料じゃ。

　何人かの客は、儂の食材集めに同行したがるほど、興味を持ってくれとるよ。街中で買える食材も、自分で採れば一味違うじゃろ？　だもんで、クリムとルージュに護衛を頼んで、カタシオラ周辺の森へ出掛けたんじゃ。

冒険者も数人一緒に来ておったから、護衛はそっちへ頼んでも良かったんじゃが、儂は依頼料の相場が分からん。それに、「儂から食べられる食材を習う」と息巻いておったからな。指導料と依頼料を相殺してもらえば良かったかのぅ……いや、そうすると、他の子が気にするか。まぁ、多めに採ってもらって、余りをもらえる約束をしたからいいじゃろ。

そういえば、採取には子供も数人参加しとった。親子で連れ立って遠足気分じゃったよ。儂の料理を参考にしたお弁当を持参してて、子供たちがそれを自慢気に披露しておったわい。

指を咥えて羨ましそうにしとる大人が、多いのなんの……【無限収納】に仕舞ってあったおにぎりや漬物を出して、皆の昼食にしてやったらなんとか落ち着いてくれたぞ。おかずが一品もないのもあれでな。唐揚げを三個刺した串を一本と、ローデンヴァルト家特製のヴルスト串を一本。外で食べる分にはこれでもかなり豪華に見えるじゃろ。

予想外だったのは、お弁当を持ってきていた子供たちにも欲しがられたことじゃな。どうにも串に刺してあるのが特別に見えるんじゃと。子供と大人が声を揃えて、できれば店でも食べたいと言っておったな。

昼ごはんを終えてからは、キノコや山菜採りになった。子供たちにも教えながらなんで、のんびりしたものじゃ。毒性のあるものを採られたり、誤って覚えられたりすると危険じゃからな。丁寧にこなすのが一番じゃよ。

「これはー？」

猫耳少女が真っ黒いキノコを指さしておる。それを見たクリムが首を横に振り、ルージュが地面に大きくばってんを描く。

「そっかー。その隣のはダメ？」

少し気落ちした少女は、気を取り直してすぐ隣に生える茶色いキノコを指し示す。こちらにはルージュが〇を描いて即答しておった。

「難しいね」

ルージュに教えてもらいながら、食べられるキノコを探しとる。少女の後ろには親御さんもおるんじゃが、キノコや野草の知識は持ち合わせていないようでな。少女と一緒に学んでおるよ。

職業病のように、周囲の警戒を怠れない冒険者たちも覚えようと必死じゃ。一応、儂が《索敵》で確認しとるが、沁みついた癖は抜けんからの。無理しない程度にと注意しておいたよ。

「お、あれは食べたことがあるぜ」

そう言って槍の石突で男冒険者が指したのは、赤地に青い斑点が目に痛いキノコ。どう見ても毒キノコじゃが、これは食べられる。しかも美味いキノコでな。

「こっちのは腹が痛くなったよ」

全体が淡い黄色に薄ら輝く真ん丸キノコを見ているのは、もう一人のおかっぱ頭の女冒険者。そうじゃな。腹を下す程度で済む毒キノコじゃよ。

「分からないキノコや山菜に手を出すのはいかんぞ。命を落とす場合もあるんじゃからな」

儂の言葉に二人が大きく頷く。子供たちにも言い含めとるんじゃが、これぱかりは体験せんと分からんか……いや、させるわけにはいかんから、冒険者の体験談を聞いてもらおう。

そう思い立ち二人に頼めば、快く受けてくれた。実物のキノコを見せながら実体験を語ってくれるのは、非常に分かりやすいみたいじゃよ。自分がどんな状態になって、どれだけ悲惨(ひさん)な目にあったか……言葉の抑揚(よくよう)だけでなく、身振り手振りが付くから見てて飽きないのかもしれん。

それに二人の迫真(はくしん)の演技は、実体験じゃからのぅ。それを目の前で演じてもらっているなら、面白いのも当然か。腹下(はらくだ)しや眩暈(めまい)、幻を見た程度の笑い話で済んでるからこそ、こうやって語れるんじゃろうが……儂の予想を超えた経験をしとるな。

「適当な先輩に教わっちゃダメだ」

男冒険者が頭を振りながら言えば、子供たちは笑っておる。

「そうだね。たぶん食べられるんじゃない？　とか、きっと大丈夫だよ。なんて言葉を信じちゃいけないよ」

そんな実感の籠もった言葉に、親御さんたちが大きく頷く。

「そうです。良い機会ですから、皆さん覚えましょうね」

凛とした声に振り向けば、いつの間にやらズッパズィートが来ておった。普段見せない、優しい笑顔で子供たちに語り掛けておる。その表情を見て驚く冒険者と違い、子供たちは素直に元気な返事をするのじゃった。

「食事と運動だけでなく、キノコや山菜の知識までありがとうございます。生き残る術にもなりますので、今後もお願いできますか？」

「手合わせを頼まれるより、遥かに楽じゃから構わんぞ」

儂の答えを受けて、ズッパズィートはにこりと微笑む。

その後、日が暮れる前に森を離れて、儂らはカタシオラへ帰る。各々、背や腰に持つ籠の中に土産を持っておるから、今晩のごはんになるんじゃろな。

《　16　お菓子屋さん　》

ついに今日、奥さんたちの店が新たな船出を迎えるんじゃよ。ちょこちょこ実験的に開いていたこともあったが、本格的に開くのは今日からでな。バイキングが休みの時を選んでの開店も、いろいろ考慮してのことなんじゃろ。折角のめでたい事柄、盛大に祝ってやらんと。

日夜開店へ向け準備に励み、バイキングの料理で腕を磨いておった。時折やる接客にも慣れた雰囲気じゃから、そちらも大丈夫だと思うぞ。自分たちの店と、儂のところとどちらでも働くと息巻いていたが……実際、やってみれば大変なのが分かるじゃろう。その結果を待って、相談すればなんとかなるはずじゃて。

開店までもう暫くかかるかと思っていたのに、儂の予想より早くてな。特にここ数日は、冒険者たちに付き合ってばかりで様子も聞いとらんかった。それに作りかけの店も見ておらんからのぅ……どんな風に仕上がったのかは儂も知らんのじゃ。

「じいじ、早く早く！」

ルーチェに急かされる儂の腹にはクリムが張り付き、背にはルージュが負ぶさっておる。ナスティは開店の手伝いがあるからと、先に行っておってな。大好きな菓子を扱っているのに、カブラが行かんと言っとるのはなんでじゃろ？

「ロッツァはんと一緒に留守番やー」

身体の大きさもあって、店に向かうのを遠慮したロッツァを思ってのことみたいじゃよ。バルバルもカブラと共に留守番組のようで、ロッツァの背中で二人して揺れておる。

「今日はお土産お願いなー」

「分かったよー」

手を振るカブラにルーチェが返事をし、儂らは家を出る。店があるのも隣近所さんなので、散歩にもならん。それでも出掛けるのは嬉しいんじゃろ。歌とも言えんくらいの、ハミングのようなものを口ずさむルーチェはご機嫌じゃ。

「……手ぶらで行くのもなんじゃな。花でも買っていくか」

「ほーい」

奥さんたちの店とは逆方向へ向かい、いつもの市場へ足を向ける。花言葉などは分からんから、明るくめでたい感じの花束を頼もうと思ったんじゃが……そういえば花屋を見たことがないぞ。八百屋で聞いてみれば、やはり花屋はないそうでな。街の外まで摘みに行くのが普通なんじゃと。もしくは、冒険者ギルドへ依頼するそうじゃ。そうしたら、随分と高いものになるし、時間もかかるのぅ。

儂らはカタシオラ郊外まで足を伸ばす。さすがにこの冷え込みでは、咲いている花も少ないわい。それでも大ぶりの赤や黄色い花弁を持つ花や、小さな白い花が群生してる樹木などは見つかった。適当に見繕いルーチェに渡したら、色合いを見て花束にしてくれた。いつの間にやら、ルーチェも女の子らしい技能を覚えておったよ。

すると、どうもルーチェに触発されたようで、ルージュが極々小さいカレオバナを数本掴んでおる。どこで見つけたのか、雑食の植物系魔物エノコロヒシバまで添えてあったぞ。一切動かんから、始末は終わっとるようじゃな。

クリムが拾ってきた蔓で、ルージュがそれらを縛り上げ、花束風に仕上げておった。納得のいく出来になったんじゃろ。クリムとルージュは大きく頷いておる。

「さてと、予想より時間がかかってしまったのぅ」

ルーチェから花束を受け取ろうとしたが、渡してくれん。ルージュたちも同じじゃ。自分たちで持って行き、手渡したいんじゃと。行きは儂の前後に張り付いていたクリムとルージュが、今はルーチェを挟んで歩いとるよ。

花束が崩れんくらいの速さでのんびり歩き、奥さんたちの店に着いたのは昼の少し前だった。

朝からひっきりなしに客が来てくれていたようで、やっと一息吐いたところらしい。儂ら以外に祝いの花などを贈る者はいなかったようで、店の前はさっぱり綺麗なもんじゃ。

ルーチェが背の高い奥さんに花束を手渡す。それを見てルージュが翼人の奥さんに、クリムが太めの奥さんにカレオバナを差し出していた。

三人の奥さんはきょとんとしていたが、ユーリアにその意味を教えられてからは、喜色満面じゃったよ。そういえば、ユーリアたちは何も渡してないんじゃろか？

「壁掛け時計をあげたんです。仕事を始めるにしろ、休憩するにしろ、時間が分かって困ることはありませんからね」

胸を張って儂に答えるイェルクに、奥さんたちは恐縮しっぱなしじゃ。誰かに聞かずとも、時計が高級品なのは知っておるようじゃからな。しかもイェルクが作った時計は、派手でなく機能性と装飾が見事に合わさった芸術品になっとる。誰も彼もが一目瞭然で見抜けるほど、最高級の逸品じゃ。

「アサオさんは？」

手ぶらの儂を見たユーリアに問われた。

「儂はこれじゃよ」

言うなり【無限収納】からいろいろ取り出す。バイキングの厨房でも使っている調理魔道具一式。いつも奥さんたちが口々に「家で使いたいわ」と言っておったんじゃ。当人たちが欲しがるものを渡すのが一番と考えてな。数個ずつ仕入れておいたんじゃよ。

魔道具じゃから、それなりに値が張ってのぅ……奥さんたちでは手を出せんかったそうじゃ。そんなところに手を差し伸べられるなら、してやろうと思ってな。

「アサオさん！　本当にいいの？」

喜ぶ奥さんたちじゃが、値段のことが頭に浮かんでおるようじゃ。無言で頷く儂に、奥さんたちは申し訳なさそうな顔を見せるが、新品の調理器具を手に入れた嬉しさが勝ったな。皆して、新しい玩具をもらった子供のような顔をしとるわい。

「それを使って、お客さんを笑顔にするんじゃぞ」

「「はい！」」

声を揃えて答える奥さんたちじゃった。

《17　冬のシカダ》

寒風吹きすさぶ中、ムニと一緒に街の外へ食材獲りに向かう。

いつもは血抜き程度で、冒険者ギルドへ納品するらしいんじゃが、少しでも経費を浮かせたいと考えたそうでな。解体を頼む費用も馬鹿にならんから、「覚えたい」と言ってきてのぅ。儂がやっとる魔物の下処理や料理の仕込みを見て、相談してきたんじゃよ。興味を持ち覚える気があるならば、細かく教えてやろうと思い、カタシオラから出たってわけじゃ。

耳聡(みみざと)く解体の実地研修の話を聞いたカナ＝ナが一人で同行しとる。カナ＝ワは別件で何か用があるらしくてな。珍しく二人一緒には来ておらん。

冷え込みが激しいからか、活発に動く魔物が見当たらず、《索敵(レコナ)》にもほとんど反応が出てくれん。狩り慣れたラビやウルフが二匹ずつしか現れんよ。それだって貴重(きちょう)な獲物じゃ。

「……」

儂らの左前方にある腰高の藪を、ムニが無言で見つめておる。これと言って特筆する物もないぞ？

「何かあるのか？」

「……シカダ」

ムニが指さす藪の根元を見るが分からん。そんなところに鹿が隠れておるんじゃろか……

「爺ちゃん、逃げるよ！」

首を捻る儂の腕を取り、カナ＝ナが来た道を引き返す。ムニも一拍置いてから走り出した。カナ＝ナの慌てっぷりを見るに、危険なんじゃろ。

「《加速》、《堅牢》、《結界》」

全員の支援を済ませたと同時に、背後の藪が激しく揺れる音がする。振り返った儂の目には、信じられん光景が映っておった。

藪になっていた部分が消し飛んだんじゃよ。いや、葉だけが綺麗さっぱりなくなったのか……とりあえず、丸坊主じゃ。

黒い虫が無数に宙へ舞う。一匹あたりは10センチもありゃせんが、何百と集まり大きな黒い影を形作っておるようでな。今、目の前におるのは、体長2メートルくらいに育ったセミの群体じゃった。それが一斉に儂らへ向かってくる。

「あー、もう！　寒いからって寄ってくるな！　シカダ嫌い！」

儂の手を引き走りながら、カナ＝ナが魔法を唱えておる。

「《炎柱(フレイムピラー)》」

後方に現れた火柱に触れないよう、それでいて離れすぎないように巨大シカダが飛んでおった。

「ありゃ魔物か？」

「……違う。迷惑だけど、シカダは普通の虫」

ふるふると首を横に振り、ムニが答える。それを補足するように、カナ＝ナが叫んだ。

「魔力と熱を奪うのだ！　だから、《炎柱(フレイムピラー)》とかで足止めするの！」

そう言っている間にも、儂らの後ろに出ていた《炎柱(フレイムピラー)》が姿を消した。次の餌を求めて、また儂らへと群体が飛び始める。

「ふむ。《水柱(ウォーターピラー)》、《加熱(ヒート)》」

熱湯になるまで温めた《水柱(ウォーターピラー)》にシカダたちが立ち止まる。

《加速(クイック)》付きでも引き離せんシカダじゃが、今は熱湯水柱に夢中じゃよ。なのでそれなりの距離がとれた。

「あれは退治したほうがいいんじゃろ？」

「……危険」

ムニが頷いた後、首を横に振る。退治には賛成じゃが、危ないからやめておこう……そんな意味を込めた一言なのかもしれん。

「一匹ずつなら弱いけど、あの数は無理ー。じいちゃん、できるの？」

足りないムニの言葉を、カナ＝ナが補（おぎな）ってくれたらしい。

「あれが虫なら《駆除（リドベスト）》で終わらんか？」

「私は使えないぞ！」

胸を張って答えるカナ＝ナに、ムニも力強く頷いておるわい。

「《駆除（リドベスト）》」

普段魚を処理する時と同じようにかけてみたが、効果が薄いようじゃ。一度の魔法で退治できたのはほんの数匹。あとは少しばかり弱まったくらいじゃよ。これは《駆除（リドベスト）》の魔力まで餌にしとる可能性が否定できん。

それでも熱い水柱に夢中なシカダは、儂らへ向かってくることはない。

「《加熱（ヒート）》、《結界（バリア）》」

若干冷めてきた水柱を、儂は再度温め、それをシカダごと囲ってみる。《結界（バリア）》の中を元気に飛び回る群体は、もう形が崩れ切ってバラバラじゃった。

「《結界（バリア）》の魔力は奪わんのか……なら、これはどうじゃ？」

一度は距離を取ったものの、儂は一人で近付き、《結界（バリア）》の上部に小さな穴を開ける。

そこから真っ黒な粉末を一掴み（ひとつか）分、放り込んだ。開けた穴を塞ぎ、様子を見ていたが効果は抜群（ばつぐん）じゃよ。バラバラに飛んでいた者らが、バタバタ落ちて折り重なる。

「じいちゃん、何したのだ？」

「自作の殺虫剤を入れたんじゃ。前に集めたキノコと毒草、あと木の皮などを混ぜ合わせて準備しておいたんじゃよ」

チュンズメの森周辺や、『飢え知らズ』で集めたキノコ。以前から採っていた毒草。あとは毒持ちの魔物の素材じゃな。それらを鑑定しながら混ぜていたら、上手いこと調合できてのぅ。魔法が効かない虫の為にと持ち歩いてたんじゃ。こうも効果的とは思ってなかったが、これは有用じゃよ。

獣向けのものも作ってみようか……となると、冒険者ギルドに頼んでみてもいいかもしれん。薬師を紹介してもらえれば、それに越したことはないが、直接交渉させてくれるか分からんしな。まぁ、それもこれも帰ってからじゃ。

「全滅（ぜんめつ）してる……やっぱり、じいちゃんはすごいな！」

恐（おそ）る恐る近付いてきたカナ＝ナは、《結界（バリア）》の中を見て、目を輝かせておった。ムニは、《結界（バリア）》をこつこつ爪で突いておるよ。

「……簡単。これ欲しい」

そう言いながら、儂の持つ殺虫剤を強請（ねだ）るムニじゃった。

それからもまだ狩りを続けた儂らは、本題の解体もしっかりこなす。その際、またシカダに狙われたりしたんじゃが、殺虫剤が大活躍じゃよ。難しい使い方などはありゃせんが、自分や味方にかかると良くないからの。そこだけは注意してムニとカナ＝ナにもやらせてみた。

「魔法より遥かに楽だぞ！　じいちゃん、すげぇ！」

「……これ欲しい」

さすがに素手で握らせるわけにもいかん。厚手の手袋を装着させて撒かせたら、簡単に退治できるのが嬉しいようでな。真っ黒な右手と対照的な、キラッキラ輝く目で儂を見ておった。

カタシオラへ帰る途中、解体実習の成果と一緒に、カナ＝ナとムニには殺虫剤を渡しておいた。

「今後も使えるかは分からんから、あまり口外せんようにしてくれな。儂だけしか作れんとなると大変なんじゃよ」

薬師との連携が上手くいって、一般に流通するようならそんな心配はないんじゃがの。話を持ちかけてみんことには何とも言えん。ま、その辺りは帰ってからじゃ。

《18 欲しがりさん》

奥さんたちのお菓子屋さんも順調な滑り出しを見せて、ご近所さんの憩いの場と化しているそうじゃ。バイキングで食事を済ませてから、お菓子屋さんで土産を買って帰る。そんな流れも出来つつあるそうでな。忙殺されるようなことがあっちゃいかんので、奥さんたちの健康状態などはしっかりチェックしとるよ。

ついでに働く時間なども相談したが、誰一人として辞めんかった。働く時間を減らしたくないとも言っておったが、日数だけは減らしたぞ。バイキングと違って、お菓子屋さんは毎日営業しとるからな。何処かで無理が祟るかもしれんし、忙殺されて家庭を疎かにするやもしれん。先手を打たせてもらったというわけじゃよ。

幸いなことに、バイキングの新しい働き手はすぐに決まってくれてな。いや、狙っていたと言えるか。カナ＝ナとカナ＝ワが、常勤になりよったんじゃ。一日置きの営業がちょうど都合良いらしくてな。バイキングの休業日は、自分たちの体調と相談して、冒険者稼業か休養にあてるみたいじゃ。

そうは言いながらも、ほぼ毎日顔を合わせとるのが現状なんじゃがな……休養と言いつつアサオ家の砂浜で修練しとるからのぅ。

お菓子屋さんの扱う品は、基本的にバイキングと被らん。唯一重なる品としてはかりんとうじゃが、それも奥さんたちの店には数種類あるからの。以前教えた野菜かりんとうを、目玉商品に仕立てたそうじゃよ。高級品な砂糖の使用をなるべく控えて、小分けにした低価格販売が功を奏したようじゃ。

　バイキングが休みの今日は、儂一人でふらっと店に足を運んだんじゃが……

「ルーチェちゃん、お煎餅五枚追加お願い！」

「はーい」

「ナスティさんは、きんつばを二十個で！」

「分かりました～」

　甘味だけでは飽き足らず、煎餅にまで手を出しておったのか。朝ごはんの後から見掛けなかったルーチェとナスティは、こっちに来てたんじゃな。聞けば、お菓子屋さんで雇われているそうじゃよ。奥さんたちより頑丈な二人は、とても楽しそうな顔をしとるわい。

　いつもと違う焼き台でも、ルーチェは慣れた手つきで煎餅を返し続ける。ナスティに至っては、きんつばを焼きつつ、おやきまで作っておった。自作の保存食――塩漬け野菜や干し野菜の煮物を具材にしとるようで、甘いのとしょっぱいのの無限連鎖を見せておる。

　その策略に嵌まった客が、まったく足掻こうともせんから抜け出せん。財布の中身がなくなるか、腹が満杯になるかの競争じゃな。

「持ち帰りだけの予定が、この場で食べたいって言われちゃって……」

様子を見ていた儂に、翼人の奥さんがこぼしとる。

「無理をしとらんならいいんじゃが、大丈夫か？」

疲れた顔をしておるが、目の輝きは失われておらん。逆に、漲ってておるように見える。

「全然問題ない！　元気なんだけど、作る人が足りなくてね。あと調理器具がもう少し欲しいかなー」

翼人の奥さんが、わざとらしく上目遣いで儂を見る。それに追随する形で、背の高い奥さんまで店の中から出て来よった。更に太めの奥さんまで現れ、正面と左右を囲まれる。

「……お客さんを待たせるのは忍びないからの。まったく、その仕種はどこで覚えるんじゃや？」

肩から下げた鞄に手を入れ、調理魔道具を三セット取り出す。それを渡したら、翼人の奥さんだけを残して、二人の奥さんは店内へ戻っていった。

「子供たちには、上目遣いを教えるんじゃないぞ？」

「え？　もう覚えてるわよ？　ほら」

儂の願いは叶わんらしい。彼女が指さす先には、ワイエレがおったよ。ルーチェと一緒になって煎餅を焼きながら、

「もう少しだけ待ってね」

と、多数の客を魅了しておる。目の前にいた背の高い男性客のみならず、妙齢の女性や年配の獣人さんまでと相手を選ばずじゃ。誰もが目尻と眉尻を下げて、締まりのない顔になってしまっとるわい。

「アサオさん、俺らはポテチが……」

そう言いながら、筋骨隆々のスキンヘッド冒険者がシナを作る。儂より背が高いのに、わざわざ中腰になって上目遣いまで再現しておった。揉み手をする冒険者なんて初めて見たぞ。

「気色悪いことをするでない」

それを真似て、男女問わずに儂の前に列を作りよる冒険者たち。子供らも面白がり、同じように上目遣いじゃ。

「仕方ない……」

ごそごそと鞄を漁り、仕舞ってあったポテチを十皿取り出し、皆へ渡してやる。すぐさま冒険者たちは姿勢を改め、シナも上目遣いもやめてくれた。

「アサオさん、私は特製包丁も欲しいなぁー」

翼人の奥さんはここぞとばかりに、儂へ追撃じゃよ。

「必要なら普通に用意するから、変なことを教えんでくれ」

「やった！」

一本だけ渡そうとしたら、指を三本立てよった。しかも、まだ様子を窺っているようじゃ……

「……本当は何本欲しいんじゃ？」

「五本です！」

言われた数だけ出してやると、ワイエレのように背中の翼をぱたぱたさせて飛んでいきよる。嬉しいのは分かったが、子供たちが見とる前では控えてほしいぞ。

儂らを見ていた翼人の子供が、真似して上機嫌で羽ばたいてしまっとる。

包丁が持ち込まれた厨房からは、甲高い歓声が上がっとるよ。

背の高い奥さん、太めの奥さん、翼人の奥さんの三人が顔を出し、

「「「アサオさん、大好きです！」」」

そう言ってまた顔を引っ込めた。

やれやれと肩を竦める儂に、

「私もじいじ好きだよー」

ルーチェがそんなことを言ってくれたわい。

「私もですよ～」

ナスティまで悪乗りしてきよった。ポテチを摘まみながら遠巻きに見ていた冒険者たちも、二人に負けじと声を上げ出し、周囲が笑い声に包まれるのじゃった。

《 19 魔物使い 》

先日の甘え……というより、たかりに近い行動を窘めたら、奥さんたちはしょんぼりしておったよ。さすがにやりすぎと反省したんじゃろ。あれ以降、一切して来んからな。『親しき仲にも礼儀あり』じゃ。儂としては娘のように見ておるが、あくまでようにの範囲からは出られんからのぅ。距離感を掴むのも難しいもんじゃよ。

バイキングを開ける今日は、朝早くから仕入れに出ていた。急ぎで必要な食材ではないが、仕入れておきたくてな。開店には間に合うと見込んでいたんじゃが、予定がずれ込んでのぅ……足早に帰宅した儂は、クリムとルージュに手荒い出迎えをされたぞ。前後を挟まれたので、その相手をしてやる。

儂が留守にしている間にも、客は大勢来てくれて、料理は着々と出されたそうじゃ。なのに今日はあまり焼き魚が出なかったらしく、クリムたちはロッツァの手伝いをする機会が少なかったんじゃと。だからか、二匹してその不満を儂にぶつけておるようじゃ。これ、八つ当たりじゃよな。

儂らが暴れて、皆の食事に砂や埃が入るといかん。そう思い、儂は二匹を連れて岩場まで足を伸ばした。まだ家が見えるくらいの距離じゃから、何かあれば声がかかるじゃろ。岩場から飛び込んで海中を目指すルージュと、潮溜まりを漁るクリム。二匹を眺めながら、儂は一服じゃよ。

「あ、あの！」

急に聞こえた声に振り返れば、橙色に近い茶色のおさげをこさえた女の子が立っていた。他人のことをとやかく言えんが、どこか田舎娘のような雰囲気じゃ。そんな印象を受けるのは、飾り気のない生成色のつなぎ姿だからじゃろうな。

「私、魔物使いなんです！　その子、どこで捕まえましたか？」

潮溜まりを覗くクリムを指さす少女は、答えを待つのも惜しいのか、儂に詰め寄ってくる。その時、海の中からルージュが顔を出す。するとどうじゃ。少女の顔は喜色満面。言葉にならん声を上げ、大興奮状態になってしまった。

「はぅ！　ふわぁぁぁ……！　もふぺちゃ」

歓喜に打ち震え、クリムとルージュを交互に指さしておる。二匹に加えて儂まで見る少女は、忙しなく首を三角形に振っておった。

「街に入る都合で従魔になっとるだけで、クリムとルージュは儂の家族じゃよ。捕まえたんじゃなく、一緒に旅しとるだけじゃ」

儂が答えてやる間に、クリムとルージュは儂の前に並ぶ。それぞれ獲った貝や魚を儂に見せ、褒めろと言っとるわい。なので儂は獲物を受け取ってから、二匹まとめて《浄水》で洗い、《乾燥》でふわふわな毛並みに戻してやる。そこから頭や腹を撫でてやったら、大喜びじゃよ。

その横で少女は、羨ましそうに儂らを見とったぞ。

「嬢ちゃんが今連れてる子も、単なる武器でも道具でもないじゃろ？」

「もちろん！　大事な相棒ですよ！」

慌てて手と首を振り答える。

「『共にいてくれる魔物を道具としてしか見れないなら、魔物使いなんてやめちまえ！』っていうのが、私の師匠の言葉です」

「うむ。儂も同じ意見じゃな」

儂が首を縦に振れば、クリムとルージュもこくりと頷いておる。

「今連れている子は、可愛いんですけどもふもふじゃないんです。だから……」

そこまで言った少女がクリムたちへ視線を向けるが、二匹はそんなこと気にしとらん。

今は、儂の身体をよじ登るのに夢中じゃよ。

「手入れをしてやれば、もふもふになるぞ。ほれ、あんな感じにの」

儂が指し示した先には、レンウがてくてく歩いておる。ジンザは籠を背負ってふらふらじゃ。籠から顔を出しているのがネギとダイコン、あとはゴボウじゃから重いんじゃろうな。

レンウの毛並みが、風にファッサファッサと揺れとる。揺れるジンザの毛も風に靡いておる。

「紅蓮ウルフなのに……」

レンウとジンザを見た嬢ちゃんは、あまりの驚きに口を両手で押さえとるわい。

「ちゃんと汚れを落として、この櫛を通していたらああなったんじゃよ」

「その櫛ください！　どこのお店でいくらでしたか⁉」

即座に振り返った嬢ちゃんに、左手に持つ櫛を凝視された。右手には毛の硬いブラシも握っておってな。そのどちらも睨みつけるように、交互に見比べとるよ。

「馴染みの木工房と鍛冶屋に、他の物とまとめて頼んでおるからのぅ。単独の値段は知らんのじゃよ。まず試しでこれを使ってみて、思うような効果が出たら頼むといいんじゃないかの？」

「はい！　そうします！　早速、可愛い紅蓮ウルフを見つけなくちゃ！」

儂にお辞儀をした嬢ちゃんは、脱兎のごとく駆け出した。店を通らず、レンウたちの脇を通り抜ける。すれ違いざまに二匹を撫でたようで、レンウとジンザが驚いたような顔をしておった。

それから一時間とかからずに少女が帰ってきた。その後ろには紅蓮ウルフが三匹。あとは少女の肩口に蛇っぽい何かが浮かんどる。

レンウに施す手入れを実演して、魔物使いの嬢ちゃんに教えていく。儂が《浄水》を使えば、嬢ちゃんが空飛ぶ蛇に頼む。どうやら嬢ちゃん自身は、魔法があまり得意ではないんじゃと。蛇は魔法に秀でている子らしく、すごく強くて可愛いとベタ褒めじゃ。

身体を洗って乾かして、ブラシと櫛で毛並みを整えると、がらりと印象が変わる。嬢ちゃんは、劇的変化に大喜びでな。連れてきた紅蓮ウルフ三匹全てを綺麗にしたら、頻ずりしとるよ。レンウたちに比べればまだ硬い毛じゃ。それでも嬉しいんじゃろ。これから何度も繰り返せば、きっと同じくらいにはなるはずじゃて。

櫛とブラシを試した結果、やはり欲しいとなった嬢ちゃんは、儂の紹介した店へ従魔を連れて向かったわい。念の為の紹介状を書いてやったから、少しは値引きしてくれるんじゃないかのぅ。一応、そちらの店でも、儂は上得意になっとるらしいからな。

《 20　商業ギルド経由、薬師行き 》

バイキングが休みの今日は、儂一人だけでちょいと仕入れに出ておる。神殿を渡っての仕入れは、儂以外にできんからのぅ。

とりあえず米と蜂蜜が大分目減りしとる。その他にもいろいろ減っており、それらの買い付けと儂の気分転換を兼ねたぷち旅行ってやつじゃ。

最近開店した奥さんたちのお菓子屋には、格安で食材や調味料を卸しておる。子供でも手の届く範囲の安値で売ってほしいと儂が頼んだからのぅ。それを実現するには、良いものを安く卸してやらんといかん。

普通なら交通費や運搬費で割高になる食材も、儂が動けばその分安い。なので、儂が遠方まで足を伸ばすんじゃよ。蜂蜜などの高級品も、儂は買い付け先を確保しとるからの。そんな理由から格安卸値で奥さんたちのお菓子屋に売っていたら、儂の抱える在庫がものすごい勢いで減ってしまったんじゃ。在庫量を家族皆に心配されてしまうほどじゃよ。

神殿へ向かい、フォスの街を経由して女王蜂のもとへ足を運ぶ。物々交換が基本なんじゃが、何を欲しがるか分からんでな。

とりあえず【無限収納】に仕舞ってあるものを教えたら、カタシオラまでの道中で集めた木材や草花を希望されたわい。どうもフォス近辺では見かけんものらしい。あとはペシルステンテ近辺で狩った魔物じゃ。こちらは自分たちの食料にするんじゃと。大量の蜂蜜と交換ができたので、非常にありがたい。

ペシルステンテ産の魔物は、今現在【無限収納】の肥やしでな。ルーチェが吸収してもさして能力に変化が見られず、最近は食べてくれん。バルバルは見向きもせんよ。仕舞いっ放しにするのも何なんじゃが、冒険者ギルドには卸せんからな。

内幕を知っているデュカクがおるとはいえ、さすがにのぅ……仕入れ元を秘匿すると言ってくれとったが、ギルドにいらん迷惑をかけてしまうじゃろ。なので、ずっと秘蔵の品みたいになっておったんじゃよ。それが捌けて、必要な食材に化けるなら、これほど嬉しいことはないわい。

フォスの街に戻ったら、商業ギルドマスターのアディエとコーヒーの仕入れ担当のカルフェに見つかった。コーヒーと紅茶を頼まれたから卸しておいたよ。世間話もそこそこに、フォスの街をあとにした儂は、『チュンズメのお宿』の近くに棲む、ヌマノサンのおる洞穴へ飛んだ。ヌマノサンから熱烈な歓迎を受けたが、元気そうで何よりじゃ。チュンズメを始めとする、森の生き物とも仲良くやっとるみたいじゃよ。

ふと視線を感じて周囲を見れば、イモリやカエル、他にも両生類っぽい生物に囲まれとった。身体の大きなヌマノサンに憧れる子たちらしい。手足が長く器用な者や、知恵のある者もおるそうでな。

少し思い立って頼み事をしてみたよ。綺麗な水辺で、元々三つ葉やセリが豊富なんじゃ。これを定期的に仕入れられるなら、この子らとも取引ができるでな。それらの育成をお願いしてみた。

ついでにワサビのことを聞いたら、それらしき物を見た子がおったよ。ツンとくる辛味が記憶に残っていたそうじゃ。ここへ運んで育てられるなら、と追加で依頼したぞ。難しそうなら、また今度の機会に案内してもらうと約束しておいたわい。

その後、チュンズメの屋敷にある『飢え知らズ』を利用させてもらい、代金代わりの甘味をいくらか置いていった。

カタシオラに戻った儂は、ツーンピルカに頼んで、米と砂糖を仕入れる。全部を自前で揃えては経済が回らんでな。バイキングで使う食材の中で、カタシオラで購入できるものは、なるべく買うようにしておるんじゃ。値段にそぐわない粗悪品を買おうとは思わんが、そこは取引先との信頼があるからの。

それに儂の料理やレシピを参考にしてる者も、かなりの数になったと聞く。だったら、儂も街で買える食材を使ったほうがいいじゃろ？

商業ギルドに来たついでに、殺虫剤のことをツーンピルカに相談してみた。やはり薬剤じゃから、薬師を紹介されたわい。ムニたちと一緒になってシカダを相手にしたことも伝えたら、ツーンピルカまで殺虫剤を欲しがりよったぞ。他の虫にも使えると踏んだらしく、家の周りに使いたいんじゃと。手持ちの薬を少しだけ譲っておいた。

「素手で触らんのと、周囲へ飛散しないように注意するんじゃぞ。万一体調が悪くなったら、儂のところへ来るように。《治療》か《解毒》でたぶん治せるからの」

それだけ伝えてギルドをあとにし、紹介された薬師のもとへ儂は向かうのじゃった。

アワヤカワイのような店舗を営んではいないようで、組合に顔を出すことになってのぅ。事前の約束もなしに会ってくれるか心配じゃよ。

薬師組合の建物は周囲の家屋より背が高く、木造三階建てくらいかの。建物の外壁には、様々な種類の蔦が絡まっておった。いろいろな薬草の香りが、建物の外にまで漂っておる。

もしれん。

嫌いな匂いではないので儂には心地好いくらいじゃな。ただ、人によっては顔を背けるか

建物の中に入れば、香りはより一層強くなる。商業ギルドのような受付や係の者は見当たらん……が、いくつもの額縁が壁際に並んでおるのはなんじゃろか？

「おや？　ここは初めてかい？」

額縁の一つから声がかかり、そこを覗けば極々小さな身体の人が立っておった。一辺が50センチほどしかない額縁に収まり、にこにこ笑っておる。見える範囲でしか言えんが、額縁の奥に部屋が広がっとるよ。パイプを咥えて、白い煙を燻らせておるその人は、身長が30センチあるかどうかじゃな。小人や妖精などと呼ばれる種族かもしれん。

「初めてじゃな。ツーンピルカの紹介で来たんじゃよ」

紹介状を見せながら答えた儂に、

「童の紹介か。なら、真っ当な客のようだね」

その人はまだ笑っておった。

ツーンピルカからの紹介状を儂から受け取り、その中を確認する小人さん。ツーンピルカを童と呼んでおるし……小人さんの年齢は分からんが、見た目通りの可愛らしさでは済まないんじゃろな。

「どんな配合で何を作るんだい？」

紹介状から目を離し、儂へ向いた小人さんは、そう聞いてくる。

「殺虫剤じゃよ」

実物を【無限収納（インベントリ）】から取り出し、小瓶に入れたままのそれを渡した。儂が作った殺虫剤の素材と比率を書いた紙も一緒にじゃよ。

「へー、この配合比率でそんな効果になるのかい。面白いもんだね」

小瓶からほんの少しだけ木皿へ取り出し、小人さんが眺めとる。どこから取り出したのか分からんが、ひょろ長い帽子を身に着けおった。儂の被るとんがり帽子に似た感じじゃが、これよりも細長いのぅ。

「……友人が欲しがったんじゃが、専門知識がなくてな。そうそう譲るわけにもいかんじゃろ？　なので、これを皆が安全に使えるように改良なんてできるかのぅ」

「これだって十分安全さ。使い方次第で危険になるのは、どんな物だって同じだよ」

どうやら鑑定していたようじゃ。

「……それもそうじゃな。ならば増産をお願いできるかの。旅先でも使えそうじゃから、多めに持っておきたいんじゃ」

手持ちの素材を出せるだけ渡して、そのまま依頼する。小人さんは素材を見てから、ソロバンのようなものを弾き、儂に値段を提示してきた。読み方が分からんから教えてもらったが、儂としては妥当な金額と思えたよ。専門職にお願いしとるのに、値切るなんて馬鹿な真似はせんからな。知識と技術はそれだけで貴重なもんじゃ。

紹介された薬師さんでなくてもいいのかと思い、そのことも聞いてみたら当人じゃったよ。なのでそのまま依頼ができたわい。

薬師の小人さんから逆に頼まれたのは、他の薬師と協力してもいいかってことじゃった。別に秘匿するような内容でもないからのぅ。誰でも作れるようになれば、安価で出回るきっかけになるかもしれん。それならば願ったり叶ったりじゃよ。その旨も伝えたら、小人さんが少しだけ値引いてくれた。断ることでもないから、素直に受けたぞ。

「珍しい素材もないから、冒険者が頼みやすいね」

そんな評価もしてくれた小人さんじゃった。その後、とりとめのない話をしていたら時間が過ぎて、他のお客さんが訪ねてきてな。依頼も終わっていたので、儂は植物に締め付けられる建物をあとにした。

そういえば、小人さんが『珍しい素材もない』って言っとったから、カタシオラ近辺で素材が十分揃うんじゃな。チュンズメの屋敷にある『飢え知らズ』で集めた素材は珍しいとばかり思っていたが……儂もちょいと探してみるかのぅ。

おりよく新たな使い道のヒントをもらえたことじゃ。世間話程度でも、専門家と話すとためになるもんじゃて。儂の作った殺虫剤は、配合次第でかゆみ止めや痛み止めにもなるんじゃと。

更に、治すのとは逆の使い方もできるらしくてな……つまり嫌がらせじゃな。先日いちゃもん付けてきた騎士が使っていた白い粉も、何かを混ぜたものだったしの。あれを参考に作ってみよう。

真っ直ぐ帰宅せずに寄り道して、トトリトーナの塩屋へ顔を出したら、料理人っぽい者や下働きのような子が数人おった。話を聞けば、豆腐のレシピを登録した商業ギルドでこの店のことを聞いてきたんじゃと。儂が作る料理を追いかける者がおると聞いていたが、随分と動きが早いのぅ。

豆腐の材料は公開しとるし、儂が仕入れに使う店も内緒にしとらん。普段から儂と付き合いがあったり、街中で見かけていればすぐに分かることじゃ。

それで、儂が使っている食材を揃えているそうじゃよ。仕入れの最中に本人と出くわすとは思っていなかったようで、料理人も丁稚の子も驚いておるわい。騒がしくしているわけでもなし、トトリトーナも放置しておる。分別(ふんべつ)がある者らで良かったぞ。

トトリトーナに聞けば、塩の売り上げも右肩上がりなんだと。苦汁(にがり)もそれなりに売れとるそうじゃ。ただし、自分が納得できる塩を作りたいから、無理な増産はしないらしい。まぁ、それもそうじゃろな。目先の利益に目が眩(くら)んで、質を落とすようなら職人とは名ばかりの商人じゃて。

儂は塩と苦汁を仕入れて塩屋を去る。その帰りがけに、ちょうど帰宅してきた、トトリトーナの妻で冒険者のメリーナと少々立ち話。最近は良い獲物がいなくて、思ったほどの稼ぎが得られていないそうじゃよ。それでも普通の冒険者よりは、遥かに稼いでいるんじゃろな。バイキングにもそれなりの頻度で夫婦揃って来てくれとるからの。

　世間話の延長ってわけではないんじゃが、メリーナから解体の手解きを頼まれた。ムニから聞いたそうじゃ。空腹でなければかなり強いムニとは、良い稽古ができているそうでな。稽古の休憩時に、最近やったことなどを話していたら教えてもらったんじゃと。『習っていないからできない』で済ませたくないと言っておるメリーナは、やる気満々じゃ。

「時機が合えばな」

　と答えたが、近々やることになりそうじゃよ。

　そうか。儂だけが教えるのもなんじゃな。これも何かの縁じゃて。儂も依頼を出して、以前見かけたあの素材採取専門のおっさんに採取を学ぼう。

　足取り軽く冒険者ギルドへ顔を出した儂は、受付さんに頼んでから帰宅するのじゃった。

《21　のんびりした日》

　バイキングが休みで、食材集めに街の外に行く用事もない。そんな今日は、庭先の浜辺でのんびり日向ぼっこじゃ。冒険者ギルドに出した、採取の指導に関する依頼も、履行まではまだもう少しかかるらしいしの。儂が教えてもらうだけなら、一両日中にもできるそうなんじゃが、他の冒険者も一緒となると時間がかかるんじゃと。

今回は儂が受講者で、他の者はそれに便乗するくらいの感じじゃからな。それでもしっかり参加料は取っておる。タダで習おうなんて考えとる者には遠慮してもらっとるんじゃ。講師をしてくれる採取専門のおっさんへ支払う指導料は、儂としては適正価格だと思っとるからの。身に付けた知識と経験は、いつか必ず役立つもんじゃて。

冒険者ギルドとしては、おっさんの指導力にも疑問があるらしくてな。なにせギルドにしても、彼にしても初めてのこと。

「万全を期す為にも見極める期間が欲しい」

と、デュカクが言っておったわい。

この一件が上手いこといけば、ギルドを挙げての仕事にできるかもしれんとは、ズッパズィートの言じゃ。採取専門の冒険者たちの立場を引き上げて、新たな収入源になるかもしれん。

駆け出しの子たちが、草木などを実地で学べる機会にもなれば、そちらを希望する子だって出てくる可能性があるな。

そうすれば、定期的に一定量の素材が集まり、危険な仕事をせんでも済む。もちろん、草木の特徴を覚えられん子は、魔物などの討伐になるがの。そっちだって大事な役目じゃ。こつこつ稼ぐ採取冒険者と、一攫千金に近い魔物討伐……選べる先が増えるのは、誰にとっても損な話ではないじゃろ。

……予想より遥かに大きな話になったから、これ以上は余計な口も手も出さんほうが良さそうじゃ。儂はただ、依頼が催行されるのをのんびり待つとしよう。

そういえば、儂が頼んだ指導とは別に、デュカクとギルドの解体担当から依頼されたのぅ。狩場でできる解体の手解きをしてほしいんじゃと。

なるべく早く処理するのが素材にとっては大事……とはいえ、何も知らん素人に手は出せん。折角の魔物が食べられんし使えんでは、倒し損で倒され損じゃて。そんなことがなくなるようにと頼まれた。

これはギルドからの依頼で、まずは儂が指導してもらう時にやってほしいらしくてな。儂は、受講者の立場と指導者の役目をこなさんといかんか……ムニやカナ＝ナたちに教えたことが、思わぬ流れになったもんじゃ。

庭先で思案しつつ、干した魚やイカを炙っていた儂は、日本酒のぬる燗をちびちび呑んでおる。これもイスリールから最初にもらった残りでな。なくなる前に探したいのぅ。

炙った魚の匂いに釣られたのか、クーハクートが姿を見せた。

「昼間から酒と魚か……お相伴にあずかっても？」

儂の席から卓を挟んだ向かいの椅子へ座り、クーハクートが片眉を上げる。お猪口を差し出し、徳利から注いでやった。初めて見る酒器に初体験の酒だと思うが、クーハクートは物怖じせん。香りを嗅いでひと舐めしたら、お猪口を傾けて一口じゃったよ。

「……随分と強いな」

「ワインとさほど変わらん強さじゃよ。熱を入れとるからそう感じるんじゃろ」

顰めっ面のクーハクートへ、炙ったイカを渡してやる。一夜干しのように仕込んでおいたから、味が凝縮されておってな。酒との相性が抜群じゃ。

クーハクートの好みにも合ったんじゃろ。眉間の皺と頬が緩んでおる。

空いたお猪口へおかわりを注いで勧めてやれば、今度は少しだけ口へ含んだ。クーハクートからは、ほうと息が洩れ、肩から力の抜けていくのが見えた。

儂が炙りイカを小皿経由で食べているのにも気付いたんじゃな。小皿を覗かれ、真似されたわい。一味マヨネーズのぴりりとした辛味……その後から追いかけるコクは、炙った魚介と切っても切れん間柄じゃな。

それから暫く二人で酒を楽しんでいたら、わざわざ来てもらった理由を忘れるところじゃった。

「それで、クーハクートのオススメの街はどこじゃ？」

「とりあえず訪ねてほしいのは王都だな。私が一人だけ余生を楽しんでいると、王が怒っているらしい」

したり顔を見せておるから、王の反応は予想通りなんじゃろな。一国の王とて、悪童が揶揄（からか）う相手でしかないようじゃ。まぁ、子供の頃から見ていた相手だからって理由もあるそうじゃがの。

「王都ならば私も同行できる。以前頼んだ赤子用の籠も届けたいからな」

ついでとばかりに自分も一緒に行くことを告げてきよった。

「遠い地となるとペシルステンテも面白いが、図（はか）らずもアサオ殿は一度行っている……だったら、ニェルとファヌアはどうだろう」

お猪口を空（から）にして、すっと儂へ差し出すクーハクート。

「隣り合う街で、昔からどちらが優位をとるかで争（あらそ）っているのだよ。あぁ、争うと言っても武力衝突（しょうとつ）などではないぞ？　そんな場所は紹介しないさ」

「何をしとるんじゃ？」

「商売だ。どちらがより利益をあげられるかを競っている」

ニヤリと笑い、炙った魚を一味マヨネーズに刺しておる。

「人族が他種族を支配するニェルと、雑多（ざった）な種族が自由に暮らすファヌア。主張も違って面白いぞ。どちらにも利と理があるからな。距離を離せばいいと思うが、どちらも譲らず切磋琢磨（せっさたくま）しているのだ」

魚を口へ放り込んだクーハクートは涙を浮かべておった。一味が予想より利いたらしい。若干咽せておるよ。

「できることなら我が家の領地にも行ってもらいたいが、遠い上に寒い。こちらが暖かくなってから一段と寒くなり、まだまだ雪が降るからな。旅先の候補からは除外するしかないだろう」

残念そうな口ぶりと反して、表情は明るい。どうやら、領主をしている息子にも羨ましがられているらしく、それが楽しいみたいじゃ。

それからも酒を飲みながらいろいろな地を教えてもらい、儂らの行き先の候補地を増やしていくのじゃった。

《 22 キノコまみれ 》

まだ寒さの残る今日は、クリムとカブラを連れて森へキノコ狩りに来ておる。家で料理ばかりするのも違うし、ならば出掛けようとなってな。指導してもらえる日まで暇しとるのもなんじゃし、食材集めはしたくてのぅ。《鑑定》を使えば、普通なら判別が難しいキノコや山菜も問題なしじゃ。それでカタシオラの街を出て、森へと足を運んどるんじゃよ。

「なぁ、おとん。なんでキノコなん?」

「ルーチェとナスティの希望じゃな。キノコ鍋を食べたいんじゃと」

「ふーん」

いつもの座布団に乗り、ぷかぷか浮いてるカブラは、質問したくせに気のない返事じゃ。

その視線は、森の藪を見ておる。クリムも儂の背から下り、藪をじっと見ておった。

先日、ムニたちと一緒の時に出くわしたシカダでもおるのかと思い、儂が身構えたら二人とも別のほうを見てしまったわい。何だったんじゃろか？　《索敵》とマップには何の反応も出ておらんのじゃが……

首を捻る儂を気に留めることもなく、クリムとカブラはキノコ集めを始める。念の為、周囲の状況を目視でも確認したが、やはり何もおらん。

「儂も集めるか」

そうごちてから、樹木の根元や倒木のそばを探す。なんだかんだと三手に分かれて採りまくれば、かなりの量が儂の手元に集まった。レンウたちが案内してくれた時と比べれば、採れる種類も量も少ないがのぅ。儂らが食べる分と考えれば、十分すぎる量じゃろな。

「おとん、これどうやろー？」

カブラに呼ばれて行ってみれば、乾涸びた何かが転がっておる。クリムにつんつん突かれても、下草から離れてカサカサ鳴るだけじゃから生き物ではないんじゃろ。クリムの指先のそれは、長さが20センチ、幅が10センチ、厚みが1センチってとこか……茶色い見た目じゃし、もしかして干しキノコだったりするんじゃろか？

「一応、鑑定してみるか」

奇跡的に出来た天然干しキノコかもしれんが……鑑定して正解じゃった。

「これは食べちゃいかん」

「あー、毒持ちなんか」

儂とカブラの言葉にクリムが慌てとる。突いていた右前足を引っ込め、儂の服の裾(すそ)で拭い出したぞ。

「いや、毒でなく、マッシュマシュって魔族らしい。で、水をやれば……」

言いながら《浄水(ウォータ)》をちょろちょろ出すと、干しキノコが吸い込んでいく。ジョウロであげるようにしているが、一滴たりとも周囲へこぼれておらんよ。干しキノコが段々大きくなっていき、更には厚みも増していった。

儂が出す水をぐんぐん吸い込む干しキノコに、クリムとカブラは恐れ戦(おのの)いておるよ。それなりの時間、水を与えているのに、まだまだ吸えるようじゃ。かれこれ五分ほど《浄水(ウォータ)》を吸い続けた干しキノコは、長さ50センチ、幅30センチ、厚みも30センチほどに膨れとる。まるで、超巨大なエリンギのような姿じゃ。

「おとん……これ、どこまで大きくなるんや？」

「分からんが、そろそろ一杯かもしれん」

鑑定しつつ見ておるからのぅ。減っていた体力があと少しで満タンじゃ。ただ、魔力は微々たる量しか回復しとらんな。あとは何をやれば快復してくれるか……

儂の視線の先にはカブラが浮いておる。カブラを孵(かえ)した時に使ったのは、水とジャミの腐葉土じゃったな。【無限収納】にまだ残っておるし、与えてみるか。

　ぱんぱんに膨れたキノコの身体の周囲を、ジャミの腐葉土で囲んだら横回転しながら取り込んでおる。きっと食べているんじゃろ。下草に何も残らん。これまた暫く与えると、身体につやが出てきた。頭と思われる笠の部分には、てかりまで現れとるよ。

「ふっかーーーーつ！」

　突然大きな声を出したと思えば、キノコが飛び上がり、バク宙を決めて着地した。

「ありがとうございマシュ。ありがとうございマシュ。マッシュマシュは生き返りマシュた」

　一切無駄のない動きで土下座をすると、礼を述べておる。手も足も見当たらん、キノコな身体を折り畳み、頭を下げ続けとるよ。

「もう死ぬかと思いマシュた」

　土下座の姿勢を正して儂を見上げるマッシュマシュは、胴体に目と口が付いておった。

「命の恩人には、これを渡しマシュ」

　笠の部分を振ったら、何かがぽとりと草地に落ちる。板きれのようじゃが、何かが描いてあるのぅ。地図と『招待状』か。

「あとはこれマシュ」

　すっくと立ったマッシュマシュは、左右に身体を揺らし、その後大きく円を描いて動い

た。更に身体を横倒しにしたら、ぐるぐると回転しとる。半径2メートルほどの円の中に、ぽこぽこキノコが生え出した。みるみる大きくなるそのキノコは、すぐに10センチを超えたわい。

「栄養満点マシュ。それじゃ行くマシュ」

ぴょんこぴょんこ跳ねて、儂らから遠ざかるマッシュマシュ。見送る儂らを気にすることもなく、一方的に言うだけ言って、どこかへ行ってしまったのぅ。

「……おとん、あれは何やったん？」

「分からん。たぶん、人助け……キノコ助けになると思うが……」

カブラと儂が呆気に取られている間に、クリムはキノコを収穫しておった。採ったそばからキノコがまた生え、育っていく。クリムから渡されたキノコは多種多様でな。マッシュルームにシメジ、エノキにマイタケ、マツタケにフクロダケもあるぞ。

「お礼なんじゃろうから、ありがたくもらっておこうかの」

そう言ってキノコを採る儂らじゃったが、なかなか終わらん。最終的にキノコが生えなくなったのは、二時間後のことじゃったよ。

帰宅してキノコ尽くしとなった晩ごはんに、ルーチェとナスティは大満足じゃ。ロッツァもキノコ汁を大層気に入ってのぅ……一人で寸胴鍋一杯分食べておったわい。

《23　基準》

いつものように店を開ける。まだ寒いが、徐々にその空気も和らいでおるのぅ。寒さのぶり返しに気を付けねばならんが、あと少しで春が来るやもしれん。

そんな寒空の下、開くのを待っていてくれた客が数組、開店と同時に入ってくる。慣れた手つきで代金を支払って皿を受け取る客たち。皿を片手に、並べられた料理の前を通り過ぎる。まずは座席を確保してからが本番なんじゃと。横目に見ていた料理に笑みを浮かべとるよ。

そつのない動きで、料理を盛り付け、席へ運んでは食べておるわい。食べとる間にも次の料理に目星を付けとるんじゃろ……料理は逃げんし、どんどん新しいのを出すんじゃがな。それでも料理を目で追いかけてしまうのは、人としての性ってやつかもしれんな。

「アサオさんの料理って、ちょっとしたものまで美味しいよね」

キュウリの浅漬けをぱりぽり齧りながら、ショートカットの女性がそう言っておる。既に常連と言って差し支えないほど、店に来てくれとる冒険者の一人じゃ。今日は魚料理を主体にして食べとったのぅ。その合間の箸休め的な感覚で漬物や煮物を挟んでおった。

「嬉しいのぅ」

「だって、街の中心部にある店なんて、メイン料理以外はダメダメなのばっかりなのよ？

「それが、塩味キュウリまで美味しいんだもの」

キュウリを口へ運ぶ手を止めずに、そんなことを呟いとる。それに同感したのか、周囲の席に座る他の客まで頷いておるよ。

「箸休めだろうと、口直しだろうと、大事な食料を使うんじゃ。動物だろうと植物だろうと、その命を頂くんじゃから、美味しく食べてやらんと、食材に申し訳ないわい」

客らは食べる手を止め、儂の言葉に耳を傾ける。

「野菜も肉も魚だって、この辺りのものはそんなに手をかけんでも旨味が強いんじゃよ。だから、儂はそれを引き出す手助けをしとるんじゃて」

男性客の一人が肉を噛みしめ、女性客の一人が魚を食む。

「あとは……『付け合わせや汁物が美味しい店の料理は信用できる』と、儂は思っているからな。だもんで手を抜かんだけじゃ」

「あー、そんな風にお店を選んでるんだ」

ショートカットの女性は半分納得、半分疑わしげな口ぶりで言う。

「お前さんたちにもものさしみたいなもんがあるじゃろ？　儂が店を選ぶ基準がそれってだけなんじゃよ」

「料理でないなら、俺にもあるな。見本で並べてある武器が、異常に綺麗な店は選ばん。かといって汚すぎるのも……な」

「そう？　私は店構えが綺麗なところがいいかな。お店の前にゴミがないのなんて最高じゃない？」

儂が話を振ったんじゃが、思った以上に皆の意見が白熱しておる。武器に防具、装飾品に服、食べ物の他に消耗品や家具などまで、本当十人十色な意見が交わされる。一つとして同じ意見がないのが面白いもんじゃ。

新規の店をなるべく見るようにするって意見もあるし、長年の商いを信用するって話も出とる。あとは商店の名前を出したりしとるが、その評価もばらけておるわい。誰かにとっての良い店も、他の者にとってはそんなでもない。来る客全員から好かれるなんて、それこそ夢物語なんじゃろな。

「皆、難しく考えてるねー」

侃々諤々、意見を飛ばし合う客らを、ルーチェが達観した顔で串焼き越しに見ておった。

「そう？」

「うん。食べ物だけなら、私は簡単に選べるよ」

女性客に即答するルーチェに、周囲の客らは耳を欹てる。

「美味しそうだなって思えるか、じいじの作る料理！」

「「あーーーー」」

合点がいったのか、全員が全員、首を大きく縦に振っておるわい。

「あら～？　私の料理はダメですか～？」

「ナスティ殿、我の焼き魚もダメらしいぞ」

ナスティとロッツァが二人して、ルーチェに問うておった。ただし、その顔は笑っておる。

「いや、あのね！　じいじだけじゃなくて、二人のも美味しいよ！」

しどろもどろになりながら、なんとか答えるルーチェ。その様を微笑ましく見ている、客を含めた儂ら一同。周囲の状況を見る余裕が出てきたルーチェは、笑みを洩らす儂らにやっと気付いたらしい。両の頬をぷくーっと膨らませ、

「もうじいじには、串焼きあげない！」

と、宣言されてしまった。

「あらあら～。困りましたね～、アサオさ～ん」

「うむ。我らは食べられるのに、アサオ殿だけはダメらしいぞ」

「ナスティさんとロッツァもだよ！」

揚げ足取りのように揶揄する二人に、ルーチェは怒っているようじゃ。

「ルーチェちゃ～ん、ごめんなさ～い」

「すまぬ」

すぐさま謝る二人に、無言の睨みを利かせるルーチェ。その視線は儂にも向けられ、

「……儂は何も言ってないんじゃが……」

「じいじ、ごめんなさいは？」

口答えは封じられてしまった。

「……すまんな」

「「すみませんっした！」」

儂に釣られたのか、客らも一斉に謝っとる。

それを見てルーチェが笑い、すっと串焼きが山盛りになった皿を差し出した。恐る恐る手を伸ばす客らじゃったが、皿を引っ込められたりはせん。なので、ほっと胸を撫で下ろし、串焼きを頬張るのじゃった。

《 24 旅支度 》

肌を刺すような寒さが和らいできた。そろそろ春が近いんじゃろ。となれば、旅へ出る支度じゃな。荷物などは【無限収納】に仕舞うだけなので準備らしいことは何もしないが、出先で簡単に食べられる料理はたくさん持ち歩きたいからのぅ。バイキングの仕込みがてら、少しずつ作っていこう。

そうと決めたら動かんと。パン屋に八百屋、肉屋などからの仕入れも、旅支度に向けて少しずつ増やしていくかの。とはいえ、各々の店に無理などはさせん。それに儂だけが買っているわけでもないからのぅ。儂のレシピだけでなく、仕入れ先まで参考にしとる者がおるんじゃ。その子らのことも考えてやらんと。

難しい料理をするつもりもないし、元よりできん。ただ、時間をかけたほうが美味しくなる料理はあるでな。まずはその辺りを集中的に補充していくとしよう。その為には鍋や皿も追加購入じゃよ。

街中で調理器具などの買い付けをしておると、ナスティは目聡く気付いたようじゃ。特に質問もされんかったが、ナスティも旅先で使えそうな食器などを買っておった。得意の保存食の為に、蓋付きの甕や瓶も買っとったな。

その後は、いつもより少しだけ多く肉や野菜を仕入れ、漁師のベタクラウの待つ漁港で小魚などを買う。

数を揃えられなかった魚や貝などを、ひと籠単位で買うと安くしてくれるんじゃよ。見栄えのする大型の魚は高級店に買ってもらえるらしいし、儂の店では扱わん。そこで魚や貝を指定せん儂は、ひと籠買いじゃ。

ベタクラウとしても、自分たちで食べ切れん分を捨てるそうじゃからな……そんなもったいないことをしないで済むので、良い取引になっとるわい。儂とベタクラウのそんなやり取りを見ていた他の漁師も、同じように儂と取引をしてくれてのぅ。ありがたいことじゃよ。

ちなみに、そんな取引を真似てる子もおってな。儂らが旅に出た後も、漁師との間できっと続くじゃろ。

帰宅して料理をしていたら、ルーチェが近付いてきた。昼ごはんにはまだ早いし、ルーチェに頼んだ仕事もありゃせん。なので味見にでも来たのかと思ったが違った。

「じいじ、次の行き先決まったの？」

ルーチェが小首を傾げながら儂を見上げる。

「まだ決めとらんよ。いつ出てもいいように準備しとるだけじゃ」

「そっかー」

煮込んでいたシイタケをひと欠片、ルーチェへ差し出す。それを受け取り、口に含んだルーチェは、満面の笑みを浮かべた。

「美味しいね！　でも、ごはんが欲しくなる！」

「そうじゃな。砂糖と醤油で味付けしとるから、ごはんが進むぞ。これに昆布を混ぜても――」

「作って！」

儂も笑顔で答えようとしたんじゃが、最後まで言わせてもらえんかった。

「キノコは美味しいよねー……あれ？　このキノコもあのキノコさんにもらったの？」

「そうじゃよ。マッシュマシュがくれたんじゃ」

「だったらキノコさんのところに行こうよ。カブラに聞いたけど、招待状？　をもらったんでしょ？」

アイテムボックスになっている鞄から、炊きたてごはんを一膳取り出してルーチェが儂を見ていた。ルーチェはその一膳にシイタケの佃煮を数切れ載せ、儂は別の鍋を用意していく。昆布とシイタケ、あとは刻みショウガじゃ。二つの鍋で同時に煮物を進行するくらい問題ないからの。

シイタケの匂いに引き寄せられたんじゃろ。今度はクリムが現れよる。

「面白そうなキノコさんが、美味しいキノコをくれる……最高だよ！　ねー」

おすそ分けのつもりらしく、自分の椀から皿へごはんとシイタケを移したルーチェが、クリムに同意を求めとる。クリムはシイタケとごはんの組み合わせを気に入ったようじゃ。空になった皿を儂へ差し出し、おかわりをせがんどるわい。

「味見なんじゃからこれで終いじゃぞ」

シイタケのみをよそう儂に、クリムが首を曲げておった。

「ごはんは、ルーチェが出してくれたんじゃよ」

その言葉を聞いたクリムは、身体を90度捻りルーチェを見る。両の前足を合わせてから上下に振る姿は、まるで「頂戴」をしているようじゃった。

「か、可愛い！　……でも、あざといね」

クリムをぎゅっと抱きしめて、ルーチェは同意を求めるように儂をまた見ておる。時たまあざとくなるのは、ルーチェも変わらんぞ？　どうも、ユーリアや奥さんたちに仕込まれたらしく、ここぞという時を見計らって使ってきおるからのぅ。

クリムのあざとさに負けたルーチェは、皿にごはんをたんまりよそう。シイタケの佃煮に対して多すぎじゃ。それが分かっていたようで、ルーチェはごはんのみならず、鞄に仕舞ってあった串焼きを出しておるよ。二人とも昼ごはん前に本気の食事になっとらんか？

「ルーチェが行きたいのは分かった。まぁ、皆に聞いて決めればいいじゃろ。クーハクートからは王都に出向いてほしいとも言われとるしの」

「あ、そっちもあったか」

王都のことなど完全に忘れていたみたいじゃよ。まぁカタシオラに来る前に、ちょろっと話題に出てきたくらいじゃからな。行き方も調べとらんほどじゃて。何もかんもこれからじゃ。

昼ごはんを食べながらロッツァやナスティと相談したが、二人とも儂らにお任せだそうじゃよ。目新しい物を見たいのは儂とルーチェじゃし、美味しい物を食べたいんは全員一致の意見じゃからのぅ。まだ旅立つまで日はあるから悩んでみよう。こんなことで悩めるのは、きっと幸せなことじゃからな。

《25　料理の補充は教室仕立て》

バイキングを開いておらん今日は、明日以降の開店に向けての仕込みと、料理の作り置きじゃ。常備菜などは、あって困るものでないからの。数日かけて食べると、味が馴染んでいく過程も楽しめるってもんじゃよ。

それと並行して旅に出る準備にと食事を作りだめしておるが……菓子店への出勤途中に家へ寄った奥さんたちに見つかったわい。

「ここ最近、随分多めに仕込んでいるなぁと思ってたのよ」

翼人の奥さんにそう言われたが、別に隠しておらんし、見つかっても問題はないぞ。ただ、言い触らすことでもないからのぅ。

「アサオさん、二～三日で旅立つってわけじゃないよね？」

特に答えず料理を続ける儂に、店を手伝ってくれとる海エルフのルルナルーが問うてきた。

「まだ準備しとるだけで、特に決めておらん」

儂の答えに、ルルナルーがほっと胸を撫で下ろした。海リザードマンのマルシュも強張った表情を和らげる。

「だったら、まだ料理を習えるね」

気が落ち着いたせいか、いつもの元気なルルナルーに戻りよった。隣に立つマルシュもこくりと頷いておるわい。

「儂が教えんでも、十分できるようになっとるぞ？　儂抜きで店を開けとるんじゃから、ちゃんと証明されとるじゃろ」

「教われるってのが大事なんだよ。まだまだ覚えたいんだから」

ルルナルーの言葉に、奥さんたちまで同調しとる。

少ない人数で開いた菓子店も軌道に乗り、毎日それなりの客が来店してくれておるそうじゃ。なので、新たな従業員を雇おうかとの話になったらしく、自分たちの近所の奥さんたちに声をかけたら、次々働きたいと言ってくれたんじゃと。

予想以上の人数に希望されて戸惑う奥さんたちに相談されたんじゃが、こちらとしても新たな従業員を求めていたからの。これ幸いと聞いてみたら、半数ほどがバイキングで働きたいと言ってくれたんじゃ。話を振った手前、奥さんたちが断るのは外聞が悪いしのぅ……儂にとっても渡りに船な状況じゃったから、丸く収まって良かったわい。

赤字にならない範囲で人員を雇った菓子店は、十分休憩をとれるようになったそうじゃよ。労働形態と賃金は、バイキングを参考……というかまるっと同じにしたらしく、菓子店も変わらん。休みを多くすると稼げないが、働き詰めにならんのが好評なんじゃと。

なんだかんだと話していたら、儂らが旅に出た後の家の利用法も相談されての。儂の許可を得て、できることならバイキングを続けたいらしい。儂としては構わんが、資金繰りの心配はありゃせんか？　その辺りの問題がないなら構わんが……そんな懸念に対しては、最初から対処法を考えていたそうじゃ。

どうやら常連客の冒険者たちが非常に協力的らしく、食材などの確保は大丈夫みたいでな。他の店で仕入れてくる食材も、今と変わらん取引を続けてくれると確約を得たそうじゃよ。

あと、ツーンピルカたち商業ギルドが一枚噛むらしい。ついでにデュカクたち冒険者ギルドもと言っておった。

利権などが絡むと面倒なことになりそうじゃが、その辺りを簡素化するのはクーハクートの役割なんじゃと。いつの間にやら姿を見せたツーンピルカ、デュカク、クーハクートの三人が、悪そうな顔をしとるよ。ま、他所の店に迷惑がかからん程度で頼む。

「ん？　クーハクートは、儂と一緒に王都へ行くと言っておらんかったか？」

「私がいないだけで何もできなくなる……そんなわけがないだろう。我が家には優秀な者が多いからな。何の心配もないぞ」

儂の疑問にも即答されたわい。とりあえず儂から言えるのは、

「王都に行くにしても、クーハクートと一緒かどうかは分からん」

ってことじゃな。儂の言葉を聞いた彼は、同行できればめっけもんくらいの考えだった

んじゃろ。ほんの少しだけ残念そうな顔をするのみじゃった。

そんなことを話している最中にも、続々と奥さんたちが集まり出した。ここ最近雇ったばかりの奥さんたちも来ておる。ルルナルーだけでなく、他の者も儂から料理を習うんじゃと。

「働いてお金を稼げて、料理も覚えられる。しかもその料理は商業ギルドに登録されてたり、他の店が参考にしたりするくらいのもの……そんな利点があれば、私たちが詰めかけるのも当然でしょ？」

翼人の奥さんが指折り理由を教えてくれた。居並ぶ奥さんたちも大きく頷いておる。どうやら菓子店の奥さんたちも集まったようで、まるで人垣のようになっとるわい。今日の分が売り切れたので、菓子店は閉めてきたんじゃと。

厨房に入り切らんほどの頭数がおっては、料理をしたくてもできん。その為、全員で庭先に出てやる羽目になったぞ。ま、そういったことも楽しいんじゃろ。最近、表情豊かになってきたマルシュは、満面の笑みじゃ。

丼物に汁物、あと焼き物の他に煮物などもじゃんじゃん作っていく。見栄えを良くして煮崩れを防ぐ面取りを披露すれば、たったこれだけで変わるものかと半信半疑の顔じゃった……面取りした部分も無駄なく使うことには感嘆しとったな。

「端まで食べられるんじゃから、食べてやらねば食材に申し訳ないじゃろ？　それに捨てるなんて勿体ないことはできんよ」

その説明に納得してくれたのか、全員無言で頷いておったわい。タマネギの皮などもダシに使えると教えたら、驚いとったぞ。実際にやってみせて、味見をさせれば、

「絶対真似する！」

と息巻いておったの。

料理教室のようになってしまったが、自作した料理はここでは食さずに持ち帰ってもらった。折角作った料理は、家族にも食べてもらいたいもんじゃろ？　だから、材料費だけ受け取ってお土産じゃ。

それでも儂に味を見てもらいたいと言って、奥さんたちは小皿に料理を残していきよった。その料理は儂らの晩ごはんになるのじゃった。

《 26　噂が広まり 》

旅支度は何も料理だけではなくてな。買い付けなどの他にも、幌馬車の整備や保守作業があるんじゃよ。これには専門的な知識と技術が必要なので、業者に頼むしかない。そちらの手配などをしていたら、常連客数人の目に留まってな。ついでに食材保存用の甕や消耗品、日用品も多めに買っていたから、儂らが街を離れると察したようじゃ。

だからかのぅ……店を閉めるとの噂が独り歩きして、今現在バイキングが客でごった返

しておるよ……噂の真偽を確かめたいじゃろうし、食べられなくなるならその前に、と考えるもんじゃからな。

それらも普通の人ならば理解もできる。儂が疑問なのは、なんで冒険者までたんまり来ておるのかってことじゃ。

内々に話が進んでいる、奥さんたちに協力する冒険者たちから内情が漏れてたりせんのか？　予想を超えて口コミで広まる力は強いんじゃな……

首を捻りつつも客の応対をしていた儂の前には、子供が列を作っとる。その先頭はカナ姉妹が見守るわたあめコーナーじゃよ。わたあめは大人数でいっぺんに作れる代物でないからのぅ。ただし今日は、クリムとルージュも手伝っておるから、思った以上に列の減少は早いもんじゃな。

儂は子供らと一緒に来店した親御さんから、

「閉めるんですか？」

と引っ切り無しに質問されとるわい。子供たちが口々に、「爺ちゃんのお店が楽しい」と言っとるんじゃと。料理の他に小物作りなどへも興味を示しとるようで、良い影響が出ておるそうじゃ。だからこそ、なるたけ続けてほしいが、自分たちの望みを押し付けるのも気が引ける……そんなことを言ってくれとる。

「儂ら家族は旅に出るが、店は続くはずじゃよ。強力な味方がたくさんおるからな」

儂が笑顔で答えて指さした先で、食事していたイェルクが頷いた。奥さんたちだけでなく、ローデンヴァルト夫妻も協力してくれるからのぅ。一抹の不安と思っていた資金面の悩みは、完全に払拭されたぞ。普段から商売をしとる二人なら赤字経営なんぞせん。とはいえ、暴利を貪るような人柄でもないからな。

「本職である時計職人の他のことをしたくなる時がある」

とは二人共の言葉じゃったよ。なので、心配ありゃせん。高価な砂糖や蜂蜜も、二人がおれば買えるじゃろ。大量仕入れをするならば商業ギルドが手を回すはずじゃし、保管もアイテムボックスの箱と鞄があるから安心じゃ。

イェルクの卓には、他にもクーハクートにズッパズィートが席に着いておって、誰もが笑顔で頷いとる。その隣の卓では、晴れて見習いから商業ギルドの正規職員となったマルとカッサンテも力強く首を縦に振っておった。儂が旅に出ても、この店の担当を続けるらしいからな。商業ギルドとの繋がりも万全じゃよ。

そんな面々を見回した親御さんは、目を見開いて頬を引き攣らせておった。隠居した身とはいえクーハクートは貴族じゃから遠い存在か。それでも気安く手を振り、笑う姿を見たので怯えはなくなったようじゃ。クーハクートが儂の友人と自称したのも効いたのかもしれん。とりあえず店が存続することを喜んでおったわい。

客として来ていた冒険者や商店主にも、旅先の候補地を聞いてみた。冒険者はあまり遠出をしない者が多いそうでな。近隣の村や山、あとは谷くらいしか出てこんかった。どれもこれもお前さんたちの職場じゃろが……商店主のほうも同じで、近隣への仕入れがほとんどなんじゃと。

もし聞くならば、大きな商会か商業ギルドがいいそうじゃ。しかし我が家を担当するギルド職員の二人組、マルとカッサンテに聞くと、ほとんどが海を渡った先や国外じゃったよ。

「そのくらいでいいなら、俺だって知ってるぞ」

「あ、俺もだ」

妙な対抗意識を持ったようで、冒険者たちがいくつも地名を羅列しとる。皆が口にする中には、どこにあるかも分からんくらいの眉唾物な地名も混じっとるらしい。ま、楽しそうにしとるからいいじゃろ。怒号が飛び交うなんてこともなく、和気藹々としたもんじゃよ。儂は、あくまで参考にするだけじゃからな。

耳を傾けるくらいで聞いていたら、ついには子供たちまで参加して、ちょっとだけ耳にしたような場所や、昔話に出てくる土地なんてものも言っておった。

「儂らは旅に出るだけで、魔物退治などせんぞ？」

そんな風に儂が答えたら、

「美味しいのは狩るけどね」

「骨のある魔物も倒したいな」

ルーチェとロッツァがそれぞれの焼き場から言葉を付け足した。折角否定したのに、客のほとんどが二人の言葉に納得しておるぞ……わたあめを待つ子供たちなんて、キラキラした目で儂とルーチェ、ロッツァを見比べとる。

「迷惑な魔物も～、ちゃんと退治しますよね～」

「そやね」

ナスティとカブラの言がトドメじゃった。

それからというもの、いろんな魔物の名前を出す冒険者に、ロッツァやナスティが答える。その都度、歓声が上がり、「素材を見たい」だの「骨はないの？」などと言われておったよ。

儂らが旅に出ることが知れ渡ってからも、なんだかんだと日が過ぎていく。支度と準備を万端整えていたら、思った以上に時間がかかってな。季節はすっかり春じゃよ。それでも日の出間近の今時分は、まだ肌寒いもんじゃ。

「諸々の引継ぎも済ませたし、料理もたんまり入っておる。さて、話し合った通り、マッシュマシュのところへ行こうか」

「はーい！」

元気な返事をしたルーチェは、慌てて口を両手で押さえる。離れているとはいえ、ご近所さんがまだ寝静まっておるからな。馬車の中から顔を出したクリムとルージュも、『しーっ』って感じで口元に指を立てておるよ。

「静かに行きましょうね～」

「うむ」

小声で囁くナスティの頭上でバルバルが揺れとる。ロッツァは馬車を曳きながら小さく頷く。

「でも、なんでこんな早い時間なの？」

「盛大に送り出すとか言い出す者がおってのぅ……」

ルーチェの問いに即座に答えたんじゃが、誰と名を出さんでも分かってくれたらしい。奴がそんな話をしていた時、ナスティもそばにおったからな。だからか、ナスティも一緒になって、大きく頷いておるわい。

「また祭りにでもしそうだな」

ロッツァが笑いを噛み殺しながら言っておった。その反応に儂は苦笑いしかできん。

家の戸締りを済ませ、儂は一人でローデンヴァルト時計店へ向かう。家の明かりは消えとると思っていたんじゃが、予想が外れたのぅ。淹れたてのコーヒーの香りが、扉の前でも分かるほど漂っておる。レンウとジンザが出迎えて、儂を挟んで両隣に収まった。儂が扉を叩く前に、レンウがカリカリと扉を引っ掻き、知らせてくれる。

「やっぱり今日だったね」

開かれた扉の中から、優しい笑顔のユーリアが現れる。その後ろには、これまた穏やかな笑みを浮かべたイェルクじゃ。同じ食卓についているトゥトゥミィルは、まだ眠いんじゃろ。しょぼしょぼ寝ぼけ眼を擦り、身体は大きく舟まで漕いでおるからの。

「のんびり物見遊山に出掛けるよ。皆を頼んだぞ」

家の鍵を手渡し、そんなことを伝えたら、儂は扉を閉めてローデンヴァルト時計店をあとにした。

「見送りをせんでも……」

「こちらがしたいだけですから」

往きは一人で、帰りは多数……なんじゃろな、この状況は……儂の両隣にレンウとジンザ、後ろにはイェルクとユーリア。トゥトゥミィルは無理させずに留守番じゃよ。

「あ、じいじ、おかえりー」

出迎えてくれたルーチェを見れば、そちらの顔ぶれも増えておったわい。

ニヤニヤ笑うクーハクートが、護衛のメイドさん二人と一緒にこちらを見ておる。マルにカッサンテ、カナ姉妹までか……海側には舟が一艘。ベタクラウが無言で手を振っとるな。さすがに朝早いこの時間帯で、大声を出すほどの非常識でないのが救いじゃよ。

「結局、見送りをしてもらうことになったのぅ」

「いいんじゃない？」

「そうですね～。これもまたありですよ～」

儂らは、皆でぞろぞろ外への門まで歩いとる。門に着いた時には、空は大分白んでおったよ。

各々挨拶を済ませれば、残すは街を出ることのみ。

「では、またな」

「うむ。私は王都で待つから、あまり遅れるでないぞ」

クーハクートの悪い笑顔も暫く見納めじゃな。門を潜って振り返り、街の外から皆を見れば、日の出の強い光で表情は見えん。ただ、誰一人として頬が光っておらんから、涙を流してはいないようじゃな。

ルーチェが大きく身体を揺らし、全身を使って手を振り続ける。幌馬車の上でやっとるが、天布が破れる心配もなさそうじゃから、点検整備はまったく問題なかったようじゃよ。

「笑って見送れる関係はいいもんじゃ」

「そうですよ～」

街道をのんびり進み、森へ鼻を向ける。珍しく《索敵》に規模の大きな反応が出てのぅ。街の者は誰一人気付いておらんじゃろうから、ちょちょいと処理しておこうと思ってな。

出掛けの掃除ついでに、美味しい魔物なら食料補充にもなるからの。

儂らに気付いたのか、魔物の群れがこちらへ移動してくれた。なので、森と街道の際あたりで魔物と一悶着じゃ。

「……美味しそうじゃない」

わらわら出てくる魔物を見たルーチェが、そうこぼす。そんな感想が出ても仕方ないことじゃろな。見える範囲全てが虫の魔物じゃから。思わず腰の鞄に手も伸びるってもんじゃ。以前に薬師組合へ頼んでいた殺虫剤の市販の目処が無事ついたので、街を出る前に多めに仕入れてあってな。それを各々に持たせている鞄などに仕込んでおるわけじゃよ。身を守る手段をなるたけ多く持つに越したことはないでな。

「会話のできる蜂がおれば蜂蜜と交換できたかもしれんのに、《索敵》が真っ赤じゃからのぅ。全部倒して素材とするくらいしか……いや、イナゴっぽいものがいるから佃煮を作れるか？」

「えーーー!!　じいじ、虫食べるの？」

虫に近寄られるのを嫌がったルーチェは、石を投げまくっておる。その石はバルバルが集めてくれておるわい。投擲しつつも儂の言葉に反応したルーチェは、信じられないものを見るような目じゃった。

こくりと頷く儂に半信半疑のようじゃ。ただ、クリムやルージュは気にしておらん。本能的に『虫は食料』と見ているのかもしれんな。

「蜂や蜂の子も食べられるんじゃぞ？」

儂に向かって一直線で飛んでくる蜂を、《炎柱（フレイムピラー）》で焼き尽くせば、周囲に香（こう）ばしい香りが広がる。《炎柱（フレイムピラー）》の熱量にやられたのか、触れていない蜂もぽとぽと落ちており、それをルージュが拾い集めていた。どうするのかと思って観察したら、炙り直して食しとったよ。何匹か食べたのち、儂に炙った蜂を持ってきた。

「くれるのか？」

儂の問いには、ぶんぶん首を横に振って応えよる。掴んだ蜂に何かをかける仕種を見せておるから……

「あぁ、塩が欲しいのか」

ルージュは首を大きく縦に動かすと、【無限収納（インベントリ）】から取り出した塩を儂から受け取った。

塩を塗した炙り蜂を摘まんでぱくり。またひょいと摘まんでぱくり。それからも一定のリズムで食べ続けとる。そんなルージュの行動が気になったんじゃろ。ルーチェがじっと見つめとるわい。

「……美味しい？」

ルーチェの問いに、ルージュがこくりと頷く。そして一匹の炙り蜂を差し出した。受け

取ったルーチェが蜂を口に含んだ途端、

「美味しい！　これ、おやつだね！」

にっこり笑顔になったのじゃった。

周りを飛び交う蜂の魔物は、もうおやつにしか見えんらしい。的確に石を当てて地面に叩き落とし、それをルージュが回収する。その他の虫たちは、ナスティとロッツァが撃退してくれた。

今回の戦闘にカブラは一切参加しとらん。儂が預けた虫避けの腕輪を装備しとるからな。植物に虫は天敵と思うから見学じゃよ。妙なちょっかいをかけて反撃されたらまずいので、一生懸命応援してくれとるのじゃった。

《27　森林浴？》

「ぽかぽか陽気とまではいかんが、気持ちいいもんじゃな」

「戦ってる最中とは思えんくらいやー」

木の葉の隙間から差し込む日差しが心地好く、気が緩みそうになる。現に儂とカブラからは、緊張感の欠片も感じられんじゃろう。

眩しい陽光に手を翳した儂の視線の先では、ルーチェが蔓の塊のような魔物の相手をしとるわい。主な攻撃方法が拳と蹴りのルーチェとは、相性が悪い相手じゃろう。殴る蹴るは、へにょんと身体を曲げられて、掴んでから投げ飛ばしても、相手は地面で弾むだけじゃ。

クリムとルージュの前には大型のスライム。身体の割に核が小さくて、これまた有効打を与えられんようじゃな。

ナスティの敵はキノコ型の魔物で、毒耐性が抜群らしい。その為、魔法を主戦力として戦っとるんじゃが、そちらに対しても優れた防御力を見せておってのぅ。手こずっておるよ。

ロッツァはロッツァで、バルバルと一緒になって特大サイズの蛇と蛙に睨みを利かせとるよ。蛇と蛙と亀の睨み合い……本人たちは至って真面目でも、端から見るだけの儂にしてみればなかなか愉快な絵面じゃな。

それぞれ苦手な相手を見繕われた感じで、それを狙ってやらかした者は、儂の前に転がっておる。何度か見たことある桃色髪の子じゃよ。

儂らの背後から物音一つ立てずに近付いてきて、いつぞやと同じくまた転移の魔石を投げてきよったが……目測を誤ったようでな、まったく見当違いの方角へ飛んでいきおったぞ。

それをルージュとクリムに鼻で笑われて激高したんじゃろ。何の捻りもないのろまな突進をかましてきた。それを難なく躱して、《束縛》で簀巻きにしてやったんじゃ。まだ転移の魔石を持っているかもしれん。そう思い、用心の為に桃色髪の子を《結界》で包んだ

ら、

「ひぎゃっ！」

と叫んで地面に落下していったよ。飛んで逃げようとでもしたのか、中から《結界》に激突して気絶とは……思いだにせん《結界》の使い道が見つかったわい。

伸びてしまった子供をそのまま放置するわけにもいかんが、ルーチェたちのほうが大事でな。手助けでもと思い、身を乗り出したところで、皆から揃って制された。

そして、儂とカブラの会話に至る。

「苦手な相手を克服する！」

そう叫んだルーチェは、やる気満点じゃよ。ナスティやロッツァもそれに触発されたんじゃろ。なので、儂とカブラは見学じゃ。危険な目に遭いそうになったら問答無用で助けるが、それまではやらせてみよう。何事も経験、経験。

儂の見ている先で、膠着状態をまず抜け出したのは、クリムたちじゃった。首に通された指輪に付与してある魔法を使い、身体を大きくしたルージュが、巨大スライムを引っ張り走り出す。スライムの体液は、即座に物を融かすような代物ではないようで、ルージュの爪も腕も無傷じゃ。体力も減っておらん。

ルージュがただただ引っ張り伸ばしとるとは思えんが、その長さは既に30メートルを超えておる。それでも限界に達しておらんらしく、まだ伸びとるぞ。その先にはルーチェに抱えられた蔓の魔物。大きく跳んだルージュは、ルーチェごと魔物をスライムで覆ってしまった。

ルーチェは何も慌てることなく、スライムを突き破って脱出する。蔓の魔物も追いかけようとするが叶わん。スライム塗れになっておる。ルーチェとルージュは、蔓の魔物を置き去りにして、別々の方向へ走り出す。その腕にはスライムの一部……まだ引き伸ばすのか。

「ん？　そういえばクリムはどうしたんじゃ？」

「あっちにおるで」

カブラの指さした先、元々ルージュたちがいたところを見れば、色の薄くなった巨大スライムとクリムがおった。身体の一部が引っ張られても動かんかった巨大スライムは、ルージュと同じように身体を大きくしたクリムに掴まれておる。それで動けんかったのか。

全体の高さと身体の厚みが減ったスライムは、必死に体内で核を動かしとる。クリムから遠ざかろうとしとるが、限界があるんじゃろ。

核が逃げようとした先をクリムの右前足が貫き、逆へ逃げれば左前足が突き刺さる。上下に逃れる術も、厚みが減った今の状況では無理じゃな。

万事休すのスライムは、一か八かの反撃に出たようじゃが、核で体当たりって無謀じゃろ。クリムが両前足で抱えるように核を引き抜くと、巨大スライムの身体が激しく震えた。

数秒の後、巨大スライムの身体は、融けるように地面に吸い込まれていった。残ったのは、大きな水たまりと、クリムが抱える核のみじゃ。

スライムに呑まれていた蔓の魔物も、その体表が煙を上げて焼け爛れていく。スライムは強めの酸を持っていたようじゃが、クリムには効果がなかったんじゃな。

「《浄水》」

儂はクリムとルージュに、ルーチェも範囲内に収めて水で包む。丈夫な身体があっても、ずっと触れていたら危なかろう。

水から顔を出し、全身を震わせて水を飛ばすクリム。ルージュは、身体を素早く回転させる。何度か回ってからぴたりと止まるが、クリムほど水は飛んでおらんな。蹲ってしまったが、どうしたんじゃ？

「目が回って、酔っぱらったんちゃう？」

ルージュはこくりと頷き、ひと呼吸あってから逆回転し始めた。

そんなことをしているクリムとルージュを横目に、ルーチェは蔓の魔物にとどめを刺しておる。苦手な魔法を使い、燃やしておった。

「じいじ、勝ったよ」

にひっと笑い、指でブイ字を作るルーチェ。クリムとルージュは、スライムの核を投げ合い遊んでおったよ。カブラも遊びに参加しとるが、それは大事な戦利品じゃ……扱いが雑なのは、教えなかった儂のせいなんじゃろか。

さて、ナスティが相手しとるキノコ型の魔物は、治癒能力も高いらしくてな。風魔法で切り裂いても、火魔法で炙ってもすぐさま元通りになってしまっとる。

「面倒ですね～」

手に持つ柔らかモーニングスターでぽかぽか殴るナスティは、そうごちておる。とはいえ、そもそも殴ったところでダメージの通らん武器じゃからな。何かしようとするキノコの邪魔が目的なんじゃろ。一瞬の硬直の後、笠の部分を掴んでおったから、胞子でもばら撒こうとしとったのかもしれん。

殴り続けるナスティに対して、キノコは何もできん。ナスティは爪で刺したり裂いたりしとるが、やはり効果は薄いな。キノコの傷が即座に回復していくからのぅ。顔も付いておらんので、痛みがあるのかも判別できんぞ。

「何かいい手は～……あぁ、あれをやりましょ～」

右手に掴んだモーニングスターで乱打を続けながら、ナスティは思案していたようじゃ。そして妙案を思いついたらしく、自身の尻尾でキノコをこかした。

モーニングスターでキノコの胴体を押さえつけると、短い詠唱を始める。

「《乾燥》」

キノコの胴体が、真ん中から萎れていく。水分が抜けて、干しキノコに変じているみたいじゃな。身を捩るキノコじゃが、モーニングスターの縛めからは逃れられん。根本も笠も乾涸びて、半分以下の大きさにまで縮んでしまったわい。それを見ていたナスティは、一つ頷いてからまた呪文を唱える。

「《風刃》」

細切れになっていくキノコ。さすがに乾燥してしまった上に刻まれては、元に戻れんようじゃ。キノコの破片が飛び散るかと思ったが、ナスティは器用に風を操って纏めとるぞ。小さな欠片も散らかしとらん。これほど繊細な調整ができるなら、掃除にも使えそうじゃな……

微塵切りにしたキノコを、ナスティは更にどうにかするみたいでな。また詠唱しとる。

「《炎柱》」

炎に曝されたキノコが真っ白な灰に変わっていく。ここから元通りになるなら、それはもう蘇生と言っていいじゃろな。鑑定で確認しとるが、こりゃいい肥料になりそうじゃ。キノコの魔物としての名前も出ておらんし、ナスティに断ってから【無限収納】にもらおう。

「乾かしてからとは考えたのぅ」

「前に～、ディープトードを倒した時の手を参考にしました～」

粘液が表皮を覆っていたド派手な色したカエルじゃったか？　あのカエルは美味しかっ

たな……あの時倒したのはロッツァで、儂はそのきっかけを作ったんじゃったか。

「乾燥して～、粗微塵を作ってから～、炙る～……まるで料理でしたね～」

自分のやったことを、いつもの口調で確認しながら回想しとる。そんなナスティにキノコ灰をもらって、儂は【無限収納】に仕舞うのじゃった。

そんなことをやっていたら、どこからかビシバシと音が聞こえてきた。音の出所は、きっとロッツァじゃろ。そう予想して見てみれば、案の定じゃよ。

蛇の魔物の首筋を噛んだロッツァが、頭をぶるんぶるん縦横無尽に振り回しとるわい。それが地面や蛙に当たって、ビシバシ音が出とるのか。まるで鞭じゃな……

蛇の胴体や尻尾で叩かれる蛙は、右に左に避けようとしとるが間に合っておらん。頭に背中、足や尻尾などありとあらゆる場所を叩かれとる。蛙にはぶよぶよの身体と粘液があるから、打撃によるダメージはあまりなさそうじゃが……それでも数をやられれば痛いじゃろうな。あの必死の避けようは、嫌がっていると思うぞ。

蛇は蛇で、ロッツァに為されるがまま。抵抗しようにも、自分の力以上でぶん回されたんじゃ、何もできんか。鎌首をもたげたくてもロッツァの噛みつきが緩むことはない。よくよく見れば、蛇の頭にはバルバルがへばりついておった。ロッツァの背で見学でもしとると思ったのに、あれは何をしとるんじゃろか……

「あ～、食べてますね～」

儂と一緒にロッツァたちの様子を見ていたナスティが、教えてくれた。手で庇（ひさし）を作り、目を凝（こ）らしておるナスティを真似してじっと見れば、確かにバルバルは蛇の頭を融かしておった。生きながら食べられるのと、ずっと無言で鞭打ちの刑……どちらがきついかのぅ。

「強くなったから〜、そのまま消化できるようになったんですよ〜」

毒耐性も身に付けたバルバルじゃからな。蛇の毒をものともせず、しゅわしゅわさせとるわい。鱗（うろこ）も牙も毒腺まで問答無用で融かし尽くす勢いじゃ。

儂が知識として持ってるスライムの習性なら、そのくらいやりのけそうじゃが、バルバルができるようになるとはの。強くなって攻撃の手段が増えるのはいいことじゃよ。

あとは身を守る方法を教えたいが、スライムとしてはどうすればいいんじゃろか？

ルーチェはほぼ人型として育っておるからのぅ……あ、ルージュとクリムで倒した巨大スライムが、見本になりえたか。しっかり観察させてから倒すべきじゃったわい。

しかし、過ぎてしまったことは、仕方ない。クリムたちと組み手でもして覚えてもらおう。

頭が無くなったヘビは既に事切（ことき）れておる。蛙も、もう虫の息じゃよ。粘液越しでも、しっかりダメージが通っていたようじゃ。表皮が切れ、紫の血が滲んでおる。ロッツァのとどめの一撃が決まると、蛙は仰向けに倒れて動かなくなった。

「不味（まず）い」

振り回していた蛇を吐き捨てると、ロッツァが味の感想を述べる。バルバルも同意見らしく、小刻みに身体の表面を震わせて上下するのじゃった。

さて、桃色髪の少年に話でも聞こうかと思ったら、視線の先におらん。いや、いるにはいるんじゃが、姿が変わっておってな。気絶したままで、身体の大きさは変化せずに肌が薄い紫色になっており、髪は深紅に染まっとる。真っ青な爪や歯も特徴的で、儂が鑑定してみてもよく分からん。

ロッツァとナスティに聞いたが知らんそうじゃし、実は『ヒトでも魔族でもない新手の魔物じゃった』ってオチかのぅ。

「いろんな種族の混ぜ物みたいじゃな……キメラとか言ったか？　あれかもしれん」

「どこかでそんな研究してるお馬鹿さんがいる～。そういう話をかなり昔に聞きましたね～」

「魔物を無理やり掛け合わせている輩がいると耳にしたことがある」

ナスティとロッツァが、なんとか記憶の片隅から掘り起こしてくれたらしい。それでも、小耳に挟んだ程度の信憑性なんじゃろ。二人は確証を持った言い方をしとらんからな。

拘束されたまま寝転ぶそれからは、起きる気配がせん。死んでおらんのは確認済みじゃが、いつ起きるのやら……折角情報を得られそうなのに、このまま逃がすのも癪じゃし……それに腹が減っておるからのぅ。

「儂が見ているから、皆で食材集めでもしてきてくれるか？　この陽気で山菜が顔を出してると思うからの」

「いいんですか～？」

右頬に指を当てるナスティ。すかさず儂が答える。

「これを見ているのは、儂一人で十分じゃ。それよりも新鮮な山菜を使った晩ごはんのほうが大事だと思わんか？」

「大事！」

ルーチェが手を挙げ、返事した。クリムとルージュも賛成しとる。まだ日が高い今のうちから集めれば、それなりの量を採れるじゃろう。皆が帰ってきてから晩ごはんの支度を始めても、そんなに遅くならんと思うしの。

皆を見送り、食後の休憩をするバルバルと儂だけ残った。虫たちの反応も見えんから、カブラもルーチェたちに同行じゃ。今日は一切運動をしとらんカブラじゃて。多少は動かんと、またぷくぷくになってしまうわい。

「何もすることがないのぅ……茶を飲んで一服してようか」

顎髭をいじり、そうごちてから【無限収納】を漁る。目当ての物はすぐに見つかったので、いつもと変わらぬ手順で準備じゃよ。バルバルに普通の湯呑みは難しいようでな。木製の中鉢を使わせておる。バルバルの分と自分の分。それらを用意して一服開始じゃ。

かりんとうと漬物を茶請けにして、のんびり皆の帰りを待ちながら、茶を啜る。バルバルも中鉢に身を被せて飲んでおるよ。

ぱりぽりずずず……

「……ん……ぁ……」

小さな声に視線を移せば、元桃色髪の少年が少しばかり身動ぎしておった。やっと意識を取り戻してくれたのやもしれん。すぐそばに人の気配があって、かりんとうと漬物、茶の香りにそれらを飲食する音。そんなものが漂えば普通は目覚めるんじゃが……寝坊助な子供は体勢を変えるのみで終わってしまったわい。

「もう少し強い匂いとなると……」

儂は【無限収納】を漁り、魚の干物を二枚取り出して炙り始める。辺りに広がる焼けた魚の香りは、儂らの食欲を刺激するのぅ。バルバルもいろいろ食べられるようになってからは、肉も魚も大好物になっておるからな。激しくその身を揺らして、干物をせがんでおるよ。

しかし、この匂いは、嫌いな者にとっちゃ地獄じゃろ。さてさて、この子はどっちじゃ？

『くぅうううう～～～』

盛大に腹の虫が鳴いた。咄嗟に腹を抱えるように動いてしまったから、起きたのが儂にバレたぞ。丸まった背中しか見えんので顔色は窺えんが、薄い紫色の肌が朱に染まり、耳まで真っ赤じゃ。小刻みにぷるぷる震えとるのは、羞恥によるものかのぅ。

「バルバルは、頭も尻尾も食べるんじゃったな。ほれ、良い具合じゃぞ」

横長の木皿に焼けた干物を移して、バルバルへと差し出す。匂いが移動したのが分かったらしく、丸まった簀巻きが微妙に動いた。

「お前さんも食べるか？　悪さをしないで暴れんなら、食べられるくらいの拘束にしてやれるが――」

「得体も知れないものなどいら『ぐぅぅぅ〜〜〜!!』……ない……」

啖呵を切ろうと儂へ振り向いたのに、自分の腹に邪魔されとる。薄い紫色の肌が真っ赤っかじゃよ。

「……らない……そのようなものは知らない！　だからそれを吸収させろ！」

やけっぱちになったのか元桃色髪の子は、簀巻きで寝転んだまま、儂をキッと見上げる。まだ恥ずかしさがかなり残っておるが、それでも食欲に負けたようじゃな。ん？　食べるでなく吸収？

疑問に思いながらも、《虚弱》をかけつつ、簀巻きを緩める。最低限、腕が使える程度まで解いてやったので、自分で身体を起こしとる。両足と胴体はまだ縛っておるから、見方によっては寝袋に潜っているようじゃよ。

儂の魔法によって弱くなっていても、食べたり飲んだりするのに手間取ることはなさそうじゃ。儂から受け取った干物を、木皿ごと一口で取り込んでしまった。予想より大分大きく口が開いたが、食べることに特化した魔物でも入ってるんじゃろか？

意外な行動に驚いていると、この子の視線の先が儂ではないことに気付いた。どうやらバルバルを見ているらしく、同じような動きをしとる。

「そういえば、バルバルも皿ごといっとったのぅ」

儂に見られていようとも、気に留める様子のないバルバルは、ぺいっと木皿だけを身体から取り出して地面に置いた。汚れ一つない綺麗な皿になっとるわい。

干物を食べていた子も真似して、木皿を吐き出した。こちらは木皿が原型を留めておらん。

「お前さん、スライムも混じっとるのか」

儂の問いに答えることなく、この子はバルバルを見続けておる。

バルバルが身体の一部をにゅいっと伸ばし、人差し指を伸ばした手のような形を作った。少年はそれも真似て、自分の手を同じような形にする。

「おかわりはなしじゃよ。とりあえずかりんとうでも食べておれ」

一瞬下がったバルバルの手じゃったが、形を変えて親指を立てたようなものに変わる。

「なんともおかしな進化をしたもんじゃ」

初めて見るバルバルの動きに、感心しきりな儂じゃった。

「ただいまー」

「戻りました～」

元気な声のルーチェと、いつものののんびり口調なナスティ。それに答えようと儂が振り向くより先に、

「あー！　おやつ食べてる！　って誰？」

ルーチェから指摘が入った。かりんとうと、それを食べるバルバルと元桃色髪の子。ルーチェは交互に指さしておるが、かりんとうに視線と指先が留まる時間が増えて、終いには移らなくなった。

元桃色髪の子は、山菜採りに出ていた皆が帰ってきても何ら動じることなく、バルバルと一緒に食べ続けとるわい。かりんとうと共に緑茶も飲んでおる。ただ、少しずつ肌の色が変わってきておらんか？　薄い紫だったのが、だいぶ赤寄りの紫になっとるぞ。この子が茶を一口飲む度、肌の色が変化し続けていくようじゃ。

「……これ～、大丈夫なんですか～？」

「分からん。鑑定で見てる分には変わらんし、体調が悪くなってる様子もないんじゃよ」

ナスティと話している間に、ルーチェはバルバルたちのおやつに参加しておった。ふと振り返れば、ロッツァがクリムとルージュに飲み物と茶請けを出していた。カブラには水

を与えてくれとるようじゃな。

「じいじー。この子スライムだね」

もう仲良くなったのか、ルーチェがそんなことを言っておる。

「元となる魔物がスライムだったんでしょうね～」

「あー、それでか。『食べる』でなく、『吸収』と言っておったんじゃよ」

やっと合点がいったわい。スライムを土台にしたキメラ……それがこの子なんじゃな。

「しかし、スライムならば、いろんな魔物を吸収させるだけで強くなれるじゃろ？　ルーチェはそれで十分育ったぞ。無理くり作り出そうとせんでもいいと思うんじゃが……」

「吸収でステータスが上がるのって～、すごく珍しいんですよ～。ルーチェちゃんは特別です～」

ルーチェの持つ〈ごくつぶし〉は特別だと聞いていたが、吸収もじゃったか。だからバルバルは食べてもステータスが伸びんのじゃな。毒耐性などは口にしてしまったから覚えたんじゃろし、進化もそれらの影響か。

ナスティといろいろ考察していたら、ルーチェたちの笑い声が聞こえた。

「じいじ、この子の名前分かったー。テウだって」

笑顔のルーチェの前にはかりんとうが山盛りじゃ。食べ続けているはずなのに、減っておらん。バルバルとルーチェが、減ったそばから補充しておるわい。あの鞄はルーチェ専用かと思ったが、家族も使えるようになっておったのか。

ルーチェにテウと呼ばれた子は、肌の色が儂らと変わらんほどに戻っとった。髪も桃色に戻っとるし、爪や歯なども青くない。初めて見た時と同じ姿に戻っておるぞ。

「儂が聞くより、円滑に情報を得られておらんか？」

「大きな分類で見れば同じ種族ですからね～。話しやすいんじゃないですか～？」

ブライトスライムのルーチェに、元バルクスライムで現マタギスライムのバルバル。それにスライムベースのテウが、にこにこしながら食べて話すを絶（た）えず繰り返しとる。バルバルは身体の震えと、先ほど見せたハンドサインらしきもので応えておるな。

「さすがに子供たちで談話しとるのに、拘束し続けるのも何じゃな……」

そう言いながら《索敵（レコナ）》を確認すれば、赤かった反応は青くなっとるよ。

テウにかけた《束縛（バインド）》を解いてやると、不思議そうな表情を儂に向けた。

「悪さはせんのじゃろ？」

儂の問いにこくりと頷き、またルーチェたちへ向き直る。もう儂に興味はないようじゃな。今までの行いを考えれば、万が一の事態に陥（おちい）ることがないように、監視でもするべきなんじゃが……そこまでせんでもいいと思うんじゃよ。見た目通りの幼子になってしまっとるからのぅ。

《鑑定（エヴァルア）》で見たステータスも微々たるもんじゃ。【無限収納（インベントリ）】やアイテムボックスも見当たらん。あ、さっき飛ぼうとしたのだけは防がんといかんか。

「《結界(バリア)》」

ロッツァたちも含めた、大きな《結界(バリア)》で辺りを覆う。ルーチェたちは、まだまだ会話に花が咲いておってな。儂は晩ごはんの支度を始めるつもりじゃ。おやつとお茶である程度腹が膨れたと言っても、やはりちゃんとしたごはんとは違うからのぅ。折角採ってきてもらったんじゃし、鮮度(せんど)の良いうちに下拵(したごしら)えなどは済ませたいんじゃよ。

皆から山菜などを受け取り、下処理などをじゃんじゃか終わらせていく。カブラが手伝いをしながら、料理のリクエストをしてきよる。どうやらそれを真似たんじゃろ。ルージュも儂に近付いて、獲ってきたラビを見せておるよ。山菜だけでなく、肉まで獲っておったか……

儂が料理しているテーブルには、調味料が並べてあってな。ルージュはそれらを指さし、味付けを指定してきよったんじゃ。

「自分の食べたい味と調味料が一致しとる子熊は、ルージュくらいしかおらんじゃろ」

儂の呟きを聞いたクリムが、慌てて調味料を選び出す。

「おぉ、すまんすまん。クリムも分かっておったな。お前さんたちくらいしかできん芸当と言うべきじゃったわい」

訂正(ていせい)した言葉に納得してくれたようで、クリムとルージュは揃って満足気な顔をしておった。

　自分たちの要望を通すだけでなく、二匹はロッツァやナスティのところへ行っておる。獲ってきたばかりの肉や魚を持参して、味付けを聞き回っているようじゃよ。ついでに調理方法も聞いているようじゃ。

　ルーチェたちの分もちゃんと聞いて戻って来た二匹は、爪で地面に絵を描き、調味料と調理法を儂に伝えてくれた。それらを参考に作った晩ごはんは、大盛況じゃったよ。

　その際、ルーチェが教えてくれたのは、

「テウってごはん食べたことないんだって」

　ってことじゃ。白米もそうじゃが、食事の経験自体がないらしい。そして、ルーチェが聞き出した情報は、信じたくないものばかりじゃった。

　端的に言えば、実験と研究を繰り返され、実戦の為に儂へ向かわされたみたいじゃよ。ただ、誰が何の為にやったのかが分からんかった。どうも肌の色素と共に記憶も抜けていったそうでな。情報を掴ませたくないからと、黒幕が先手を打っていたのかもしれん。記憶が無くなっても経験したことを忘れんのは、不幸中の幸いじゃて。テウはひと通りの活動ができておるし、会話も問題ない。

「しかし、これからどうするか」

　顎髭をいじり、悩む儂の言葉にすぐさま反応が返ってきた。

「一緒に行けるとは思えないよね」

「見るからに弱いですからね～」

ステータスなどを見れんルーチェとナスティでも、テウの弱さは分かるようじゃ。

「まだ目と鼻の先にいるのだ。カタシオラの家へ送り届けてはダメか？　我が走れば、すぐ着く」

ロッツァが提案してくれる。

「状況の説明に、儂が一筆添えれば大丈夫かのぅ？」

「デュカクさんと～、ツーンピルカさん～。あとは～、クーハクート様へ話を通すべきですね～。判断は任せることになりますけど～、ユーリアさんの家にいる分には～、問題ないと思いますよ～」

「そうじゃな。今の状態なら家にも入れるじゃろ」

再度確認した《索敵》も青いままじゃった。

「まぁ、今から走るのもあれじゃ。明日の朝にでも一緒に行こう。儂が直接説明すれば、聞き入れてくれる可能性が増えるかもしれんからな」

儂らが話すことを理解していないのかもしれんが、テウはにこにこ笑うだけじゃったよ。

いつものようにベッドなどを用意して、《結界》の中で一泊。そんなこともテウには初めてだったようでな。遅くまで起きて、はしゃいでおったよ。

ただ、ルーチェたちは早寝じゃから、話し相手がおらん。そんな状況では、寝る以外にすることが見つからなかったんじゃろ。茶を飲み、ゆったりしていた儂やナスティには目もくれず、ルーチェたちが寝息を立てるベッドに潜り込んでおった。

翌朝、元気に目覚めたルーチェは、テウを連れて顔を洗う。身支度を整えたら、朝ごはんとなった。儂らにとっていつもと変わらん朝食でも、テウには珍しいらしくてな。これまた大興奮じゃった。初めてのことだらけじゃ、行儀が悪くても多少は目を瞑ろうかと思っていたんじゃが、ルーチェが注意してくれてのぅ。それからは、箸使いや食べ方もルーチェの真似をしとったよ。

ごはんを食べながら、今日の予定とテウの身の振り方を話し合う。儂らと一緒に旅するにはテウの実力が不足しとる。とはいえ、このまま解放したら、また黒幕に攫われるかもしれん。なのでカタシオラの街でローデンヴァルト夫妻のもとへ預ける。家族会議でこの方向に決まったんじゃが、本人の意見を無視するわけにもいかんでな。テウに確認しても生返事じゃった。

「私たちとは、一旦バイバイだよ」

テウは儂の説明より、ルーチェの一言のほうが理解できるらしく、一拍置いてから首を縦に振りよる。

「……強くなる」

左頬におべんとを付けたままのテウじゃが、ルーチェの言った『一旦』の言葉をしっかり噛み砕いて、理解した上で今後の目標を見据(みす)えたんじゃろ。何度も何度も頷くその姿は、まるで自分に言い聞かせとるようじゃったよ。

そんなこんなでいつもより賑(にぎ)やかな朝食を終えて、儂とテウはロッツァの曳く馬車に乗り、街へ向かっておる。残ったクリムたちは、ナスティが先生になってまた鍛えるそうじゃ。ついでに食材も集めると言っておったから、今日の晩ごはんも豪勢(ごうせい)なものになるやもしれんな。

「以前も、こんなことがあったのぅ……あれは盗賊の引き渡しじゃったか？」

「あの時は、アサオ殿一人だぞ」

馬車の荷台に乗るのが儂とテウだけじゃから、ロッツァは一切の遠慮なしで走っておる。テウには《結界(バリア)》と《浮遊(フロート)》をかけてあってな。高速移動の馬車の中で傷を負う心配はありゃせん。

この先は、マッシュマシュの里に向かうからのぅ。ロッツァが満足に通れるだけの道があるか分からん。マッシュマシュの大きさを鑑みると、難しいと思うんじゃ。もしかしたらあるかもしれんくらいの心構えでいたほうが無難(ぶなん)じゃろ。そう思って、今のうちに思う存分走ってもらおうって算段でな。ロッツァも理解しているからこその走りじゃ。

朝食後に野営地を出たというのに、太陽が天辺(てっぺん)に届く前にカタシオラへ着いてしまった。

門番さんに挨拶を済ませ、すんなり中へ通してもらう。そのままの足で冒険者ギルドへ向かい、今回の要件の説明行脚となった。

デュカクへの面会を待つ間に、クーハクートへ《言伝》を飛ばして先手を打つ。彼が後見人になってくれれば心強いからのぅ。まだ街にいるか分からんから、賭けになりそうじゃが……儂は勝てたようじゃよ。クーハクートとて、二つ返事で受けられんから、本人と面接して決めてくれることになったわい。それでも十分じゃよ。

そうこうするうちに、デュカクとの面談の時間が来てな。昨日の詳細を伝えた上で、家族会議で決めたことを言ってみた。すると、さすがにクーハクートが後見人になろうとも、無罪放免にするわけにはいかんらしい。なのでカナ姉妹に着けさせたのと同じ、魔封じの腕輪が必須なんじゃと。ズッパズィートが監督することにもなるみたいじゃ。

儂の出戻りを聞きつけたツーンピルカも顔を出してくれての。時機を同じくしてクーハクートも現れた。一遍に説明ができたのは、ありがたいことじゃわい。大事なこととはいえ、何度も同じ説明をするのは億劫じゃからな。

儂の話を聞いても、三人は半信半疑じゃった。これは仕方なかろう。

「テウに一番分かりやすい審判を受けてもらうか……」

ぽつりと呟いた儂の言葉に、三人は揃って首を傾げた。百聞は一見に如かずとも言うしのぅ。

儂はイェルクとユーリアに《言伝》を飛ばして、ローデンヴァルト時計店へと皆で向かう。行きしなに、土地と建物にかかっとる加護のことを教えたが、口をあんぐり開けて驚くばかりじゃったよ。

イェルクたちの迷惑にならんなら、不届きものの審査に使えるようになるかもしれんが……儂の家族への悪意などが基準じゃからな。一般に運用するには難しいか。

会話しつつ歩いていたが、何の問題も起きずに儂らは時計店まで辿り着けた。テウが苦しんだり、そっぽ向いたりもしておらん。

それを見てクーハクートたちも納得したようでな。デュカクたちが課した枷をすれば、ここに住むことを許してもらえたわい。テウも理解したようで、こくりと頷いとる。カナ姉妹もおれば、常連組の冒険者もおる。稽古する相手に苦労することはないじゃろ。

儂が与えたお茶や食べ物の影響か、すっかり見た目通りの子供になったテウは、ユーリアのお気に入りになってしまったようじゃよ。トゥトゥミィルとも意気投合しとるし、問題なさそうじゃ。そこまで見届けた儂とロッツァは、来た道を真っ直ぐ戻る。日が暮れる前に帰れた儂らを待っていたのは、食べ切れんほどの食材の山じゃった。

《 28 マッシュマシュ 》

テウをイェルクたちに預けた翌日の今日は、朝から山菜の下処理やらに追われとる。昨夜に食べられたのは、極々少量でな。まだたくさん残る山菜などの下拵えをしておかんと、料理に使えんからのぅ。

ルーチェとナスティが手伝いに立候補してくれたが、今日は移動できずにこれだけで終わるかもしれん。カブラは儂の近辺で昼寝三昧じゃし、バルバルは下拵えの最中に出た屑を食べてくれる予定じゃ。なので、ロッツァにクリムとルージュの面倒は任せた。

「我を狙わせての稽古をする良い機会だ」

とかロッツァは、言っとったな。ついでに肉か魚を獲るとも宣っておったぞ。

儂とロッツァが出掛けていた間に皆が集めた食材は、山菜がほとんどじゃったよ。キノコはほぼ見つからなかったらしい。肉と魚は、昨日のうちに捌いて仕舞ったから、残るは山菜と野草じゃ。

アク抜きの意味もあって、一晩水に浸したものもあるし、茹でたまま常温まで冷ましたものもある。それらを処理しつつ、儂は昼ごはんと夕ごはんの仕込みを同時進行じゃよ。

何度か食べたことのある山菜ならルーチェたちに希望を聞いてもいいんじゃが、初顔が多くてな。儂に一任されとる。ルーチェは難しいことは言わず、

「美味しいのにしてね」

と、一言だけじゃ。家族は誰一人、任せた後で文句は言わん。満足いく味になっとるようで儂としては、ありがたい限りじゃが、たまに心配になってな。その辺りをルーチェに

質問してみたら、

「じいじに頼んだんだから大丈夫。それにあとからケチ付けるなら、最初から任せちゃダメだと思うよ？」

なんて言っておったよ。ロッツァやナスティも同じ意見のようで、大きく頷いとったな。

晩ごはんの準備と共に煮物や佃煮を炊いていたら、巨大なキノコが現れた。《索敵》も赤く反応せんから、魔物ではないと思う。こんな大きなキノコは、マッシュマシュしか知らんのじゃが……先日見かけた個体とは笠の模様が違うんじゃよ。

どうやら調理風景を見学しているようで、今のところ無言のままでな。儂のすることが興味深いらしく、新たな食材を持つ度に近付いて来よる。ネマガリダケ――タケノコのような食材を手にすると、突然大きな反応を見せた。

「バンブルは食べちゃいかんマシュ！」

儂の手からネマガリダケを奪い、

「食べるならこっちだマシュ！」

代わりのキノコを渡してくる。エリンギによく似た見た目じゃが、これはどこから取り出したんじゃ？

「それに毒などないから、儂らは食べるぞ。返しておくれ」

渡されたエリンギっぽいキノコを差し出し、タケノコを返してもらおうとしたが拒まれた。腹に抱えたまま後ろを向かれてしまったわい。ただ、数本まとめて持っとるから、先っぽが見えておる。それに、腕の形状的に抱えたり持ったりするのは難しいんじゃろ。ぽろぽろこぼしとるわい。

そして鑑定するまでもなく、語尾からマッシュマシュに確定じゃな。

「バンブルよりキノコを食べるマシュ！」

嫌々と身体を揺らし、儂の手から逃れて、奪われまいと必死の抵抗を見せるマッシュマシュ。タケノコを全て落としてしまっとるが、またキノコを取り出した。今度はマイタケっぽいのう。今回は腹の辺りから取り出してるようなんじゃが、どこから出したんじゃろか？

マッシュマシュをよくよく観察してみれば、腹の真ん中に横線が走っておる。儂の視線を気にせず、その横線に手を突っ込んだマッシュマシュは、キクラゲにそっくりなキノコを取り出した。

「キノコをくれるのは嬉しいが、タケノコも食べるんじゃよ」

儂にキノコを渡すのに夢中になりすぎじゃ。落とされたタケノコを拾う儂にやっと気付いたくらいじゃからな。

目鼻は見えんが、驚き焦っておるわい。

「ダメって言ってっしょー！　……マシュ」

思わず決まり文句の語尾を忘れるほどらしい。

「バンブルより、キノコのほうが万倍美味いんだマシュ。バンブルなんかに負けんマシュ」

胴体を汁が滴っておるが、これは涙なんじゃろか……笠のすぐ下辺りから止め処なく流れとる。

「どうかしましたか～？」

「あ、でっかいキノコだ」

任せていた分の処理が終わったみたいで、ナスティとルーチェがこちらに来た。

儂の抱えるネマガリダケと、足元に作られたキノコの山。正面で身体を上下に揺らすマッシュマシュ。それらを見比べても、何がなんだか分からんじゃろ。そう思っていたのに、

「あ～、マッシュマシュさんが～、タケノコを嫌がったんですね～」

ナスティには状況が理解できたようじゃ。まさかの事態に、今度は儂の動きが驚き止まってしまった。その隙を見逃さず、マッシュマシュが儂へ飛び掛かろうとした……が、できんかった。バルバルにしっかり根元を押さえられてしまっとるわい。

「それぞれがキノコとタケノコを栽培してまして～、マッシュマシュ一族とバンブル一族は～、昔から競ってるんですよ～。どっちのほうが～、味、香り、見た目が優秀かって～」

ナスティの説明を聞いた儂も、何でマッシュマシュに絡まれたのか、やっと分かったぞ。この子の言う『バンブル』は、タケノコであり別の種族のことも指しとるんじゃな。しかし、ルーチェは眉間に皺を寄せて、難しい顔になっとる。理解はしたが納得はしとらんようじゃな。

「……どっちも美味しいじゃダメ？　じいじに任せればとっても美味しい料理になるよ？」

「私もそうだと思うんですけどね～」

ルーチェの提案に、ナスティがのんびり口調で賛同しとる。

「は、放すマシュー！　融け……てないけど放すマシュー！　は・な・す・マシュー！」

マッシュマシュが叫びながら、バルバル目掛けてキノコをばら撒いておった。

ばら撒かれたキノコにバルバルが反応した為、マッシュマシュの拘束が解かれた。バルバル自身は食べるのではなく、拾い集めているだけのようじゃよ。そんなことをするバルバルから離れ、ついでに儂らからも距離を取るマッシュマシュ。

「と・に・か・く！　バンブルよりキノコを食べるマシュ！」

それだけ言い放ってどこかへ去ってしまった。

「キノコいっぱいもらえたね」

「そうじゃな」

にこりと笑うルーチェに儂が答える。バルバルが身体の上に乗せて運んできたキノコは、ナスティが受け取り、仕分けをしてくれた。そのどれもが食べられるみたいなんじゃが、干したり凍らせたりとひと手間加えたほうが美味しくなるものが混じっているらしくてな。なので、それらはナスティが確保しておる。すぐに使えるキノコのみ儂に渡され、炊き込みごはんを頼まれたわい。

儂が晩ごはんの支度を再開し、ルーチェとナスティはキノコの処理へと分かれる。また二手になった儂らの間を、バルバルが移動してくれて、食材の屑などを食べてくれた。カブラもバルバルの手伝いでな。野菜屑をひとまとめにしたり、使い終わった器具などを片してくれとるよ。

日が傾き、もうそろそろ夕焼けという頃、ロッツァたちが帰って来た。晩ごはんの準備もほぼほぼ終わっておるからのぅ。本日仕留めてきてもらった魚や魔物は、食後に解体することにした。主菜となる肉が、あとは焼くだけで待っておるでな。

キノコや山菜をふんだんに使った夕食には、力強い主菜がとても合う。なので今日は、猪肉を厚めに切ったステーキじゃよ。味付けもごはんや副菜を殺さないよう、塩胡椒のみじゃ。

儂がステーキを焼いている時間で、ロッツァたちは身支度を終えた。ナスティやルーチェも身綺麗になっとる。焚火で焼いた猪肉の香りが、否応なしに儂らの期待感を高める。やがて全員分が仕上がり、揃って晩ごはんを食べ始めた。

程(ほど)よく腹も膨れ、食後のまったり感を楽しんでいたら、儂の目の前の土が盛り上がった。それが一気に膨れ上がり、割れていく。

「ニョキ？」

少年のような声と共に現れたのは、直径10センチほどのタケノコじゃった。長さは50センチくらい。それが穴から飛び出し、儂の隣へ着地する。儂から離れつつ周囲を窺い、何かを探しておるようじゃが……そちらにあるのはキノコの炊き込みごはんの土鍋(どなべ)じゃな。あとは、食後のデザートに猪肉をじっくり炙るルージュくらいなもんじゃ。

最近のルージュは、食後に甘い物より肉や魚の追加を自分で調理し始めてのぅ。おかわりなら儂が作ってやると言ったんじゃが、どうも自作したいようじゃ。なのでここ最近はやりたいようにやらせとる。一応ルージュとしてはおかわりの範疇でなく、デザート枠(わく)と言いたいらしくてな。作るものが焼き魚だろうとステーキだろうと、デザートと呼んでやっとるんじゃよ。

「あらあら～。バンブルさんですね～」

食後のコーヒーを楽しんでいたナスティが、タケノコを見てそう告げておる。

「いい匂いニョキねー」

土鍋とルージュの間で、行ったり来たりを繰り返すバンブル。そんなことを気にすることもなく、ルージュは猪肉を焼き続けとる。

「あれは、腹が空いてるんじゃろか？」

「そうかもしれませんね～」

とてとて歩き回るバンブルを観察する儂とナスティが話す内容を聞いていたんじゃろ。カブラがいつものように座布団で浮いたまま、移動を始めた。その先はバンブルが気にしとる土鍋じゃ。

「待っときー」

そう言うなり土鍋を抱えて、しゃもじを片手に装備しとる。キノコの炊き込みごはんをこんもりすくい、手に盛ったが……カブラには握れんじゃろ。

儂の予想は正しかったようでな。直径10センチほどのまん丸おにぎりが出来上がっとる。三角おにぎりにならんかった。それでもカブラなりに頑張ったんじゃ。

「食べてみー」

木皿に載せて、カブラがバンブルへ差し出す。

「美味そうニョキ」

ルージュも木皿を用意しておるから、バンブルに分けてあげるんじゃろな。焼いたばかりの猪肉を適量切って盛っておる。

「こっちもニョキ」

どこから取り出したのか、バンブルは先割れスプーンを持っておる。あれは儂でも持っておらんぞ。使い勝手が悪くてな。日本でもほとんど見られんくらいじゃったが、儂より先にこちらへ来た誰かが伝えたんじゃろか？

「あー、マシュなんかよりバンブルニョキよ」

もぐもぐ食べとるバンブルは、文句を言いつつ食べ続けとる。人型にタケノコの手足が付いているでもないのに、ちゃんと食べておるのぅ……食べる姿を見てみれば、タケノコの節（ふし）がパカリと割れて、そこで噛んでるようじゃ。知らぬ間に生えた短い枝が、手の代わりなんじゃろ。

しかし、マッシュマシュと違い、キノコを目の敵（かたき）にしてるってほどでもなさそうじゃな。それでも良い気分ではなさそうじゃ。なのにキノコの炊き込みごはんを食べるのは、美味いからか？　ルージュからもらった猪肉ステーキを食べる様子は、どう見ても上機嫌って感じじゃよ。

「文句言うなら食うなやー」

木皿を取り上げようとするカブラに対抗して、おにぎりだけ持って皿を返すバンブル。ついでにタケノコを差し出しておる。ネマガリダケくらいの細さじゃが、何の処理もしとらんな、あれは。しかし美味そうじゃ。

「なんやコレ？」

首を捻るカブラからルージュがタケノコを受け取り、焚火で炙り出すのじゃった。

バンブルは、文句を言いつつ晩ごはんを食べ続ける。

ルージュが受け取ったタケノコは、儂に聞くことなく焚火で炙られておってな。処理も食べ方も教えておらんはずなんじゃが……皮付きのまま焼いておるよ。あのまま真っ黒になるまで続ければ、良い加減の蒸し焼きになるじゃろ。以前にルージュの前で作ったことがあったかのぅ……

ルージュからバンブルへ視線を移しても、まだごはんを食べているだけじゃ。バンブルもタケノコを渡しただけで、調理法などは指定しておらん。もしかしたら代金がてらにルージュへ差し出したのか？　だったらルージュが料理しとる姿を見もしないのも納得じゃが……

タケノコの焼ける良い香りが、儂らの周囲に広がっていく。食後でまったりしていたルーチェやクリムまでが、鼻を鳴らす始末でな。匂いの出所は一目瞭然じゃから、ルージュの持つタケノコをじっと見ておるわい。ただ、持っている数が少ない。ルージュが食べるだけで無くなるぞ。それが分かったんじゃろ……ルーチェとクリムが、物欲しそうな目を儂に向けた。

「……仕方ないのぅ」

湯呑み片手に【無限収納（インベントリ）】を漁り、ロッツァたちが採ってきたネマガリダケを取り出す。

そのままルージュの隣へ移動して、儂もタケノコを炙り始めた。

さすがに、自分たちが食べる分だと理解したルーチェとクリムは、手伝いを買って出てくれる。なのでタケノコをそれぞれに二本渡しておいた。儂も一緒に焼くから、計六本になるでな。あと少し食べるくらいと思えば、一人一本もあれば十分じゃろ。

真っ黒に焼けたタケノコの皮を剝き、くてっと曲がる本体に塩をぱらり。湯気(ゆげ)が鼻先をかすめる度、唾液(だえき)が溢れそうじゃよ。隣を見れば、ルージュが味噌を塗っておった。いつの間にか儂の背後にいたロッツァは、塩味と味噌味を交互に見比べておるわい。

なんとか味付けを決めたロッツァは、塩味を選んだ。ロッツァには小さいタケノコで、ひと口で終わるほどじゃが、これ以上は望まんようじゃよ。食べようと思えばまだまだ食べられるが……晩ごはんを終えて一服しとる最中じゃからのぅ。ロッツァとしても遠慮しとるんじゃろ。また明日にでも作ってやろう。

「生(なま)じゃないニョキ？」

声に振り返れば、おにぎり片手に味噌タケノコを眺めるバンブルがおった。先に出された猪肉は食べ切ってしまったようでな。もう片方の手には、空(から)の皿を持っておるよ。

「食べたいニョキ」

今度は今まさに頬張ろうとしたルーチェに言っとる。ルーチェが食べる焼きタケノコは、マヨネーズに塗れておった。ルーチェとしても、自分が食べる為に焼いていたからのぅ、

「はいどうぞ」とは差し出せんじゃろう。それにバンブルへあげてしまったら、誰かが食べられなくなってしまうな。

「じいじー……」

ルーチェは困り果て、悲しそうな顔で儂に助けを求める。

「儂の分をあげるから、ルーチェは食べていいぞ。ほれ、こっちに来るんじゃよ」

塩を振った焼きタケノコを見せて、儂のもとへバンブルを誘った。見事にタケノコに釣られたバンブルは、ぴょんぴょん跳ねて大急ぎで来よったよ。それを見たルーチェは、ぱくりとタケノコを食んだ。満面の笑みになるまでが早かったわい。

儂の手元で揺れるタケノコにバンブルが飛び掛かる。ひと口で半分以上が無くなった。

「美味いニョキー！」

着地と同時に叫んだかと思えば、また飛び上がり、残りのタケノコを食べ尽くしたぞ。何度か跳ねていたんじゃが、不意に止まって儂に向き直る。

「生のバリシャキとは違うニョキねー」

そう言いながら、真っ黒な炭になった皮の部分を食べるバンブル。

「苦いニョキ。ダメニョキ。口直しニョキ」

口になってる節とは別の場所が開き、そこから小振りなタケノコを取り出した。先端が黄色いそれを齧ると、なんて言っておる。そのまま何口か齧り、食べ切ったら、また幾本も取り出した。

「はー、爽やかニョキ」

儂の両手から零れ落ちるくらいの量が渡される。これ、日本にいた頃なら手も出せんくらいの最高級品じゃよ。一体いくらすると思ってるんじゃ？　あまりの出来事に、バンブルから受け取るだけで反応できなかった儂の手のひらには、タケノコが止め処なく盛られていく。乗り切らなかった分が、既に足元へ落ちておるよ。

「これでも作ってニョキー」

「こんな高いのもらっちゃいかん」

なんとか返事をしても、バンブルは儂に渡すのをやめてくれん。

「平気ニョキよ？　いくらでもあるんだニョキ」

「たくさん食べるから、いっぱい渡すニョキよー」

「これ以上は――」

儂の制止を聞いてくれるバンブルではなかったわい。手を空ける為に、持っていたおにぎりを食べ切り、両手を使ってタケノコを取り出すようになってしまった。もう手に乗り切らんのは分かるじゃろうに……どうやら儂に手渡すこと自体が楽しくなったようじゃ。

バンブルが止まらん。零れ落ちたタケノコは儂の足元だけにとどまらず、膝辺りを超え、そろそろ腰に届きそうじゃよ。

そんな状況を見学していたナスティが、笑いながらバンブルを持ち上げるまで、儂はタケノコに埋まっておったわい。ナスティに抱えられて、やっとバンブルの動きが止まる。周囲を囲うタケノコを【無限収納（インベントリ）】に仕舞って、なんとか身動きができるようになった儂じゃった。

タケノコ盛り沢山事件の後も、バンブルは居残っておるよ。というのも、まだ食べ足りないらしくてな。材料を渡すから作ってくれと頼まれたんじゃ。

貨幣（かへい）を扱う文化はないらしく、基本的に物々交換をしているそうじゃよ。その意味もあって、大量のタケノコを差し出したみたいじゃ。代金として支払われてしまい、受け取ってしまっとるからのぅ。なるたけやってやるか。

ただ、儂もタケノコ料理はあんまり種類を知らん。肉とピーマンと一緒に中華風に炒めるのと、煮物が数種類。あとは肉巻きなどの簡単なものじゃな。炊き込みごはんを気に入ったそうじゃから、それは作ってやるとしよう。

そんなこんなでいろいろ作ることになってのぅ。明日の朝ごはんを作りがてら、バンブルに与えておるわい。これだけ種類を作っているとルーチェたちも欲しがってくるから、ちょいとばかり量が多めな夜食といった様相（ようそう）じゃな。

あれもこれもと食べ続けるバンブルじゃったが、さすがに先割れスプーンの動きが鈍（にぶ）くなってきた。月も高いところまで昇（のぼ）っておる。そろそろ儂らとしても寝る頃合いじゃて。

「まだ食べるんか？」

「もう満足ニョキ。あとは持ち帰っていいニョキか？」

竹の皮を取り出して、カブラが握った真ん丸おにぎりを中央へ載せておる。あまりにもおにぎりが大きくて、皮二枚を使ってようやく一個のおにぎりを包むほどじゃった。

自分で梱包している間に、儂に頼みたいんじゃろう。竹の節を使った容器をいくつも渡してきてな。儂はそれらに煮物や炒め物をよそっていく。ぴっちり閉まる栓が付いておるが、誰が作ったんじゃろか。これ、儂も欲しいぞ。

「バンブルはそんなものだって作れるニョキよ」

竹皮に包まれたおにぎりと、中身の入った竹容器を交互に仕舞い続けるバンブルは、得意気に胴体を反らしておる。ある程度仕舞うと、また竹皮と空の竹容器を取り出してな。まだまだ持ち帰るつもりらしい。

それから都合十度同じことを繰り返したら、バンブルは満足したみたいじゃよ。

「これあげるから、里に来るニョキ」

一枚の竹の皮を手渡される。それには三つの丘と、目印らしき樹木や岩も描かれていた。右端の丘に『バンブル』と書かれておるから、ここが里なんじゃろ。先日マッシュマシュにもらったのにも、似たような絵が描かれていたのぅ。

「それじゃ、またニョキー」

バンブルは、言うなり数時間前に出てきた穴へ飛び込んだ。入り口で角度調整でもしとるのか、もぞもぞ動いておったが、それも三秒ほどで終わる。シュポッて音がしたと思えば、もう見えなくなってしまったわい。あれだけ食べても身体の大きさに変化が出ておらんのか。出てきた穴にそのまま入れるとはすごいもんじゃ。

バンブルの動きを見たくて穴を覗こうとしたが、それも塞がってしまってのぅ。地中を進んでいるせいか、《素敵(レコナ)》で追うこともできんかったぞ。

それから程なくして、儂らは就寝(しゅうしん)した。食べてすぐに寝られるか心配じゃったが、何のことはなくいつもと変わらんかったよ。

翌朝、眩しい朝陽(あさひ)で目が覚める。雨風を凌(しの)げる《結界(バリア)》でも、陽光は防げんからの。どうやら儂だけ木陰(こかげ)からはみ出ていたようでな。皆を起こすのも悪いので、そーっと動いて起き出した。

一人でじっくりのんびり茶をする良い機会じゃ。朝ごはんの前のほんの僅(わず)かな時間かもしれんが、実に有意義なひと時じゃったよ。

ロッツァが起き、ナスティが続いて挨拶してくる。この辺りは普段と変わらん。その後がバルバルで、それを追うのがルージュかクリムじゃな。さすがに昨晩の寝付きが遅かったから、ルージュとクリムは起きてこん。今朝(けさ)はまぁ、仕方なかろう。

アサオ家で寝坊助(ねぼすけ)なのは、ルーチェとカブラの二人じゃよ。それでも朝ごはんの匂いには敏感じゃから、しっかり起きてくるもんでな。

「タケノコごはんとタケノコの味噌汁。あとはマスの切り身の塩焼きと漬物じゃ」

ロッツァとナスティの分を用意してやる間に、二人はもぞもぞ起きてきたようじゃ。まだ寝間着姿のままで、目をこしこし擦っておるが、ちゃんと腹が音を立てて主張しとるよ。

「おふぁようございまふ……」

「おとん、おはー……」

腹の音の合間を縫って、並んだ二人が朝の挨拶をした。その外側にはクリムとルージュもおる。ぺこりと頭を下げたら、二匹はルーチェの裾を引っ張って行ってしまった。

身支度を整えたルーチェたちが戻ってきたのは、それから三分後じゃった。

手を合わせて「いただきます」をしてから朝食をとり始める。

「じいじ、今日はどうするの？」

「バンブルの里ー？　それかマッシュマシュの里ー？」

ぱりぱりに焼いたマスの皮を齧りながら、ルーチェが問う。それに被せるようにカブラが、言葉を投げてきた。

マッシュマシュにもらった招待状に、バンブルがくれた竹の皮。その二枚を並べてみると、やはり絵がそっくりなんじゃよ。左側の丘にマッシュマシュの印、右の丘にバンブルの文字。これ、真ん中の丘には何もないのか？　そんなことを考えていたら、味噌汁を飲み干したロッツァが疑問を口にした。

「どれくらいの距離があるのだろうな？」

「ロッツァさんが走れば～、半日ほどですかね～」

となると、普通に歩けば数日くらいはかかりそうじゃな。

「あと～、三つの丘はあんまり離れてないはずですよ～」

マッシュマシュのくれた招待状を、ナスティが指さす。

「マッシュマシュさんに～、バンブルさん～。真ん中には～、シーダーさんがいて～、昔から不毛な喧嘩を繰り返してるそうですから～」

順番に丘を指したと思ったら、ナスティが第三の種族の名前を教えてくれる。

「ナスティさん、そのシーダーさんってどんな見た目なの？」

朝ごはんを終えたルーチェが、温かい緑茶を注ぎながらナスティへ質問していた。隣にいるカブラも湯呑みを差し出しておる。儂らは、茶を淹れる当番なんて決めておらんからのう。飲みたい人が茶を淹れて、便乗する者が出るくらいじゃよ。

一番茶がどうしても飲みたければ、自分で支度すればええ。まぁ、そんなことに文句を言う家族は、一人もいないんじゃがな。

「シーダーさんはヒト型の魔族さんですよ～。マッシュマシュさんの里とバンブルさんの里に挟まれて～、気苦労が絶えないそうです～。だからひょろっひょろで～、吹けば飛びそうなくらい痩せてますね～」

ナスティは、にこにこ笑いながら説明してくれとるが……親指と人差し指の間がシーダーさんの厚みを示しているなら、相当なもんじゃぞ。わずか2センチくらいじゃからな。

「ん？ ナスティ殿、シーダーは樹木に擬態できる種族でなかったか？」

首を捻ったロッツァの問いに、ナスティは頷くのみじゃ。

「となるとあのもじゃもじゃだな」

ロッツァが首を向けながら言った。ロッツァの指し示す先には、杉の葉らしきものが重なり合い、生い茂っておる。緑の葉と茶色の葉が入り混じり、なんとも言えん斑模様の塊じゃよ。奥の景色が見えんくらいの密集具合で、儂には植物にしか見えんぞ。ただ、ロッツァの言いっぷりじゃと、あれが今話していたシーダーさんらしい。

どんなに観察しても身動きせんし、《索敵》を見ても反応なし。これ、本当に生きておるのか？

そう思い少しずつ近付いてみれば、

「呼びマシタ？」

斑模様の塊が、上半分を捻って振り返り、声を上げた。想像だにせん事態で、儂の心臓が止まるかと思ったわい。見ている間に、もじゃもじゃがゆっくり姿を変えていき、子供が描いた絵のような手足や頭が形作られていく。

ロッツァの言うように樹木に成りすましていたんじゃろ。見つかった上に、声をかけられたから擬態を解いて、本来の姿に戻ったのかもしれんな。

しかし、ナスティの説明は正しかったようじゃ。振り返ったこれは、どう多めに見積もっても厚さ2センチもありゃせん。それに驚きが勝っていたつい先刻と違い、状況を観察できるくらいにまで気持ちが落ち着いた今は、儂は笑いをこらえるのに必死じゃ。

変わらぬ色味の厚めのコンパネがヒト型になって、そこに貼り付いたように肌色っぽい楕円が置かれとる。で、その楕円の上には、点と線で顔が描かれておるよ。その辺りに落ちている枝を使って福笑いでもしたんじゃないかと思うほど、雑で適当な作りの顔なんじゃよ。ルーチェやルージュの描く絵のほうが、よっぽどまとも顔じゃて。

「風と朝陽がキモチイイ……」

細めた目……いや、元から線だけじゃったな……その目で遠くを見ているようじゃ。身体の厚みの割には、随分と野太い声をしておるわい。捻った身体を元に戻し、また捻り上げると黄色い粉が舞う。

「あ、思わず花粉が漏れマシタ」

風下に舞っていく花粉が、バルバルを直撃する。バルバルは花粉に包まれても身動ぎ一つせんな。いや、少しだけ動いとるか？　身体の表面を波打たせて、花粉を吸収しとるようじゃ。その証拠に、宙を舞う花粉はもう見えんぞ。しかし、バルバルとて一部は食べ切れんかったらしい。更に風下に位置していたルージュがくしゃみをしておるわい。

「……サーセン」

とりあえず頭を下げたシーダーさんじゃが、これはまったく悪いと思ってないじゃろな。口先だけの謝罪じゃ。決め付けはいかんと言っても、これは無理じゃて。だって、線と点だった顔が、太い眉と劇画(げきが)タッチのものに切り替わっておるんじゃから。もしかしたら本意気の謝罪かと思い、じっと見つめていたら、目と目を合わせていたのに、さっと逸らされた。

こりゃ、確定じゃ。音が出ないのに口笛を吹く真似までしとるからの。

「謝る時は、ちゃんと謝る……教わらんかったか？」

シーダーの頭を掴んでこちらを向かせる。少しばかり力を込めたからか、コンパネ状の身体がミシミシ鳴っておる。力で押さえ込むのは褒められた手段でないが、躾(しつけ)はしっかりせんといかんからな。

もっさりとした動きだったシーダーが機敏(きびん)に動いて、儂の右腕を叩く。

「謝る言葉は――」

「申し訳ありマセンデシタ!!」

今までで一番大きな声を張り上げよった。儂の腕を叩く際に、また花粉が漏れたようじゃが、それらは地面へ落下しとる。頭を掴む力を緩めたら、自身が撒いた花粉の上に

蹲ってしまったよ。

「昔会ったシーダーさんは～、こんなに変じゃなかったんですけどね～」

ナスティは目を細めたまま、首を捻っておった。

「香木とか～、食べられる木の芽などを扱う種族だったんですよ～」

「アサオ殿が作る、燻製とやらに使った板と似た匂いが、こやつからする」

鼻を鳴らすロッツァは、そんなことを教えてくれる。儂がナスティとロッツァに顔を向けた瞬間、

「じいじー、それ飛んでるよー」

ルーチェが儂の後ろを指さした。再度顔を戻せば、いつの間にやらシーダーは遥か上空を飛んでおったよ。花粉が飛行機雲のように尾を引いておる。見上げる儂の顔目掛けて、斑模様のもじゃもじゃが降ってきた。

「サーセン、サーセン。それで勘弁してクダサイ」

徐々に小さくなるシーダーの台詞で、なんとか聞きとれたのはそんな内容じゃった。

ふぁさっと重さを感じさせないもじゃもじゃが、儂の腕に収まる。

これは、何じゃろか？　トカゲの尻尾みたいに自切した身体の一部か？　いや、あれは擬態した姿と言っておったし……

「あら～。それ～、シーダーさんの里への通行証ですよ～」

疑問符の浮かぶ頭のままナスティへ視線を向けたら、儂の持つもじゃもじゃが動き出す。気味悪くて捨てようとしたんじゃが、手から離れん。そのうち収縮が収まり、もじゃもじゃは三角の板になってしまった。そこには三つの丘の絵が描かれていたのじゃった。シーダーが飛び去り、手元には三箇所の丘それぞれからもらった招待状などが残っておる。種族ごとに分かれた村で、若干の諍いがあるそうじゃし、無理して行かんでも……

「なし！」

招待状を目の前に、思わず難しい顔をしてしまっていたようじゃ。儂の考えを察したルーチェが、問いかける前に答えて、両腕で大きなバツ印を見せておるわい。クリムが真似して、跳びながらバツ印を作る。バルバルも身体の一部をにゅっと伸ばして、似たような形を作っておるな。

「美味しいキノコやタケノコがもらえるかもしれないんだよ？　行かなきゃダメ。そうでしょ？　じいじ」

ルーチェの言葉にナスティとロッツァが同意を示した。ルージュに至っては、マッシュマシュがくれた招待状を儂に押し付けてきよったぞ。シーダーの花粉によってくしゃみをしていたのに、もう大丈夫みたいじゃ。

ただし、まだ若干鼻をすすっておる。このまま花粉症を発症……なんてことになったら、ルージュが暴れそうじゃわい。

「マッシュマシュの丘から行くなら、招待状をもらった順番で回ろう」

「そうですね～。真ん中にあるシーダーさんのところを最後にすれば～、王都へ向かうのが楽になりますよ～。川沿いを進むので～、魔物が多いかもしれませんけど～、その分美味しい食材を確保できますしね～」

「決まりー！」

儂の提案には頷くだけだったルーチェなのに、ナスティの説明が付け足されたら元気いっぱいで手を叩いた。食べることに貪欲なルージュと共に、飛び跳ねながら大喜びじゃ。逸る気持ちを落ち着かせ、一服してから儂らは出掛けた。今いる場所からは、丘らしきものが見つからん。ナスティの説明だとロッツァの足で半日じゃからな。早ければ昼過ぎくらいには見えるじゃろ。

野営地から出ても、整備された街道のような道はない。さりとて獣道ではなくてな。懐具合が心許ない冒険者たちが、それなりの数通るんじゃと。そんなわけじゃから、馬車で移動するような者はほぼおらん。自前の馬車を持てるほどの冒険者なら、この道は使わんそうじゃ。陸路で王都を目指すにしても、普通はこの道を選ばんみたいじゃからのぅ。

商人や貴族が王都まで移動する手段は、海路を船で、が基本らしい。到着までの日数がある程度読めて、それなりに安全。護衛を雇って馬車で移動するより、遥かに安全安心なんじゃと。なのにクーハクートは陸路を選んどるんじゃ。

海路は大型の魔物に出くわす確率がゼロではない。年間でも二〜三件ほどしかない事例とはいえ、そんな魔物に遭遇してしまったら、その船はほぼ海の藻屑になるそうじゃからな。その為、選択肢から消すと言っておったよ。

陸路ならば、そこまで危険な魔物と出会うこともないし、わざわざ護衛を手配せんでも、トビーたちのような戦えるメイドさんをたくさん抱えておるからのぅ。まぁ、なんだかんだそれらしいことを並べておったが、一番の理由は船酔いらしいんじゃがな。

《29　マッシュマシュの里》

一時間くらい進んでは少しばかりの休憩を挟んで更に進むこと半日。ようやく儂らの目指していた三つの丘が、正面に現れた。ナスティが言っていた通り、それぞれの里はあまり離れておらん。なんだったら、一日で全部を巡ることもできそうな距離じゃよ。

高さもそれほど変わらんか。中央にあるシーダーの里を持つ丘が若干高く見えるが……山肌に茂る針葉樹林のせいかもしれんしの。

ロッツァに再度頼んで、マッシュマシュの里へ進路を取る。そういえば川があると聞いたが、それらしきものは見えんな。

マッシュマシュの里は、榾木を交差させたもので村を囲っておった。儂の腰高ほどじゃから、塀としては心許ない感じじゃ。周囲に濠を巡らせておるわけでもないし、里の防衛能力が心配になるぞ。しかも門が見当たらず、どこから入れるかすら分からん。なので梢木の周りをぐるりと一周してみたが、やはりそれらしきものは見つからん。

一周する途中で、儂らに気付いたマッシュマシュが数体、梢木の内側を同じ方向へ回っておった。観察対象として見られたのか、徐々にその数が増えていってな。一周し終わる頃には、マッシュマシュの数は十体を超えておったよ。

「誰マシュ？」

「人マシュ」

「敵マシュ？」

「客マシュよ」

笠を突き合わせながら何やら相談し合っておる。マッシュマシュの姿形は様々じゃ。色も大きさもてんでバラバラじゃが、そのどれもが同じ種族みたいじゃよ。

儂らを『敵』と誤解されるのも困るでな。招待状を見せているんじゃが、誰一人として気付いてくれん。円陣を組むような形になっとるからのぅ。それでもめげずに手を振ったり、声をかけたりしていたんじゃが……

「うるさいマシュ」

「相談中マシュ」

赤と青の縦縞模様のマッシュマシュに怒られ、黒と黄色の横縞模様のマッシュマシュに注意された。そこでやっとこちらを見てくれてな。招待状の存在にも気が付いたようじゃった。

「やっぱり客マシュ」

「最初にそう言ったマシュよ」

エリンギのようなマッシュマシュは、初めから儂らを客として認識してくれていたんじゃな。彼……彼女か分からんが、招待状をくれた子も、確かこんな姿だったはずじゃ。

「だったら最初からそう主張するマシュ」

「見なかったのはそっちでしょー！」

蜂色（はちいろ）横縞マッシュマシュの物言いに、儂でなくルーチェが怒ってしまったわい。クリムとルージュがその両隣に陣取（じんど）るが、ルーチェを押さえる為ではないんじゃな。二匹ともルーチェとそっくりな構えをとり、仁王立（におうだ）ちじゃ。威嚇（いかく）というか喧嘩する気満々じゃよ。

「な、何するマシュ⁉」

縦縞マッシュマシュと横縞マッシュマシュは、空気の変化を察知して後ろへ下がる。それだけでなく、エリンギマッシュマシュを盾にせんと押し出しておるよ。他のマッシュマシュも同様に後ろへ回り込み、ルーチェに対して一列、前へ倣（なら）え状態で並んどる。

「がるるるるー」

棒読みもいいとこな声を出しとるルーチェは、両手を振り上げて拳を半握りした上で威嚇を続ける。子熊二匹が同じ格好をしたら、こちらは背後からナスティに頭を押さえられた。

「なんで最初から喧嘩になるんですか～。ダメですよ～」

「そうやそうや。エリンギはんが、怖がってしまうやろ」

カブラは言いながら、ルーチェの頭上に座布団に乗ったまま飛んでいく。言い終わると頭に着地して、ルーチェの両頬を横に引き延ばすのじゃった。

「ふぁにふるふぉぉー」

カブラに頬を引き伸ばされては、ちゃんとした言葉にならん。それでもルーチェは頑張ってカブラへ抗議しとる。すっかり怯え切ったマッシュマシュたちじゃが、カブラによって上下されるルーチェの顔が不思議なんじゃろ。すっかり百面相になっておるそれを、じっくり観察しとる。あまりにも見すぎたようで、終いには笑いを堪え切れず全員が吹き出した。

『ぽふぽふ』

と、聞き慣れない音がしたのでそちらへ顔を向ければ、ルージュとクリムが前足を叩いておったよ。儂にやるのと同じように、ナスティを二匹で挟み、抱き付いておる。その状態で器用に前足を合わせとってな。ルーチェとカブラの様を笑っておるようじゃ。

「も～、二人にも注意していたんですよ～」

口ぶりは怒っているナスティも、その目が笑っとる。マッシュマシュたちも状況が分かったようでな。やっと警戒を解いてくれた。

「案内するマシュ」

先頭に立たされたエリンギマッシュが手を挙げ、そう宣言したら、

「その前に謝罪マシュ」

横縞マッシュが引き止める。そして、十体のマッシュマシュが揃って頭を下げた。そのまま全員が寝転び、地面に身体を投げ出すのじゃった。

「「「サーセン」」」

マッシュマシュ一族の土下座だと思うが、言葉はおちょくっとる……これは、どうしたもんじゃ？

首を傾げる儂をよそに、皆が跳び上がり綺麗な着地を決めた。十体のマッシュマシュが身体を揺らしながら踊り出すと、儂らの前にあった梢木が数メートルに渡って沈んでいく。

「開門マシュ」

「行くマシュ」

「来るマシュ」

「歓迎マシュ」

言われるままに足を踏み出す。儂らをぐるりと囲んで進んでおるが、一歩の大きさが大

分違ってな。マッシュマシュたちは忙しなくぴょこぴょこ弾んでおるよ。一体だけ跳ばずに横回転で進んでおるがの。カブラも似たようなことをしておったが、あれは誰が教えるんじゃろか……

里の中心部くらいまで行くと、儂と大差ないほどの大きさのマツタケが生えておった。笠は開いておらんから、食べたら絶品(ぜっぴん)じゃろな。しかし、不思議なことに、ここまで一切キノコの香りがしておらんぞ。

「そこへ座るといいマシュ」

促された先は巨大な椅子じゃ。マツタケを正面に見据えて、今通ってきた側に背を向ける形じゃな。一枚板で作り上げたのか、椅子の木目(もくめ)が綺麗に出ておる。

儂が中央に座り、その右隣にルーチェ、左側にはカブラが腰かける。ルーチェの奥にクリム、ナスティ、ルージュと順番に並んだ。カブラ側にはバルバルが乗っており、椅子の端(はし)っこにロッツァが頭を乗せておるわい。

儂ら家族が全て席に着いても、まだ多少の余裕があるほどこの椅子は大きい。

「おぉ、勇者マシュ……勇者が来たマシュ」

儂の背中から声が上がる。そちらに振り返れば、何もありゃせん。するとどうしてか分からんが、マツタケの香りが鼻を擽(くすぐ)った。再び正面に顔を向けると、マツタケが笠を全開にしておったわい。

驚く儂の足元から、マッタケに向かって何かが伸びる。それは儂らの座る椅子から出ておるようで、同じ色と木目をしとった。ほんの数秒で椅子から離れたそれは、マッタケの下でうにょうにょ動いて自身を成型しとるようじゃった。

「ほっほっほ。まさか勇者に出会えるとは思わなかったマシュ……ん？」

一人掛けの椅子くらいになったそれは、マッシュマシュらしい。椅子と言っても背もたれもなければ、ひじ掛けもない。天の部分が真っ平らで、茶色い縞模様を描くくらいじゃな。見た目がサルノコシカケっぽいそれが、儂を見てから、ぴたりと動きを止めてのぅ。その後、儂ら一家を見回しとる。

「誰が勇者マシュ？」

「いや、知らんて」

笠を傾けるサルノコシカケに、カブラが即座に突っ込んでおったよ。

「長老がボケたマシュ」

「ツッコミが鋭かったマシュね」

ここまで案内してくれた十体のマッシュマシュたちが、何やら喜んでおる。

「客人マシュよー。前に助けてもらったと言ったじゃないマシュかー」

「そんなことを聞いたような、聞かなかったような……まぁ、ゆっくりしてけマシュ」

エリンギが説明して、サルノコシカケが答える。マッシュマシュが言っていた『ボケた』には、いろんな意味が含まれておらんか？　どうにも会話が噛み合わんぞ。

「長老の許可は得たマシュ。皆からキノコを奪えばいいマシュ」

「何で奪うことになるねん！」

カブラが再びツッコメば、蜘蛛の子を散らすようにエリンギ以外のマッシュマシュが去っていった。

「ただもらうより、採ったほうが楽しくないマシュか？」

エリンギが首を捻り、不思議そうにしておった。

「奪うのと、採取は違うじゃろ。前みたいに肥料や水を代金としてあげれば、キノコを分けてもらえるのか？」

「そうマシュ。あれはいいものマシュよー」

言いながら、エリンギはマッシュルームとシイタケを取り出した。どうやら物々交換の第一号になりたいみたいじゃよ。こちらは【無限収納（インベントリ）】から出した腐葉土を渡してキノコをもらう。そんな儂らのやり取りを、遠巻きに見ていたのが横縞マッシュマシュじゃった。そして無言のまま近付いてきたかと思えば、小玉スイカくらいはある真っ黒な石ころを差し出してくる。

「あら〜。クロフですかね〜？」

ナスティの問いに、何も言わずに頷いておった。その返事だけで十分だったようでな。

ナスティがマッシュマシュに《浄水（ウォータ）》をじゃばじゃば掛けよったわい。

「味はそうでもないんですけど～、芳醇（ほうじゅん）な香りが他の追随を許さないキノコなんです～。この大きさなら～、ひとつで金貨五枚は下りませんよ～」

超高級品なキノコだったようじゃ。

ナスティがマッシュマシュに浴びせる水の後ろには、列が作られておった。勝手が分かったルーチェは、鞄を漁って真っ白に焼いた貝殻粉を取り出す。そちらにもマッシュマシュは興味を示したんじゃろな。まだ交換を始めとらんが、ルーチェの周囲には四体が待っておるのじゃった。

ナスティとルーチェに出遅れた感のあるクリムたちは、どうしたかと言えば、こちらもマッシュマシュたちに囲まれておったよ。

クリムが穴を掘り、そこへルージュが水を注ぐ。ナスティのように水を出しっぱなしにするほど、魔力が豊富な二匹じゃないからの。それでも自分たちのできることは何かと考えた結果じゃろ。

水浴び場のようになっとるからか、小振りなマッシュマシュが集まり出してな。入場料のようにキノコを二匹へ渡しておるよ。地面にただ掘っただけの穴じゃから、中は泥水（どろみず）のようになっとるが、そんなことはお構いなしらしくてのぅ。キノコ型のマッシュマシュが芋洗（いもあら）い状態じゃ。一部の者は、泥パックのように自分へ水を塗りたくっておった。

カブラとバルバルは協力してマッシュマシュの相手をしとる。魔法で水を出すでも、腐葉土を渡すでもない。カブラがマッシュマシュと対話して、その後バルバルが一体ずつ自身の身体に包んでおった。

「はぁぁぁぁぁぁぁ……なんとも言えんマシュねー」

全身から力が抜け、ぐでんとしとるシメジ型マッシュマシュがそう洩らす。若干、身体の表面が濡れておるから、きっとバルバルに何かをしてもらった後なんじゃろ。姿だけ見たら消化されたようじゃが、満足そうな声をしとるからのぅ。

今現在、バルバルに包まれている茶色いマッシュマシュは、微振動を繰り返しとるわい。まったく苦しそうな雰囲気をしとらん。笠のすぐ下くらいまで包まれていても、息ができるんじゃな。しかし、これは何をしとるんじゃろか。

「そろそろ時間やでー。次の方、準備しとってやー」

「もう時間マシュー?」

「楽しみマシュ!」

カブラの前で待つ細くて黄色いマッシュマシュが、身体を揺らしておった。期待で身体を震わせるほどとは……

「バルバルはんに包まれれば、いろいろ綺麗にしたるでー」

カブラの誘い文句に、また一体のマッシュマシュが近付いた。宙に浮く座布団に乗るカブラは、マッシュマシュの目線にまで下りてくる。内緒話のように小声で会話しとるな。

「……をし……なんて……できる……………シュ？」

微(かす)かに声が聞こえても、何を言っとるか分からん。

「大丈夫やー。バルバルはんに任せれば心配あらへん」

とんと自分の胸を叩き、にこりと笑うカブラに、

「お願いするマシュ！」

真っ白い石ころを差し出すのじゃった。ナスティがさっき言っていたクロフに似とるが、色違いのキノコかのぅ。食べられるかどうかは見ておかんとならんのでな。一応、ここからでも鑑定しておこう。

「クロフより貴重か……キノコだけで十分な財産になりそうじゃ」

鑑定結果に思わず呟いたが、儂の前にいたエリンギマッシュは聞き逃さなかったらしい。渡した腐葉土と同じ重さのシロフを差し出してくる。そのやり取りを見ていたんじゃろ。次から次へとシロフとクロフが手渡される。

「いや、高いのが欲しいんじゃなくてな。美味しいのや、面白い効果を持つキノコが欲しいんじゃよ」

「美味しいマシュよ？」

エリンギマッシュが腐葉土と一緒に、シロフを食べていた。ついでに茶色い石ころも

訝っているようじゃ。

「それもクロフの仲間か？」

「そうマシュ。チャロフとか呼ばれてたマシュ。他にもムラサキロフ、ミドロフ、アオロフ、アカロフ、モモロフってあるマシュよ？　長老だったら、ニジロフも出せるマシュ」

言いながら目に鮮やかなキノコを取り出す。そのどれもが石ころのようじゃが、美味しく高価なクロフの仲間らしい。更に珍しいものもあるそうじゃが、そんなもの渡されても困るわい。

今のところ長老であるサルノコシカケは、様子を見ているだけのようでな。誰のところにも向かっておらん。

「これで土くれマシュ」

全身暗めの青に染まったマッシュマシュが、赤いキノコを見せてきた。根本が白くて、先端へ向かって朱色に変わっておるな。形もキノコというより花びらか？　いや波打つようにビラビラが折り重なっておるようじゃ。

「マシュには平気マシュが、他の種族だと笑いが止まらなくなるマシュ。あと痺れたり、痛かったりするのもあるマシュよ？」

同じ形をした色違いのキノコを儂へ見せてくる。隣にいたマッシュマシュもまた別のキノコを取り出した。儂を取り囲んでいた他の者もそれに倣い、様々な形をしたキノコを儂の前に並べていくのじゃった。

どれもこれも見るからに毒キノコじゃな。ただ、そう見えて食べられることもある。だもんでキノコは難しいんじゃよ。

「食べちゃダメマシュよ」

しゃがんでキノコを観察していた儂に、エリンギマッシュがそう告げた。忠告に頷いてから、並べられたキノコを腐葉土、水、エノコロヒシバの灰などと交換していく。儂を取り囲んでいたマッシュマシュがいなくなり、エリンギマッシュだけになった頃、

「うしゃしゃしゃしゃしゃー」

そんな奇声が聞こえてきた。

「あー長老マシュ」

左隣にいたエリンギマッシュの指し示す先は、カブラたちのいるところじゃったよ。

「若返るー、生まれ変わるー、生き返るマシュー！」

バルバルに取り込まれながら激しく身体を揺らすサルノコシカケは、里中に聞こえるほど大絶叫を上げ続ける。

程なくしてバルバルから出てきた時には、木目のような模様がなくなり、全身つるんとした別のキノコになっておった。

上機嫌でバルバルから出てきた長老は、特大サイズのキノコをカブラへ手渡しとる。も

うあれは、岩じゃろ。そして、先の話題に出てきたニジロフかと思ったが、表面は真っ黒じゃったよ。超特大のクロフかのぅ。

「太っ腹マシュ！」

「すごいマシュ！」

長老とカブラを見ていたマッシュマシュがざわついておった。それも一体ではないんじゃ。次々驚きを口にして、それが伝染（でんせん）していったわい。遠巻きに見ていた者が全て驚く始末じゃよ。なぜか一部で万歳（ばんざい）が起きておったが、理由が分からん。

「おとん、これもらったでー。なんかべらぼうに美味いって言うてたー」

カブラが超巨大クロフを掲げて儂のところまで飛んできた。見た目が岩でもそんなに重くないらしい。軽々持っておるし、ふらついてもおらん。

「食べ応えがありそうじゃ。何にするかのぅ……」

「炒めるのも、煮物にするのも良さそうやー」

儂が悩み、カブラが調理法を口にする。そんな儂らを見ていた長老が近付いてきた。

「生だ！　生が一番！」

さっきまではしゃがれた声で絶叫していたのに、まさかの低音美声への変化を見せておる。見た目だけでなく、中まで変わったのか？

「ちょれー！」

長老は気の抜けそうな声と共に、カブラが掲げる超巨大クロフへ手を伸ばす。水平に通った手刀？　は、クロフを真っ二つにしておった。一瞬、重さが変わったんじゃろ。カブラが持つクロフはバランスを崩してしまい、上側部分が儂のほうへ滑り落ちてきたんじゃ。落ちながらくるりと回り、断面を儂に見せる格好になったクロフを無事に受け止めた。地面に落とさず受け止められて良かったわい。

「「「おぉぉぉぉ!!」」」

またマッシュマシュたちから歓声が上がった。まぁ、儂も驚きで声を上げたかったが、先に出されてしまってのぅ。時機を逸したぞ。

「黒い虹じゃな」

クロフの断面は黒かったが、他にも様々な色が現れておったよ。昔見たことのある貝殻や化石の断面が、たしかこんな感じじゃったな。あれを美味しそうとは思わんかったし、これもそうは思わんが、芳醇な香りが儂の鼻を擽る。トリュフやマツタケとも違う……とりあえず香りからして美味そうじゃ。

「クロニジロフ！　久しぶりに見たマシュよ！　長老、本当に持ってたマシュね！」

エリンギマッシュが、儂の肩に乗りながらそんなことを言っておる。儂の前にはクロニジロフ。その向こうにカブラとクロニジロフ。更に奥に長老がおり、その後ろにいたはずのバルバルが、ものすごい速さでこちらを目指していた。勢いを殺すことなく長老を追い越し、カブラを飛び越えて儂の頭に着地したバルバル。

「どうしたんじゃ？」

「マッシュはんに、場所盗られると思ったんちゃう？」

儂の頭上から肩に向かって身体を垂らしているらしく、エリンギマッシュがそれ以上登ってこられないようにしとるようじゃった。

「最上の客マシュ！　いつでも来るマシュ！　いや……ここに住むマシュ！」

そんなことはお構いなしの長老はまた叫ぶ。それに他のマッシュマシュが賛同の声を上げとる。声だけでなく居並ぶ者たちの一部が動きよってな。長老を囲んで持ち上げ始めた。そして万歳と共に宙を舞う長老……いよいよ意味が分からん。

「良い提案をしたから、皆が褒めてるマシュ」

身体を半分バルバルに包まれたエリンギが、頷きながら喋る。

「長老、きっと初めてマシュよ」

空を飛ぶ長老は、涙を流しておったよ。器用なことに、宙で体勢を変えて皆へのアピールもしておったがな。

もう決まったかのような雰囲気を出しておるが、

「いや、住まんぞ」

儂の一言で空気が変わった。手放しで喜んでいた全員が、唖然としとる。なので、長老は受け止められることなく落下した。あれは危険じゃから、ちゃんと受け止めてやらんと……

「ぶべっ」

「《治癒（エイド）》」

地面に顔からいった長老を即座に治して、動かなくなったマッシュマシュへ儂は説明していく。そんな難しいことはないからのぅ。儂らの状況と目的を伝えるだけじゃよ。なのでこの里を嫌ったとか、二度と来ないとかの話ではないからな。

悲観して泣き始めたマッシュマシュが、落ち着きを取り戻して今度は嬉し泣きになっとったぞ。ほとんどの者が納得してくれたんじゃが、最後まで抵抗したのは長老じゃ。バルバルだけでも住めないかとまで言い出してな。さすがに家族全員が渋い顔をしたのを見て、マッシュマシュ総出で長老を取り押さえとったよ。

「せめて『いつでも許可証』は受け取ってくれマシュ！」

どこかから取り出した紫色の紙切れを儂に見せる長老。これはまた良い提案らしくて、マッシュマシュは締め付けを弱めたようじゃ。

長老からの願いじゃからのぅ。無下に断って恨まれても困る。ルーチェやナスティも頷いておるから、受け取るだけはしておいたよ。使うかどうかは別の話じゃて。

その後、もらったキノコを様々な料理にして、里全体で昼ごはんにした。マッシュマシュは醤油や味噌に興味深そうじゃったな。食べるだけのみならず、ほんの一握りのマッシュマシュは、既に儂の真似をしていたよ。醤油と味噌になる木の実の実物も見せたから、自分らで収穫できるはずじゃ。そしたら、そのうち自分たちだけの味も生まれるんじゃろな。

《30 道案内》

昼ごはんを終えて、儂らはマッシュマシュの里をあとにする。その際、数体の子が付き添いというか、道案内に名乗り出てのぅ。すぐそこ、見えるところにあるバンブルの里が目的地なので、案内など不要なんじゃが、それを言わせせん雰囲気を醸し出しておるよ。

しかし、バンブルとは仲違い……喧嘩……まぁそんなものをしとるはずじゃからな。連れていって妙な諍いを起こされても困る。だもんで、なんとか置いていきたかったが、無理じゃった。追跡を巻こうにも、行き先は目と鼻の先じゃ。以前見た逃げ足から、移動が遅いなんてこともなさそうじゃしの。

それに、儂らへ同行を申し出たのは、若い子がほとんどなんじゃと。無視したり断ったりすると、暴走するかもしれんとエリンギマッシュに言われてのぅ。仕方なく「儂の言うことを聞く」と約束できた者だけを付いてこさせることで落着させた次第じゃよ。

「どこマシュ？　どこマシュ？　森マシュ？　山マシュ？　あ、沼マシュか？」

茶色いマッシュルームなマッシュマシュが、ルーチェを質問攻めにしとるわい。答える暇を与えんから、ルーチェがたじろいでおる。少し甲高い可愛らしい声じゃが、勢いがすごい。

馬車中からロッツァの甲羅に座る儂へ向けられるルーチェの視線は、「助けて」と言っておるんじゃが、儂にも口を挟む余裕はありゃせん。救いの手を差し伸べたのは意外にも、カブラとバルバルじゃったよ。

「あんまり騒がしくしなやー」

そう言うなり、カブラがマッシュルームを抱え上げてバルバルに手渡した。バルバルが自身で包み上げると、その中でぷるぷる震えとるわい。

「ふぉぉぉぉぉぉぉぉーー」

とか叫んどるが、先ほどのルーチェに迫っていた勢いは消えておるな。マッシュルームが上げていた声が徐々に小さくなり、それと共に姿が変わっていきよった。いや、姿でなく色味と言ったほうが正しそうじゃ。

「茶色でなく白マッシュルームじゃったのか」

「……そうマシュ。今までも白かったマシュよ？　これでもっと綺麗になれたマシュ」

声のトーンも肌のトーンも上がっておった。本人が白だと思っていた茶色い表皮が純白になり、磨きのかかった可愛い美少女に仕上がったようじゃのぅ……見た目はマッシュルームのままじゃから、儂としてはシュールにしか思えんがな。

この一連のやり取りを見ていた他のマッシュマシュも、同じようにすれば、バルバルの恩恵にあずかれると思ったらしく騒ぎ出した。

とはいえ我が家の教育担当であるナスティが、そんな甘い考えを許すはずもなし。ナスティが一体ずつ抱え上げ、クリムとルージュに投げ渡すのじゃった。

突然の出来事に吃驚したんじゃろな。騒いでいたマッシュマシュたちは、沈黙しとる。投げ飛ばされた先で、絶対的強者である子熊に睨まれたのも影響しとるはずじゃ。静かになったマッシュマシュたちに儂がやっと話せる。

「儂らの行き先は、バンブルの里じゃ。その次にシーダーの里を巡る予定でな。また騒ぐようなら――」

「呼びマシタ？」

折角マッシュマシュたちに忠告していたのに、突然出てきた緑のもじゃもじゃに邪魔された。樹木に貼り付くようにいたそれは、姿を変えていくとあの簡素な顔になりよる。

「お、ソレは、ウチのデスネ」

マッシュマシュたちへの説明にと取り出していた二つの招待状っぽいものが、儂の手には握られておった。

「……そうじゃよ。ただ、バンブルのところへ行ってからじゃ」

「エェー。今から行きマセン？　案内しマスヨ？　シャチョサン」

先日出会ったシーダーと変わらん軽い物言いで、儂へ縋(すが)ろうとしておる。しかし、シャチョサンって何じゃ？　以前にこの世界へ来た転移者か転生者が教えたのか？

「良い子がイッパイ、ヤスイヨ、ネ？」

どこぞの客引きっぽいそれじゃ。前には見なかった揉み手までしとるな……こりゃ、妙な影響を与えた不埒(ふらち)な輩がいたのは確定じゃろ。

「行かん。順番を守るから待っておれ」

「エー、早いほうがイイノニ」

「あまりにしつこいと、行かんぞ」

「サーセン！」

思わず睨んで答えたら、シーダーは身体を直角に曲げて高速謝罪じゃった。

「「サーセン！」」

なぜか、マッシュマシュたちも謝りよる。ん？　まさか、この謝罪の言葉も悪影響によるものか？

「その言葉は誰から習ったんじゃ？」

マッシュマシュたちに小声で聞いたら、シーダーを指さした。

「勇者とか賢者(けんじゃ)とかの住んでた国での『正しい謝罪の作法』と教えられたマシュよ？

シーダーのところを勇者たちが訪ねたらしくて、それをマッシュたちにも教えてくれたマシュ。だから、皆で言うマシュ」

白マッシュルームが、純白の笠を振りながら教えてくれ、

「「「サーセン」」」

また、シーダーも含めて全員で頭を下げた。

……何をしとるんかのぅ……

思わず遠いところを眺める儂じゃったが、これ、訂正せんといかんか？

「強い勇者と偉い賢者の言葉デスヨ？　すんごい昔からの言い伝えデスヨ？」

シーダーが、儂を見上げる形で付け足したが、その者たちは本当に勇者たちだったんかのぅ。妙に軽薄な輩だったとしか思えんのじゃが……もしくは、変な入れ知恵をした愉快犯じゃろ。

「ウェーイー」

「それは聞いたことない言葉マシュ」

馬車から身を乗り出した白マッシュルームの声に、奇声の上がったほうを見たんじゃが、そこには空高く昇るシーダーがおった。どうやら、儂が考えているうちに、手の届かないところまで退避したようじゃ。

「最高ウェーイ。デスヨネー」

段々と遠ざかり、小さくなっていくシーダーの声。

「また逃げたね」

ルーチェに指摘された儂は、思わず眉間に皺を寄せてしまったぞ。

シーダーを見逃した後、若いマッシュマシュたちへ正しい謝罪の言葉を教えてみたが、いまいち理解してくれん。一応、マッシュマシュから上客扱いされとる儂じゃが、儂は勇者でも賢者でもない、ただの商人じゃて。

「私も～、『すみませんでした』のほうがいいと思いますよ～」

「「すみませんでした」」

ナスティが言えば、白マッシュルームを含めた子たちが、口を揃えて頭を下げた。やはり、躾……教育はできる者に任せよう。そう儂は思うのじゃった。

シーダーの里がある丘を素通りして、そのままバンブルたちの里がある丘へ向かう。その間にもナスティの指導は続いておってな。幌馬車の中を教室代わりに使い、マッシュマシュへ言葉使いなどを教え込んどるよ。

「さて、そろそろ着くはずじゃが……」

儂の見ている先には、手入れされた竹林じゃ。ロッツァがのんびり馬車を曳いておるが、振動と音は里に伝わっておったんじゃろな。突如（とつじょ）、竹林にタケノコが生えてくる。落ち葉に混ざって降ってくるタケノコもおるが……それでは擬態にならんぞ。

「誰ニョキ?」

「ごはんの人ニョキ」

「美味しいあれニョキか?」

「そうニョキ」

「美味しいごはんをくれニョキ!」

「ちゃんと頼まないとダメニョキよ」

わらわら現れるバンブルたちにあっという間に囲まれた。バンブルを目の敵にというか、毛嫌いしとるマッシュマシュは馬車から出て来んか。そちらに目を向けたら、ナスティとルーチェで抑えとる様子が見れたわい。

ロッツァも不用意に動いて、踏みつけたりしないようにしてくれとる。バルバルはその頭で震えており、クリムとルージュは甲羅の上で踊っておる。カブラも儂へ視線を送るだけじゃった。

儂のすることは、このバンブルたちをどうにかすることじゃな。バンブルの一体が仲間の暴走を食い止めてくれとるから、きっとどうにかなるじゃろ。話しっぷりを勘案してみると、先日料理を食べていった子だと思うからの。

「「「ください二ョキ」」」

バンブルたちはタケノコを差し出しながら、儂に頼み込んでくる。まだ里に入ってもおらんのに、料理を渡していいものか迷ったが、これ以上囲まれても困るでな。味見程度の佃煮を小鉢によそっておいた。

「「「おぉぉぉぉぉー」」」

タケノコと交換に小鉢を受け取ったバンブルたちは、揃って歓声を上げたわい。

「ん?」

たった一体だけ首を傾げたが、その子は小鉢の中身に気付いたらしい。仲間に言おうとしたが、時すでに遅し。全員小鉢を空にしておった。何度か噛みしめた後儂へ向き直り、

「しょっぱいニョキ!」

「不思議な食感ニョキ!」

「美味いニョキ!」

そんな感想を述べとった。口に合わなくて、文句を言われるかと思ったが違ったのぅ。そのまま食べたら塩気が強くて当然じゃ。だもんで小振りなおにぎりも渡してあげた。

「丁度いいニョキ」

「ほかほかニョキ」

「美味いニョキ」

皆が皆、ほへっと緩んだ顔になったわい。そろそろ何を食べたか知らせてもいい頃合いじゃな。

「あー、今食べたのマッシュニョキよ」

儂ではなく、バンブルがネタ晴らしをしてくれた。その一言で、他のバンブルたちは動きを止める。ギギギと油が切れた機械のように、歪な動きで儂を見上げた。儂が頷けば、皆で同じような反応を示したぞ。

「マッシュだったなんて！」

「初めて食べたニョキ！」

「……騙されたニョキ！」

悔しそうな、でも美味しかった佃煮とおにぎりも捨てられず……そんなもどかしさが溢れとる。まぁ、佃煮は全て腹の中じゃから、どうしても嫌なら吐くしかないが、それもできんようじゃ。

「でも美味かったニョキ？」

「「ニョキ！」」

仲間の質問に即答しておった。背筋を伸ばして、しゃきっとしとる。ついでに右手に持つ空の小鉢を儂に見せておるが……おかわりを希望か？　儂が鞄を漁ったら一歩近付き、手を鞄から出したらもう一歩寄ってきた。今度はキノコの佃煮でなく、小魚のものにしておいた。

バンブルの相手を済ませ、馬車へ振り返ると、白マッシュが飛び出す。それを皮切りに、次々マッシュマシュが馬車から出てきてしまった。佃煮の匂いに負けたらしく、儂の両腕にしがみついておったよ。白マッシュだけは儂の首にぶら下がっとるわい。

「どこにいたニョキ？」

キノコの佃煮と小魚の佃煮を両手に持つバンブルが、儂の首筋に問いかけても答えはありゃせん。佃煮を食べることしか考えておらんのじゃろ。マッシュマシュが全員、儂の鞄から目を離してくれんからのぅ。

「マッシュマシュに案内してもらってたんじゃよ。だから喧嘩なぞしてくれるなよ？　折角里を訪ねるのに、その前に気分が悪くなるからな。最悪、このままシーダーのところへ――」

「それはダメニョキよ！　美味しいのは大事ニョキ。何もしないニョキ……いいニョキね」

言い終わる前に被せられた。そして、小魚の佃煮とおにぎりを頬張る仲間へ言い聞かせる。呑み込む動作と、頷くのを一遍に済ますのは横着にしか思えんが、とりあえず同意したんじゃろ。喧嘩より食事のほうが優先されただけと思えなくもないが……結果が同じなら構わんて。

先日もらった竹皮の招待状をバンブルに見せたら、おにぎりを食べ終わった一体が受け取ってくれた。もう一体は小鉢を儂に返す。残る一体はおにぎりを食べながら立ち上がり、三体で歩いて行ってしまった。

「先触れニョキよ。案内役は一人で十分ニョキ」

キノコの佃煮を平らげたバンブルが、教えてくれた。どうやらこの子が案内役になってくれるようじゃ。

さすがにマッシュマシュたちを連れて、バンブルの里を訪ねるのはまずいと言われてな。ここでお別れとなった。ここまでの案内料として、佃煮を手土産に渡しておいた。ほとんどの子は喜んでくれたんじゃが、白マッシュだけは最後まで抵抗しておる。儂が全員に佃煮を追加しても若干揺らぐ程度じゃった。最終的に、ナスティが何かを言い含めた上で、カブラの放った一言が効いたんじゃろな。

「良い子にしとらんと、もうバルバルはんに会えんでー」

白マッシュは他の子を連れて里へと帰るのじゃった。

バンブルの里は、竹で出来た生垣に囲まれていた。先触れとして里へ戻った子らは、しっかりと役目を果たしたようでな。バンブルたちが、生垣の中から儂らを見ておるよ。その中でも、案内役の子に視線は集中……いや、手元の小鉢に集まっているようじゃ。

儂らが進めばバンブルたちも移動していく。観客を引き連れて歩く有名人のような気分じゃな。ロッツァの曳く馬車の中に儂と案内役以外が入っておるから、より一層そう感じるんじゃろう。

里への入り口は、ロッツァが難なく通れるほどの大きさの門じゃった。そこへ竹で編んだらしい扉が左右一組になって付いておる。

「開けるニョキ！」

佃煮を食べ終えた小鉢を儂へ返しながら、門へと声をかけた。ほぼ時差なく扉が開かれる。門の中には、ぎっしりとバンブルが集っておったよ。

「ごはんの人、歓迎するニョキ！」

「「歓迎ニョキ！」」

中央に立つバンブルが口を開けば、周囲に群がる者らが一斉に声を上げた。そして手に手にタケノコを持ち、儂へ見せておる。

「並ぶニョキ。いや、まずは案内が先だニョキ。待つニョキよー」

我先にと駆け出そうとしたバンブルを制して、案内バンブルは一列に並ばせた。欲望に任せて暴徒になるかと思ったが、そんなことはなかったのぅ。しっかり言い聞かせているんじゃろ。最初に口を開いた里のバンブルも、皆を宥めとるしな。見た目では大きな差を見つけられんが、きっと年齢や立場などの違いがあるんじゃろうて。

案内されるまま、儂らは里の中へ進んでいく。丘全体が竹林で、その中に里を作っているらしい。今は、里の中央部分を目指しておるようじゃ。竹を編んだ塀と屋根が立ち、それらが整然と並んでおるが、これが家なのかのぅ。

家というより、間仕切りされた空間にしか見えんな。その中にバンブルはおらんし、家具も見当たらん。ほぼ全員が今通ってきた門の辺りに集まったみたいじゃよ。《索敵(レコナ)》とマップを使うまでもなく、影すらないんじゃからな。

「チョー、連れてきたニョキ」

案内バンブルが止まったところで、何かに声をかける。周囲には、茶色く変わった竹が一本生えるのみ。根本から一メートルくらいの高さかのぅ。そこで折れてしまったようじゃが、まだ生きてるんじゃろ。枝葉が風に揺れておる。茶色い竹の表面を滑るように下りて、折れ口辺りから、にゅるんとバンブルが出てきた。

「よう来た、ごはんの人。早速、このバンブルと交換するニョキよ」

儂らの前に立つ。

「チョー、ダメニョキ。皆待ってるニョキ。並ぶニョキよ」

案内役の子が身体の前で大きく手を振り、はるか後方にある門を指さした。ここからは見えんが、確かに皆が待っておったな。順番の横入りなどしたら、暴れ出すかもしれん。それが地位や立場のある者の横暴(おうぼう)なら、なおさら危険じゃろ。

「チョーニョキよ？　ちょっとくらい——」

「ダメニョキ。あ」

チョーと呼ばれたバンブルが、儂へタケノコを手渡してしまった。とはいえ、料理は全て【無限収納】の中じゃからな。手に何も持ってないから、交換する料理を渡せるはずもなし。どうしたものかと戸惑っていたら、儂の手からタケノコが消える。案内役の子がチョーへ投げつけておった。

「ダメって言ってるニョキよ！　横入りしちゃ危ないニョキ！」

「そんなこと言わんでも、ちょっとだけニョキ。老い先短いチョーに……」

なんとか縋るチョーじゃったが、案内バンブルは取り付く島もない。

「何かまずいのか？」

「じいじ、後ろ見て」

首を傾げる儂に、ルーチェが馬車の中から言ってきた。振り返った先には、バンブルの群れ。その先頭には、門で中心的立場になっていたバンブルが立って……いや、走ってきておった。

「チョーのわがまま許すまじー!!　ニョキ」

あっという間に儂らを追い越して、チョーが取り囲まれる。そのままもみくちゃにされるかと思ったが、違ったわい。バンブル総出でチョーを持ち上げたかと思えば、全員が葉付きの竹の枝でぺしぺし叩いておった。

「痛いニョキ。ごめんニョキ。もうしない――」

チョーは、言いかけた言葉を最後まで口にできなかった。どんな仕組みか分からんが、途中から竹の葉が伸びてチョーを包みよる。手や足だけでは飽き足らず、身体も顔も口も梱包されてしまったわい。あれじゃ何も言えなくなるのも当然じゃ。儂の使う《束縛(バインド)》のようじゃが、魔法を使った風には見えん。何か特別なスキルでも持っておるんかのぅ……

「……だから、言ったニョキ」

案内役の子は、さも呆れたように言い放つのじゃった。

その後、チョーを葉で包み終えた一団は、また門まで下がっていった。順番を待ち、皆で綺麗に並ぶんじゃと。自分たちが文句も言わずに待ってるのに、わがままを言うチョーに折檻(せっかん)する為だけに来たらしい。

あと、儂に迷惑をかけたらごはんがもらえなくなるかも、との考えもあっての行動とも言っておったな。

「ごはんの恨みは凄(すご)いんだね」

ルーチェの呟きに、アサオ家全員が大きく頷いておったよ。

チョー自身が蒔いた種で、被害を受けた……そう言ってしまえばそれまでなんじゃが、あまりにも不憫(ふびん)でな。一応、回復魔法をかけてやり、出会った場所に置いてきた。ずたぼろにされておったから、怪我が治っても目を覚まさなくてのぅ。起きるまでの間に、集まったバンブルたちと取引をしとるんじゃ。

「甘い料理が欲しい人はこっちー」

「お肉は～私のところですよ～」

ルーチェとナスティがそれぞれ手を挙げて案内しとった。ホットケーキやかりんとうなど、甘めの菓子を主に扱うのがルーチェで、ステーキや炙りといった肉料理を主力にしたのがナスティ。焼き場や鉄板を出すのを二人は遠慮してな。便利な鞄に仕舞ってあった料理を取り出しておるよ。

「焼き魚が欲しければ、我のそばへ」

ロッツァにも鞄を渡してあったが、こちらは焼き立てを提供したいと言ってな。ちゃんと案内役のバンブルに言われたところで焼き場を拵えて、魚の調理をしとるよ。その手伝いがルージュとクリムでな。二匹の前に列が作られた。

「ふっふっふ。特別マッサージはウチと、バルバルはんの専売特許や！」

マッシュマシュから大好評だったマッサージに味を占めたカブラは、不敵な笑みを浮かべながらにやけとる。バルバルは普段と変わらず、ぷるぷる揺れるのみじゃ。相手が変われば、好評不評は裏返ったりするぞ。現に、バンブルは誰一人として並んどらん。予想外の事態でも、強気なカブラは表情を変えとらんわい。

しかし、物々交換の場というよりも、アサオ一家で営む出店みたいになっとるが……いいんじゃろか？

案内役のバンブルに視線で問いかけたが、両手で○を作られた。まぁ、問題があるなら、最初から止めているか。ただ、先日見せてもらった竹容器などとの交換があると想定していたんじゃよ。ところがどっこい、誰も彼もがタケノコと交換しとる。なんでじゃろ？もしかして、周知されておらんのか？

「タケノコ限定じゃないぞ。竹で作ったものとも交換できるからの」

儂の一言に、並んだバンブルたちが振り返る。そして、きょとんとした顔を見せておった。その後、腰や腹の辺りをごそごそ探す者、先ほど通ってきた仕切られた部屋らしき場所へ移動する者が現れたぞ。やはりあの場所は、各人の持ち家のようじゃ。そして何と交換できるかは、知らされてなかったらしい。案内役のバンブルを見たら、ぽんと手を叩いておったよ。

「これとか大人気ニョキよ」

竹の容器に籠、皿などを次々取り出し、皆へ見せびらかしとる。それを確認したバンブルたちは、タケノコを引っ込めて作品を持ち寄り始めた。大きさは勿論のこと、細かい模様なども変わっておってな。それぞれの個性ってやつかもしれん。

「これでも良いニョキか？」

自信なさげに、一体のバンブルがそう聞いてきた。手に持つのは、とても細く長い竹ひごじゃ。その隣におるバンブルが持つ球体は……その竹ひごで編んだ骨組みのようじゃな。

居間などに置くには丁度いい大きさじゃし、調度品として栄えるじゃろ。紙を貼れたら、明かりの笠にもなりそうじゃし……いや、このままでも十分綺麗か。

「おぉ、ありがたい。こんな良い品と交換しても構わんのか？」

「良いニョキね？　だったら、たくさんあるニョキ」

二人は嬉しそうに腰から取り出し、儂に手渡してくる。儂が差し出すのは、野菜の煮物や煮込み料理。しかも醤油と味噌での味付けが主体となっておる。焼き魚やステーキには見栄えで負けるかもしれんが、香りや味では負けておらん。

実際、醤油と味噌の香りはある種の凶器じゃからのぅ。腹を刺激しまくるし、涎も溢れてくる。それに一人が食べているのを見たら、自分も食べたくなるもんじゃて……あぁ、これはどの料理も同じか……

ロッツァたちとの差別化を図る意味も込めて、儂は同じ煮物でも、あえて熱々と冷ましたものを並べとる。温度による食感や味の違いを感じてほしくてな。いや、料理自体に初めて触れるバンブルたちに、違いを理解しろとは言わん。

ただ、なるたけ美味しいものをたくさん味わってほしいもんじゃよ。そうすれば、自分の好みの味付けや、食材ってものが分かるようになるじゃろ？　こうして取引するのも何かの縁じゃ。そんな機会にしてもらえたら、万々歳と思うからのぅ。

「マッシュも美味いもんニョキね……いや、バンブルには負けるニョキよ」

思わずといった様子で呟いた一体のバンブルは、慌てて言葉を付け足した。他の者も先の発言に同意しとったが、こちらも強めに頷いて、後ろの言葉に賛同の意を示しておった。

「そんなこと言わんでも、キノコもタケノコも美味いでいいんじゃないかのぅ」

「そうもいかんニョキ。長いこと競っているニョキから」

案内の子は、シイタケの醤油煮を食べながら、そんなことを言っておる。

「そうニョキ！　マッシュを美味いなんて……いかんニョキ！」

復活したチョーがわなわな身を震わせて、儂らへ迫ってきた。タケノコを儂へ渡して、醤油煮の皿を受け取る。

「美味いなんてあるはずな……」

怪訝そうな顔をしたまま、ひと口齧ると動きが止まる。目尻が下がり、頬が緩んでいくチョー。

「ま、まずまずニョキよ」

にやにやした顔でそんなことを言っても、説得力が出るはずもなく。周りにいたバンブルたちは、手のひらを上に向けて『やれやれ』って感じじゃよ。

「これだけで判断できんニョキ！　次を寄越すニョキ！」

汁まで飲み干した皿を右手で差し出し、左手にはタケノコを握っておる。タケノコを筑前煮に交換してやれば、まずシイタケから食べて大きく頷く。次々ニンジン、鶏肉、サトイモ、レンコンと進んで、タケノコで〆よった。

「マッシュもやるもんニョキね。認めてやらんこともないニョキ」

痩せ我慢……いや、素直に認めたら負け、のような気持ちなんじゃろな。発想も発言もまるで小学生にしか思えんわい。

その後、焼き魚を作り終えたロッツァが、炭火でシイタケ、マイタケ、マツタケを炙ったのがトドメになったらしく、バンブルはキノコの虜になっておったよ。

儂らも日が暮れたから、晩ごはんにしたんじゃが、バンブルたちの腹は底なしか？　ずっと食べ続けとるぞ。少しずついろんな料理を求めるのではなく、量も種類もたくさん求めておるわい……儂らが食べ終わるのを合図に、一族総出の交換会と食事会は終わるのじゃった。

《 31　朝から凄い食欲じゃ 》

バンブルの里で一夜を過ごした儂らは、朝から食事を求められた。昨夜のことを考えれば、自分たちだけで朝ごはんを食べられるとは思わなかったが、儂らを囲わんでもいいじゃろ……視線を寝床の外へ向けても誰一人離れんし、どちらかといえばタケノコ片手に近付くほどじゃ。その上で、外周からじりじりと包囲を狭めてきとるようでな。

昨日のようにずるずると交換していてはいかん。なので、昼までと時間を決めた。

「「「もう少しニョキ」」」

と紐る者もおったが、ナスティに、

「朝ごはんだけにしましょうか～？」

なんて言われておったよ。そんなことになったら、大問題と思ったんじゃろな。紐っていた者たちを、他のバンブルが寄ってたかって引っぺがし、口を塞いでおったわい。

昨日と同じ料理では能がない。そう思った儂らは、朝からいろいろ作っておる。遠慮していたルーチェとナスティの為に、バンブルたちが竈などを拵えてくれたんじゃ。形が分からんと言っておったのに、儂が軽く説明しただけで、しっかりと形になっとった。じゃからルーチェは串焼きを作り、ナスティは鉄板焼きを披露しとる。

ロッツァは昨日と同じ焼き場におるが、魚だけを焼くわけじゃなくてのぅ。タケノコやキノコ、あとは貝なども焼いておるんじゃよ。三箇所ある焼き場からは食材の焼ける匂いが広がっとる。それに加えて、醤油の焦げる香りも漂っておるから、皆の腹が大合唱じゃ。かくいう儂の腹も鳴りっぱなしじゃて。

そんな儂も【無限収納】から魔道コンロを取り出し、今日は揚げ物三昧じゃ。鞄から渡すのと何も変わらん、と言っていた者がカタシオラにはいたが、儂としては全然違うと思うんじゃよ。

冷めない鞄は非常に便利じゃが、作り立て出来立ての料理とはまた違うじゃろ？　それは揚げ物にこそ顕著に表れると思ってな。

昨日出さなかった料理ということもあって、非常に人気になっとるわい。あまりの盛況っぷりに、カブラとバルバルが手伝ってくれとるほどじゃ。二人でやっていた特別マッサージは、チョー以外からは見向きもされんかったようでな。暇すぎて、儂のほうを手伝ってくれとる。まぁ、失敗も大事な経験じゃよ。

「タケノコ、シイタケ、レンコン、サツマイモ、あとはヌイソンバやー」

儂が揚げたひと口串カツを大皿に盛り、バンブルたちが見やすいように運んでいくカブラ。バルバルは、皆が食べ終えた串を集めてくれとるんじゃよ。串カツ十本でタケノコ一本と交換にしたら、順番待ちの列が大変なことになってしまった。ただ、誰もが五種類それぞれ二本ずつの計十本選んでいくから、さして時間はかからんようじゃ。

ルーチェたちのほうも盛況じゃが、各々で値段を決めさせておるからのぅ。どんなもんか判別できんが、バンブルの集まり具合を見るに稼いでいるんじゃろ。

「これはいい物ニョキ」

カブラの持つ大皿に目もくれず、儂のもとまで歩いてきたバンブルが、そう言って何かを見せてくる。揚げ物を作る最中にそうそう相手をしてやる時間はないんじゃが……儂のところへ直接来るんじゃ、きっと大事なことを伝えたいんじゃろ。

「これは何じゃ？」

「竹をいろいろしてノヌ？　ってのにしてみたニョキ」

淡い緑色をしたそれに、バンブルがふっと息を吹きかければふわりと宙を舞う。ぺらぺらのそれは、くしゃりと曲がりながら儂まで届いた。左手で持ってみたら、一辺一尺ほどの紙、ではなく布じゃったよ。竹を繊維になるほど解してから編んだらしく、非常に細かい目をしとる。その割にはとても軽い。トゥトゥミィルが作る布といい勝負じゃな。

「竹でも布ができるんじゃな」

「そうニョキ、ヌノニョキ。どうニョキ？」

「これとの交換は、儂からお願いしたいくらいじゃよ」

儂の答えを聞いた途端に、バンブルは何枚も布を取り出しておる。この布を作るのには手がかかるようじゃからな。一枚で串カツ二十本、他のトンカツやフライなら五皿ってことにしておいた。

ほくほく顔のバンブルに聞けば、この布を作れるのはこの子だけらしい。作った布を染めるのは別の子がしていて、それも他の子はできんそうじゃ。なので二人で組んで初めて出来る作品と胸を張っておった。

そんな状況を見ていたからじゃろな。他のバンブルたちも、とっておきの品や、内緒ニョキと言うくらいの作品を持ち込み出してのぅ。まるでぼったくりをしているような気分になったわい……

着色された組木細工や、竹の容器なんてものもあってな。いろいろ話を聞いていたら、布を染めるのはさっきのバンブルの相方しかできんが、染料自体は結構な数のバンブルが作れるそうじゃ。なので、色付けは難なくできるんじゃと。

ただ、その材料となるものは、シーダーの里から仕入れるので高価らしくての。その為、皆のとっておきになったりしとるそうじゃ。そんな高価な品は受け取れんから、この情報で手を打っておいたわい。情報にそれほどの価値を見出せんバンブルには、納得してもらえんかった。だもんで、儂の手元にはまたタケノコがわんさか盛られておるよ。

しかし、燻製に使える木材だけでなく、染料の素材まであるのか。もしかしたら植物関係は、シーダーに頼めば何とかなるんじゃないのかのぅ……まぁ、この後行ってみれば分かることか。

最初の約束通り、昼ごはんを終えるまで交換会を続けた儂らは、バンブルに見送られながら里をあとにするのじゃった。

《 32 シーダーの里 》

バンブルの里を去り、案内状片手に丘を進む。どうやらそれがまずかったらしい。遥か上空をシーダーが三体飛んでおってな。儂らをずっと観察しとるようじゃよ。身体能力がルーチェたちより高い儂でも聞こえんくらいの小声で、何か相談しとる。

聞こえはせんが、見えるからのぅ。里へ向かう儂らと付かず離れずの距離を保ち、その上で定期的に顔を寄せ合っておるわい。

ロッツァたちも儂と同じで、どうやら気分が悪いらしい。とてもイラついておるよ。儂が甲羅に乗っておるから、暴れたり不審な行動をとったりはせんし、年長者らしく子供らにバレないようにしとるが、それでも気持ちの悪さは動きの端々に出るからな。

一番顕著なのは、クリムとルージュかの。幌馬車の屋根に座って、ぶんぶん前足を振り回しとるわい。

「屋根が壊れるから、あと一回でやめるんじゃぞ」

こくりと頷いた二匹は、ぐっと力を込めた前足を突き合わせてから上空へ素早く持ち上げた。

「ぬっ！」

ロッツァが振り返りながら声を上げる。

二匹の間から、薄紫色をした半月状の何かが飛び出しておったよ。三角形に編隊飛行していた上空のシーダー三体の丁度中央を通ったらしく、誰も怪我しとらん。それでも三体のシーダーは焦ったんじゃろ。蜘蛛の子を散らすように去っていった。

「「サーセン、サーセン、ホントサーセン」」

さっきまで聞こえなかった声が、儂らの耳まで届きよった。

「また逃げたよ。じいじ、いいの？」

「いいんじゃよ。ただ、敵対したと思われたら、里に入れんかもしれんな」

ルーチェに答えながらクリムたちを見れば、飛び跳ねて喜んどる。さっきの半月を出せたのが嬉しいんじゃろ。しかし、あれは何だったんじゃ？

「やっとできましたね～。良くできました～、花丸で～す」

ナスティが馬車の中から顔を出して、拍手を交えて二匹を褒める。

「魔法じゃない攻撃手段を探してたんですよ～。それで～、教えてみたんです～。魔力を腕に纏わせてから～、放出したらああなるんで～す」

説明してくれるナスティじゃったが、屋根から下りてきたクリムとルージュに挟まれた儂は身動きが取れん。どうやら褒めてほしいようなんじゃがな。

「後ろでも戦えるようになりたかったそうですよ～。ルーチェちゃんみたいな投擲ができませんから～。アサオさんの役に立ちたかったんですって～」

ナスティの解説にクリムとルージュが、こくりと頷いた。

「お前さんたちは、十分役に立っておるよ？　無理しとらんならいいが、あまり危ないことはしちゃいかんぞ」

二匹の頭を交互に撫でてやれば、目を瞑って儂に身を預ける。

うふふと笑うナスティが、馬車の中に戻ると、ロッツァはまた歩き出した。クリムとルージュも満足したようで、また屋根の上に戻りよる。

それから程なくして、シーダーの里の出入り口らしきものに辿り着いた。らしきものって表現になるのも仕方ないじゃろ。緑のもじゃもじゃが左右に立ち並び、一部だけぽっかりと空いておるんじゃ。よくよく見れば、左右のもじゃもじゃもシーダー自身じゃしな。

「来客デスカ?」

「来賓デスカ?」

「国賓デスカ?」

左右のもじゃに加えて、上部分のもじゃまであの顔を出して話しよった。相変わらず気のない話し方じゃて。この子らは門番役なんじゃろう。ここで騒動を起こす必要もない、素直に答えていこう。

「まったく偉い身分じゃないから、普通の客になりたいのぅ……ほれ、これを持ってるんじゃよ」

三角の板を見せると、シーダーがヒト型に変わった。ぽっかり空いたこの場所の周りだけでなく、今まで通ってきたところのもじゃもシーダーだったようじゃ。オセロが裏返るように段々と変わっていきよる。

「うわぁ……」

その変わり様を見ていたルーチェが声を洩らす。儂も同じ反応を示す寸前じゃよ。

　ヒト型になったシーダーは、やる気のない顔でなく劇画タッチになっておる。そして儂に向かって腰を直角に曲げて挨拶すると、逃げるように里の中へ消えていった。見える範囲のシーダーが全員去ったところには、柊のような生垣が残る。それでもここはぽっかり空いたままじゃから、きっと出入り口なんじゃろ。里に一歩足を踏み入れようとしたら、

「あいや待たレイ！」

　儂らの後方から甲高い声がかかるのじゃった。振り返った先にいたのは、全長五メートルはあろうかという白木の柱じゃ。見た感じ幅が二十センチもありゃせん。

「今、準備シテマス！　待ってクダサイ！」

　柱の中ほどで折れ曲がり、ぺこぺこ何度も上下しとる。たぶんこれが挨拶……いや、お辞儀なんじゃろ。儂らに当たらないように距離を取っておるが、音だけはぶんぶんと狂暴な感じになっとるわい。

「ッチョ！」

　目の前で揺れる白木が気になったらしい。ルージュが飛び掛かっておった。思わぬ攻撃になったみたいで、柱が慌てたような声を発しとる。

「無ー理ー！　ホント無ー理ー！　タースケテー！」

　じたばたする柱が面白いんじゃろ。ルージュがやめる気配はない。このまま放置するわ

けにもいかんで、止めようとしたら、儂の隣から手が伸びる。

「ダメですよ～。シーダーさんが怪我しちゃいます～」

ナスティに抱えられたルージュは大人しくなり、柱へ向かって頭を下げるのじゃった。

それに合わせて、儂は回復魔法を飛ばしておく。柱の体力が若干減っておったからな。

「あ、ありがとうございマス！」

そう言いながらも、白木の柱は儂らから距離を取っておったわい。

「オーサー、準備できたウェーイ」

「万端ウェーイ」

青色と赤色のもじゃが里の内側から現れた。

「「ウェーイ」」

かと思えば、なぜか二体でハイタッチしとる。話しかけた相手である白木の柱を無視したまま、手遊びのように拳にしたり、開いたりして何かやっとるぞ。

「ウェーイ！」

白木の柱が大きな声で答えると、二色のもじゃもそれに答えた。面食らった儂らを置き去りにして、三体で手遊びを始めてしまう……ほんの十数秒のことでも、放置はどうかと思うぞ？

「さ、行きマス。こちらにドウゾ」

何もなかったかのように、柱に手を引かれて先導された。念の為、《索敵》で見ておいたが、敵意はなさそうじゃ。なので、されるがまま、連れられとる。しかし、案内いらんじゃろ、これ。

儂らの進む道は、シーダーが左右に並んでおり、一本道になっておるからの。でも一本道なのに真っ直ぐではなくてのぅ。緩やかなカーブで渦を描きながら進んでいるみたいじゃよ。

その証拠に、今儂らが進むのは里の外周から、ほんの数メートル内側でな。観察しながら歩いていたが、儂らが通り過ぎたら脇のシーダーはまた前方へと飛んでいっとる。それを繰り返しながら里の中心へ向かうらしい。

「シーダーの道を通って里を巡るのは～、最上級のもてなし……らしいですよ～。私も聞いただけですから～、真偽のほどは分かりませんけどね～」

「面倒だね」

「儂もそう思うぞ」

ナスティに教えられたが、ルーチェと儂の意見は同じじゃった。

更に進んだ儂らを、今度はシーダーの壁が出迎える。案内している白木の柱以外の者が集まったんじゃろ。道が無くなった先には、ずらっとコンパネが並んでおるよ。組体操のような三角なんじゃが、これ大丈夫なんか？

儂が言い終わる前に、シーダーの組体操が音を立てて崩れ出した。怪我せんように《浮遊(フロート)》をかけようとしたが、間に合わん。

「無理せんで、楽に――」

「「「「ウェーイ」」」」

最下段が崩れたと思ったら、その上の段と最上段の者から飛んでおる。宙を舞うコンパネが増えていき、やがてシーダー全員が空に浮いた。そこから、すっと埃一つ舞うことなく皆が着地しよった。かっと目を見開いたシーダーは、

「掴みは完璧(かんぺき)ウェーイ！」

そんなことを言い放つ。全身で喜びを表しておるようで、コンパネから伸びた両腕を小刻みに揺らしとる。シーダー全員がそんな感じじゃった。

アサオ一家で心配したのは儂だけのようでな。ナスティはシーダーに拍手を送り、カブラはできもしない指笛を頑張っておった。まぁ空気が漏れる音だけをさせとったよ。残るロッツァたちは、口をあんぐり開けておったわい。

「シーダーの里にヨウコソ！　大歓迎デス！　マス！」

白木の柱が儂の右手を握ったまま万歳した。

「大成功ウェーイ。オーサー、良かったネー。イッポンイットク？　ボトルイレチャウ？」

また軽いノリの台詞が聞こえてきた。そこには斑模様のもじゃもじゃがいた。他の者は

コンパネになっとるから、こやつだけは参加しなかったのかもしれん。

「あぁ、コレをくれた子か」

三角の通行証を見せたら、びくりと身体を震わせて儂から距離を取る。

「それじゃ、また行くウェーイ」

もじゃは踵を返して里の出入り口目指して走り出した。飛ばずに走ることもできるんじゃな。しかし、ジグザグに走るのは無駄骨じゃろ。一直線で行けば、もっと早くなりそうなのに……

「何から逃げてるノヤラ。ここには客人しかいないノニ」

儂から逃げているようじゃ……となると、あれはなんとかこちらを巻こうと必死になった結果かもしれんな。もうそっとしておいてやろう。

「アサオさん、どうしますか～？」

斑模様のもじゃもじゃを見送っていたら、隣にナスティが来ておった。その奥ではルーチェが鞄を漁っておる。

「……歓迎してくれたようじゃから、儂らも何か返すべきじゃろ」

「はーい。それじゃ、かりんとうとポテチだね」

儂は『何か』としか言っておらんのに、もう決定したようじゃよ。かりんとうが山盛りになった大皿と、大きな木桶に入れられたポテチが取り出された。急に出てきたそれらに、シーダーたちは警戒しとるわい。とはいえ皆が皆、興味はあるようで、遠巻きながらも様子を窺っとる。

クリムとルージュがポテチを摘まみひと齧り。ぱりっと小気味良い音が響くと、シーダーたちが目を見開く。またクリムがポテチを齧れば、ぱきっと鳴る。小さい子のほうが好奇心旺盛なのは、どの種族でも変わらんのじゃろな。小さなコンパネがクリムとルージュへ近付く。

「食べられるなら、皆で食べるといい。歓迎のお礼じゃよ」

ルージュが差し出す大きな木桶へ手を伸ばした子供シーダーは、ポテチを一枚握って観察しとる。ルージュは木桶を挟んだまま、子供の前でポテチを齧る。ぱりっと鳴ったのを見ていた子供は、自分の口へポテチを運び、小さな口で噛んだ。

「……」

無言のまま子供シーダーは咀嚼を続ける。料理を食べるのが初めてだったのかもしれん。その様子を周囲のシーダーが固唾を呑んで見守っていた。口の中のポテチをごくりと呑み込んだ子供が、

「美味ウィー！」

と叫ぶ。もう一枚、もう一枚とポテチへ手を伸ばす様を見ていた他の子供が、木桶に群がるのには数秒もかからんかったよ。子供を押しのけてまで前に出ようとする大人は、

シーダーにもおらんようで一安心じゃ。順番を待つ大人シーダーには、ナスティがきんつばなどを与えておった。

「バルバルはんとウチは、やることないからなー。こっちで飲もうやー」

そんな声に振り返ったら、水を飲むカブラがおったよ。竹の水筒に《浄水》を注ぎ、そこからバルバルと自分の分を手酌しとる。まるでやけ酒をあおるように、勢いよく竹のコップを傾けておるが、どうしたんじゃろか……

「シーダーはんに、マッサージは必要ないんやー！」

言い放つとまた竹のコップに手酌して、盛大に傾ける。バルバルは、のんびりちびちび専用の皿から呑んでおった。そこへ一体の子供が近付く。

「水、チョーダイ」

求められたカブラが、竹の水差しを渡すと、

「アリダトー」

そう言ってにこりと微笑まれた。

「ありがと……やな」

「アリガトー」

照れ笑いを見せるカブラに、また子供シーダーは礼を述べる。

「おいシーヨー」

そんな言葉を皮切りに、シーダーたちは子供も大人も関係なくカブラへ殺到するのじゃった。

なんだかんだと時間が経っても、シーダーたちはルーチェたちの前に並んでおる。カブラの配る水も相変わらず列が絶えんようじゃよ。さすがに腹が膨れた者が増えたようで、最初の頃から比べればかなり減っておるがの。

今現在、儂の隣におるのはオーサーと呼ばれた白木の柱だけでな。話を聞いてみれば、オーサーとは長のことじゃったよ。バンブルのチョーといい、微妙に日本語が混じっているのは、過去の勇者たちのせいなんじゃろ。その辺りのことを詳しく聞いてみれば、予想通りじゃった。

過去、この里へ辿り着いたのが、マッシュマシュも言っておった勇者と賢者だったんじゃと。偏った知識と共に言葉を教え、独自の発展と伝承を促したそうじゃ。

その時、「お前キノコ派？　俺はタケノコ派。どっちが上か決めね？」なんて言ったらしい。その言葉をきっかけに、穏やかに暮らしていたマッシュマシュとバンブルが、里を挙げて競い出したみたいでな。

それ以来、不毛な争いの歴史は続いているそうじゃよ……言葉だけでなく、諍いの原因までが転生者のやらかした結果だったとはのぅ。あと思い出したように「スギノコもいたんじゃね？」と言い出して、シーダーも騒動に巻き込まれたんじゃと。

他の話を聞いていけば、シーダーの言葉遣いは文化にまで育っているらしく、直らんかもしれん。そうは言っても、正しい言葉を知ってもらいたいのも本音じゃよ。間違った使い方をする日本語や、微妙に間違っとる言葉が多くてな……尻ぬぐいをする気はないが、同郷の者のしでかしたことじゃ、ある程度は面倒見てやらんとまずいじゃろ。

その辺りのことを考えて、晩ごはんの時にオーサーへ相談してみたら驚かれたよ。栗ごはんと一緒に焼き魚を頬張るオーサーは、あまりの驚きっぷりに喉を詰まらせそうになっとる。慌てて汁物で飲み下すと、涙目じゃった。

オーサーが言うには、勇者と賢者の言葉なので、盲目的に従ってきたそうでな。その尊い言葉を変化させることに、かなりの抵抗があるとも言っておる。マッシュマシュのように、伝え聞いた程度なら矯正も可能じゃが、文化として根付いた上、反発や抵抗を予想されるんじゃ儂には直せん。

いまだ涙目のオーサーが、今度は酒を呷っておった。

「「ウェーイ」」

酒の注がれた杯を威勢よく傾けたオーサーに、青と赤のもじゃが寄り添う。二人とも酒を飲んでおるが、こちらはオーサーと違って上機嫌じゃよ。彼と肩を組み、

「飲むウェーイ」

「飲ーんで、飲んで飲んで、飲ーんで、飲んで飲んで、イッチャッテー」

そんな古臭い煽りをしとる。

「楽しく飲むウェーイ！」

「嫌なことは忘れるウェーイ！」

一応、二人はオーサーを気にしていたんじゃな。しかし、飲む速度が異常じゃ。杯が乾く暇を二人は与えん。その間に自分たちも飲んでおるんじゃぞ？

「『酒は飲んでモーー！』」

「吐くんじゃなウィー！」

酒が回ったからか、白木の柱だったオーサーが今では桃色になり、姿ももじゃもじゃに変身しとる。赤、青、桃のもじゃが高速で酒を飲み、楽しそうに大声を上げる。そんな状況に他のシーダーたちも感化されたようで、子供以外は杯片手にはしゃいでおるよ。

「お酒は楽しく飲むものですよ～。気持ち悪いなら吐かないと危険です～」

ナスティの冷静な指摘もおかしいらしく、大人組シーダーがへらへら笑う。幾人かはキャッキャウフフと追いかけっこまでする始末でな。陽気な酒はいいんじゃが、こやつら笑い上戸ばかりかもしれん。

「モモイロカラス、セイヤ！」

突然もじゃもじゃのオーサーが姿を変えて、鳥を形取る。

「『ユメミウサギ、トウヤ！』」

それを受けて、青と赤のもじゃが肩を組んで作り出したのは、耳が垂れた兎じゃった。儂から見て右半身が青く、左半身が赤色じゃ。ほぼ真ん中で色が分かれとる。

二体……いや三体が変身ヒーローや戦隊もののショーみたいにポーズを決めたら、子供たちが大興奮じゃった。シーダーたちには鉄板のネタなのかもしれん。確かにあの手のショーは向こうでも小さな子供に大人気じゃからな。

感心している間にも姿が少しずつ変わっていく。モモイロカラスと名乗ったオーサーは、剣のようなものをクチバシに持ち、ユメミウサギはその身体よりずっと長い杖を掴んでおった。ただ、どちらも奥行きがない。まぁ身体がコンパネじゃからな。板を切り出して作った、飛び出す絵のようじゃよ。それにさっきまで見ていた顔付きコンパネより、よほど出来が良いわい。

烏と兎は、手を振って子供たちに応える。その背後から白い影が飛び出した。

「ウシロー！」

子供たちの声に烏が振り向き、一刀両断。兎は跳び上がって杖で殴打する。白い影が形を変えていくと、単なる白いもじゃもじゃになりよった。いや、今まで見たどれよりも簡単に描かれた顔に、白髪と髭を生やしとるみたいじゃった。まぁ、そのどちらも白いもじゃじゃから、境目が分からん。

「シロヒゲマジーン！」

子供の呼び声に合わせて鳥が宙を舞う。白いもじゃを鳥が全て切り落としたと思えば、兎が杖でまたぶっ叩く。

「ヒーゲェエエーーーー」

そんな声を残して、白いもじゃは遥か彼方まで吹っ飛んで行ってしまった。これで終わりなんじゃろ。モモイロカラスは白木の柱に姿を変え、ユメミウサギは二色のもじゃもじゃに戻っておった。

「「ナイスヤラレヤクー」」

赤と青のもじゃが、二人して語尾を上げながら白いもじゃを出迎える。白いもじゃは気恥ずかしそうにしとるが、満更でもなさそうじゃ。色味からして吹っ飛ばされたシーダーだと思うが……戻るにしても早すぎんか？　随分遠くまで飛ばされたはずじゃろ？

儂が疑問に思っとる間に、大興奮だった子供たちは醒めたらしい。もうカブラの水と食べ物に興味を移しとる。

「楽しめたウェイ？」

「勇者と賢者とマジーンの戦いウェーイ」

二体のもじゃが、酒を片手に儂へ笑いかける。唐突に始まり、いきなり終わったので、儂はまだ理解が追い付いておらん。

「面白い見世物ですね～」

「先祖が見た戦いだソウデス。これを伝えるのがシーダーの役目デス。言葉もその一つナンデスヨ」

ナスティが感想を述べ、オーサーがそれに答える。

「客人に見てもらうのも大切デス。とっておきウェイ」

儂に笑みを向けたオーサーは、そう言ってから杯を傾けた。その後、詳しく聞いてみたが、この演劇は宴会芸の一つみたいじゃよ。大事な客人をもてなすならば、絶対に演じなくちゃいかんと思ってくれたそうでな……普通の晩ごはんだと思っていたのに、シーダーとしては歓迎の宴会だったそうじゃよ。

しかし、勇者と賢者がヒト種ではなかったか……あぁ、そうか。チュンズメたちだって地球の雀が祖先かもしれん。そう考えれば、烏や兎が来てたって不思議ではないな。ただ、烏や兎があんな言葉を使うんかのぅ。

そんなことを思いつつ、シーダーの振る舞ってくれる酒で喉を潤す儂じゃった。

《 33　ウサギとカラス 》

シーダーの里に歓迎された翌日。今日は朝からオーサーを相手に取引を申し込もうと思ったんじゃ。なのにそんな目論見はもろくも崩れ去ってな……

昨日見たヒーローショーをルーチェ、クリム、ルージュが気に入ったみたいで、朝からずっと誰かしらが演じてくれとる。モモイロカラスを演じられるのはオーサーだけらしく、出ずっぱりじゃよ。ユメミウサギは幾人かが演じられるんじゃと。ただし、左右の色が昨日の赤と青でないのはなんでじゃろ?

「ユメミウサギは色が変わるノ！」

「だから強いノ！」

そんなことを教えてくれたのはシーダーの子供たちじゃった。左右の配色によって、がらりと特性が変わるそうじゃ。昨日の赤と青なら杖でぶん殴り、今演じておる白と黒なら棍棒(こんぼう)で殴る。黄色と緑だと角材を投げつけるんじゃと……どれもさして変わらなくないか? 言ってみれば得物が変わるくらいじゃろ。

「そういえば、セイヤとトウヤって名乗ってたのぅ」

「勇者と賢者の名前ダヨ」

「かっこウィー！」

大はしゃぎの子供たちは、そう言ってまたショーに向き直る。ルーチェたちも目玉をらんらんに輝かせとるし、脇見(わきみ)もせんよ。何かしら琴線(きんせん)に触れたんじゃろな。儂にはよく分からん。

同じくらいの年齢であるカブラは、ショーに目もくれん。バルバルと一緒にシーダーへ水を配給するほうが楽しいようじゃ。今もなんとか交換会のような状況を作り、水を配っとるわい。今日は代金として、シーダーから何かしら受け取っておってな。木彫りの熊やユメミウサギ、あとはモモイロカラスの像なんてものもあったぞ。

　他にも木製の皿、コップ、フォークにスプーン、箸もあったな。そのどれもを自分たちで作っとるそうじゃ。食器が多いのに食事の文化が薄いのは、これまた勇者たちのせいなんじゃと。自分たちは調理ができんのに、料理を食べた記憶と経験を語るもんだから、それに見合ったものを作り続けていたみたいなんじゃよ。

　そして、更に判明したのが、烏と兎の名前の由来じゃ。烏と兎はどちらも繁華街住まいだったらしい。烏は野生で、兎は飼われていたという違いはあるそうじゃがな。兎の飼い主がトウヤで、その連れ合いがセイヤなんじゃと。

　賢い生物だから、飼い主や道行く人を見て学んだ結果みたいじゃよ。住んでいた場所のせいで、変な言葉を覚えて、更に伝えてしまったのか……あと烏と兎の接点も教えていたらしくてな。セイヤが、鳩や烏に餌を与えてたんじゃと。で、たまたま兎と烏が出会い、この世界に紛れ込んだそうじゃ……転移か転生かは分からんが、原因と過程が端折られてまったく繋がってくれん。

　あまりに突拍子もない情報に、儂は頭を抱えたぞ。大いに悩み、熟考したが結論が出せん。いや、出るには出たか。根付いた文化は崩せんので放置じゃよ。ただし、教わった言葉を積極的に広めるのだけはやめてもらおう。日本の言葉が、間違って伝わるのは不本意じゃからな。

「『サーセン』だけは直してほしいが……」

斑模様のもじゃもじゃが、儂の言葉に激しくショックを受けておる。オーサーの代理に、と儂に今まで説明してくれていたんじゃが、膝から崩れ落ちとるよ。他にも儂の周囲で説明を補足していた者らも同じじゃ。そんな姿を見ては、これ以上強く言えんじゃろ？　なので、どこぞの役人みたいに、言葉を濁して結論を先延ばしするしかないんじゃよ……

シーダーたちに気を取り直してもらう為にも、儂らは交換会を推し進める。その間もルーチェたちはショーを観覧しとる。もう何度目か分からんが、そろそろオーサーを解放してやらんと喉が潰れそうじゃ。そちらの注目を攫う為にも、頑張らんとな。

気合を込めて、自分の頬をぱちんと叩く。思った以上に音が鳴ったらしい。子供シーダーがきょとんとした顔を儂に向けておった。そんな中でも儂は【無限収納】を漁り、料理を並べていく。

「頼もーニョキ！」

「待つマシュ！」

しんと静まった場に、想定外の声が響いた。声の主は、シーダーの里の前に集まっておったよ。バンブルとマッシュマシュが、黒山の人だかりになっとるわい。

「料理を渡すニョキよー」

「マシュマシュ！」

チョーとサルノコシカケが最前列で肩を組み、こちらを見ていた。種族間での諍いはどこにいったんじゃ？　協力してシーダーの里へカチコミかけるとは……実のところは仲が良いんじゃろ。

あと一歩で里へ入れる場所で止まった二か所の里の者らは、じーっと儂を見とる。いや、正確には儂の取り出す料理を、か。寸胴鍋を抱えた儂が、左に動けば揃って顔が追いかける。儂の後ろにいるシーダーたちは、視線だけでなく身体も付いて来とるな。

「寄越すニョキー！」

「奪うマシュ！」

二人が叫ぶと同時に猛然と走り出し、儂へ飛び掛かった。他の者は視線で儂を追うだけで、一歩も前に出ておらん。

「《束縛(バインド)》」

「「アゥッ!!」」

空中で縛り上げた二人が、地面へと落下する。縛るのと同時に勢いも殺されるからのぅ。

「……仲良くせんのなら、食べさせる料理はないぞ」

儂の一言が効いたんじゃろ。出入り口に集まるマッシュマシュとバンブルが揃って頷き、

肩を組んで笑顔を見せる。その上で、

「チョーなんて知らんニョキ」

「長老が敵う相手じゃないマシュよ」

先日、案内を買って出てくれていた二体がこう話した。他の者も同意しとるようで、一切のぶれなく何度も頷くのじゃった。

バンブルのチョーとマッシュマシュの長老以外は、皆仲良くしてくれておる。あ、二人も仲は良いのかもしれんな。

「チョーニョキよ?」

「こっちだって長老マシュ」

そんなことを言い合い、どちらが戦犯かを擦(なす)り付け合っておるからな。本当、似た者同士じゃよ。その点、シーダーのまとめ役であるオーサーは人格者じゃ。大人たちの信頼は勿論のこと、子供たちからの人気もある。ただ少しだけ頑張りすぎなところがあるようでな。今は白木でも桃色のもじゃでもなく、茶色く煤(すす)けたコンパネになっとるよ。

朝からずっとショーをこなしていたから、疲労困憊(こんぱい)なんじゃろ。さすがに見ておれん。なのでカブラとバルバルに頼み、オーサーを癒してもらった。

「ふおぉぉぉぉぉぉぉぉーーーーー」

聞いたことのない声を上げて、オーサーはバルバルに包まれとるわい。それを自称、美少女なマッシュマシュが羨ましそうに見ておる。ただ見とるだけでなく、ちゃっかり順番の列を作るほどじゃ。

見る見るくすみが取れていくオーサーに、シーダーもバンブルも驚愕の顔をしおってな。カブラのマッサージを里で受けなかったバンブルは、非常に残念そうな表情を見せとるよ。だもんで、マッシュマシュの作る列に他の里の者も並び出した。

オーサーが抜けた勇者と賢者のヒーローショーは、ユメミウサギが一羽でシロヒゲマジーンと戦って……おらんな。ユメミウサギだけで五組もおるぞ。配色がそれぞれ違い、持ってる得物もばらばらじゃ。ただし全員が鈍器持ちじゃから、ばっさばっさと切り倒す大立ち回りじゃなくてのぅ。たくさんのシロヒゲマジーンを端からホームランしとるよ。

敵役は無限と言えるくらい湧いておって、終わりが見えん。ルーチェを含めた子供たちは、そんなことを気にせず全力応援じゃ。それに対抗意識が働いたんじゃろな。バンブルとマッシュマシュが対面に集まり出した。

十体ずつが向かい合い、何やら相談しとる。そして紅白の旗をどこからか取り出しておった。

「伝統の一戦をやるニョキよ！」

「こっちも負けないマシュ！」

バンブルとマッシュマシュの間に緊張感が漂っておるが、何をするんじゃろか？　喧嘩

かもと考えて料理を仕舞おうとしたら、

「違うニョキ！　一戦交えるけど平和ニョキ！」

「仕舞っちゃダメマシュ！」

全員して手に持つ紅白の旗を振りながら、慌てて止められた。その真ん中に白いもじゃもじゃが着地する。方向から考えて、ヒーローショーから飛ばされたようじゃよ。もじゃもじゃからコンパネに姿を変えたシーダーは、『キリッ』って書かれた板を持ち、真剣な表情をしておった。どう見てもふざけておる。悪ふざけ全開じゃ。

シーダーを中央に置いて、左にバンブル、右にマッシュマシュと分かれておった。ここまで来たので成り行きを見守っていたら、それぞれから一体ずつ前に歩み出る。

「準備はいいウェイ？」

「ニョキ！」

「マシュ！」

儂からの冷ややかな視線など気にしない三体は、ごくりと喉を鳴らした。その瞬間、始まった。

「赤上げテ！」

バッと音がする勢いで、二体が右手に持つ旗が上げられた。

「白上げテ！」

今度は左手で持つ旗が鋭く上がる。

「白下げないデ、白下げル！」

双方ともに左腕が下りかかったが、なんとか踏ん張った。直後に左腕を下げて事なきを得たな。ここまででかかった時間は、ほんの五秒ほど。

「序の口ウェイ。もっと早く、もっともっと早くするウェーイ」

小刻みに身体を揺らすシーダーは、右手だけを上げる二体を挑発するような雰囲気を醸し出しておった。

「赤下げテ、白上げテ、白下げテ、赤下げル」

順番に言われた通りこなしていく二体。残る十八体は固唾を呑んで見守っておる。

「白上げないデ、赤上げナイ。白上げないカラ、赤前ニ」

予想しなかった『前』に儂は驚いたが、マッシュマシュもバンブルも問題なく反応しとる。ただ、前に突き出した赤旗が、シーダーの身体を挟み込む形になったようじゃ。

「フッフー。危なかったウェーイ」

額の汗を拭う仕種を見せるシーダーは、とても軽い物言いじゃ……あ、少しだけ身体が削られておるな。

「《治癒》」

儂の魔法で治せば、不思議そうな顔を見せるシーダーじゃったが、

「アッザース」

一応、礼を述べておったよ。

その後も互いに間違えることはなかった。やっとる本人と、見守る皆には手に汗握る攻防なんじゃろな。呼吸を忘れていたらしく、一体のマッシュマシュが大きく息を吐いた。

それをきっかけに勝負が決した。

「バンブルの勝ちウェーイ」

シーダーが、『キリッ』と書かれた板でバンブルを指し示す。板をひっくり返すと、『こっちの勝ち』と書かれておったわい。やはり真面目にやっとる感じはせん。進行？審判？をしていた時は、かなり格好良かったんじゃがな……

「つ、次マシュ！」

二体目のマッシュマシュが一歩前に踏み出すと、バンブルも出ていた人が代わる。勝ち抜き戦ではないらしい。しかし、このまま見ているわけにもいかんでな。儂は交換会へ戻るとしよう。それをバンブルとマッシュマシュは察したんじゃろ。儂を囲むように陣取り、

「最後まで見るニョキ！」

「そうマシュ！」

「勇者たちにも負けないニョキ！」

と口々に言っておった。ヒーローショーへの対抗意識から始めたんじゃから、観客がい

キリッ

なくなれば寂しいのは確かか……儂が口を開いて交換待ちの者のことを伝えようとする直前に、別のところから声がかかる。

「面白いことをやっているな。見せてくれぬか？」

焼いた魚の香ばしさを纏ったロッツァが儂の後ろから来てくれたので、旗上げゲームの観客を任せて儂は交換会へと戻った。それに付き添うようにシーダーの子供も一段落したようで、ルーチェたちも来てくれてな。ヒーローショーの子供も大勢移動してきたよ。そのほとんどが旗上げゲームの観客になり、若干名が儂のところへ来ておる。お菓子やお惣菜が目当てらしく、手に手に木製茶器などを持っとるよ。

クリムとルージュが旗上げに興味津々なようで、バンブルとマッシュマシュの列に並んでおったが……参加するつもりなんじゃろか？

「おいちゃん、コレ」

シーダーの子供が差し出したのは、持ち手以外が赤く塗られた一辺10センチほどの木で出来た立方体じゃった。儂に渡す時にジャラジャラ鳴っておったから、中身は小さい何かが入っておるらしい。

「ほい、ありがとな」

儂がそれと交換で手渡したものは、一皿八個盛ってあるきんつばじゃ。どれが欲しいのか先に伝えてくれとるからな。その辺りで手間取ることはありゃせん。その次に来た子も、色は違えど同じような木箱を持参しておったよ。こちらはガラガラ鳴っておるが、中身も大差ないんじゃろ。

どうも子供たちは、木箱を渡すのが主流のようで、次の子もその次の子も同じじゃったよ。中身は多少違うらしく、鳴る音には高低大小の差があったがのぅ。

シーダーたちの並ぶ列がひと通り捌けたら、マッシュマシュやバンブルの番になる。こちらは先日と変わらず、キノコやタケノコ、竹製品などと交換じゃった。

儂の前に作られた列がなくなる頃には、旗上げゲームも終わったようでな。ロッツァがクリムとルージュを従えて、焼き場をこさえていた。日も高くなり、そろそろ昼じゃ。それもあっての行動じゃろう。となれば儂は、汁物や主食の準備じゃな。

皆と交換した品々を【無限収納（インベントリ）】に仕舞い、魔道コンロや鍋などを取り出す。ルーチェとナスティも熱々を提供するつもりらしい。各々で調理場を確保しておった。

シーダーの里での昼食会は、三つの里の交流会になったようじゃ。食べたい料理を食べたいだけ自分で集め、気になった料理を分け合う。そこに種族の差などなくてな。皆が笑顔で食事を楽しんでおる。

……あ、いや、一部だけは楽しんでおらんか。いまだにチョーと長老が、縛られたまま罵（ののし）り合っておった。顔を突き合わせる形にしなかったのが、良くなかったのかのぅ……

二人は誰にも気遣（きづか）われず、放置されとる。さすがに可哀そうとも思えるが、自業自得（じごうじとく）

じゃからな。ちゃんと反省した姿が見えるまでは、このままでいいじゃろ。案内役のバンブルも儂を見て、大きく頷いておるしの。

気を取り直して儂が料理を始めたら、マッシュマシュとバンブルが数体近付いてくる。それに釣られたのかシーダーも数体寄ってきた。ヌイソンバの塊肉をひと口大に切り、ニンジン、タマネギ、ジャガイモも同じくらいの大きさに揃えた。そんな簡単な動きも面白いようで、ひとつひとつに歓声が上がっとるよ。

肉と野菜を炒めてから寸胴鍋へ移し、水を張って煮込み出す。その際、香味野菜(こうみやさい)を【無限収納(インベントリ)】から取り出したんじゃが、まだテーブルに並べていない香辛料の香りがしてな。儂はそちらへ視線を移す。

シーダーの子供が、木箱から小さな粒を拾い上げ、握っておったよ。他の子も所持(しょじ)しとる木箱から一粒取り出し、にぎにぎしとる。どうやら香りと感触(かんしょく)を楽しむ為だけにやっとるようじゃ。しかし、漂う香りは間違いなく香辛料のそれでな。儂だけでなく、クリムとルージュも反応しておったよ。焼き魚と炭火の匂いにも負けない、芳醇な香りが広がっておるわい。

一度仕舞った木箱を【無限収納(インベントリ)】から再び取り出してテーブルへ置くと、バンブルたちが不思議そうな顔をしとる。とりあえずバンブルたちはそのままにして木箱を開けていけば、中からは様々な種が出てきたよ。

香辛料として使えるものの他にも、どんぐりやその笠、ヤマブドウやヘビイチゴなども入っておった。食べられない木の実や山の幸は、染料にでもしてみるかのぅ。

儂は鑑定しながら、今使えるものだけを残すように選り分けていく。その動きもまた興味を引いたんじゃろ。マッシュマシュが真似して、キノコを選別していた。

それが波紋のように広がり、バンブルとシーダーの子供も似たような動きをしとったよ。ただ、鑑定ができる者はいないようじゃ。選別している風ってだけで、一貫性がないわい。

詳細を確かめるのはまた今度にして、今やるのは香辛料の仕込みじゃ。香辛料を仕入れる度に儂がやるから家族には珍しくない……が、やはりバンブルたちには目新しいからの。しっかり囲まれたぞ。炒めたり、潰したりを一緒にこなしていったら、覚束ない手つきは最初だけで、すぐさま慣れたようじゃよ。

周りにいる子らに香辛料を任せて、儂は出来立ての香辛料をカレー粉に調合して、そのままルゥにまで仕上げる。煮込んでいる寸胴鍋にルゥを入れてカレーを作り上げれば、シーダーの里中に香りが届いていたらしい。ルーチェやナスティに連れられたマッシュマシュたちが、カレーの寸胴鍋を中心に何周も輪を作っておった。

カブラとバルバルのマッサージに並ぶ者たちだけが、葛藤しつつも列を崩しておらん……あ、当のカブラとバルバルがこちらに近付いたから、ぐちゃぐちゃになってしまったわい。

さすがにこれだけの人数分となれば、今出来上がった分だけでは足りん。なので、【無限収納（インベントリ）】に蓄（たくわ）えていたのを大放出じゃ。シーダーの子供たちにもらった香辛料では、儂がもらいすぎじゃからな。ぼったくりは好かん。ならここで天秤（てんびん）の揺れを平らにしておかんとな。

「悪かったニョキ！」

「サーセン！　サーセン！　マシュ！」

チョーと長老が身を捩（よじ）りながら謝罪する。それぞれの里の者が頷いておるから、許すんじゃろ。となれば縛（いまし）めを解くべきじゃて。

「もう襲うんじゃ――」

「甘いニョキ！」

「甘々マシュ！」

少しだけ緩めた《束縛（バインド）》に気を大きくしたらしい。二人は跳び上がりながら儂へ再び襲い掛かろうとした。

「《結界（バリア）》」

二人纏めて《結界（バリア）》で包めば、手足は動いても行動の自由はありゃせん。

「出すニョキー！　甘くないニョキー！」

「調子のったマシュ！　助けてマシュー！」

バンブルとマッシュマシュは誰一人として、首を縦に振ることはなかったぞ。

シーダー、バンブル、マッシュマシュは、二人を除く全員でカレーを食した。その様子を見ていた二人も、止め処なく涙を流すので一杯だけ食べさせてあげた。さすがに今回は儂を襲うこともなくてな。泣きながらも静かに食べるのじゃった。

《 34　平和的解決 》

隣り合う二つの里から乗り込んで来た者らが、シーダーの里にて一晩を過ごした。儂らアサオ一家の提供する食事を楽しみ、自分らで余興（よきょう）を披露し合う。それを一晩中続けとったから、きっと死屍累々（ししるいるい）な状態じゃろうな。早めに切り上げて寝床へ向かった者ら以外は、きっと雑魚寝（ざこね）だと思うぞ。

シーダーの里で暮らす者ならいざ知らず、バンブルとマッシュマシュに寝床はないからのう。儂が《結界（バリア）》を使って防音した場所が、即席の寝床になったんじゃよ。しかし、さすがに寝具の手持ちが足りん。それでも子供の分くらいはと思ったが、マッシュマシュ、バンブル、シーダーは各々で寝具を準備しとったよ。誰も彼もが落ち葉を布団代わりに使っておった。

ベッドを使うのはルーチェとナスティで、湯たんぽ代わりにルージュとクリムも一緒に寝るんじゃ。儂はロッツァと一緒に寝ておる。ロッツァは、以前ユーリアに作ってもらったキグルミを気に入ったようで、寝る時は大抵身に着けとるよ。儂も寝間着に使わせてもらっとる。

カブラとバルバルは万が一にも潰されたらいかんから、座布団に乗ったまま浮いて寝るか、ロッツァの背中じゃな。各人、毛布に包まったりして就寝じゃ。

「おはよーマシュ」

そんな声で目を覚ました儂は、ロッツァの隣で空を見る。そこにおるマッシュマシュと目が合ったよ。儂らの寝床周りにもかけた《結界(バリア)》の上で寝そべり、こちらを見下ろしておったわい。

「……おはよう。寝顔を見られるのは、恥ずかしいんじゃが」

「そんなことより、お腹(なか)が空(す)いたニョキよ」

今度は儂の左側から声が聞こえる。バンブルがタケノコで《結界(バリア)》を囲っていた。そのタケノコは、《結界(バリア)》の縁(ふち)の部分をぐるりと廻(まわ)っておる。タケノコをたくさん取り出して、何しとるんじゃか……儂らを起こさないように待っていたのかもしれんが、寝起きにそんな儀式みたいなことを見せられても怖いだけじゃぞ？

「少し待ってくれ。身支度をせんと朝ごはんも作れんからな」

「はいマシュ！」

「分かったニョキ！　皆、ちゃんと待つニョキよ！」

　身を起こした儂の言葉に、二人は素直に従ってくれる。そして、バンブルの声は周囲へと伝えておる。となると……あぁ、やっぱりか。儂らが起きるのを皆で待っていたんじゃな。先に眠りについた子供らが主体となって、ベッドの周りに輪を作っておったよ。

「順番！　順番マシュよ！　喧嘩なんてしたらダメマシュ！」

「ごはんをもらえなくなるニョキ！」

　特筆するような騒ぎになどなっておらんかったが、しっかり注意しとる。どうやら昨日の「一戦交える時に料理を仕舞おうとした」ことが効いているらしい。全員、文句なく従っておるわい。

　儂が身支度を終える頃、ロッツァも同じように支度が終わっとった。騒がしいわけでなくても、ロッツァならば起きるからのぅ。

　まだ眠るルーチェたちを《結界(バリア)》の中に残して、儂らは外へ出る。

「さて、これが食べたいとか、これは嫌だってのはあるかの？」

「ないマシュ！」

「何でも食べるニョキ！」

「美味しいのが食べたいデス！」

　即答した子供たちがおかしかったんじゃろ。ロッツァが笑っとる。

「だったらいつもの朝ごはんで良いのではないか？」

そう言いながら、ロッツァは焼き場へ向かう。となればロッツァは焼き魚じゃな。だったら儂はそれ以外を作るとしよう。

儂らが二人で手分けして作る様も子供らには楽しかったようで、目玉がらんらんに輝いておったよ。音、匂い、温度を感じてくれているらしい。口々に見ている感想を述べておる。そんなことを聞く機会はなかったからのぅ。儂もロッツァも貴重な経験をさせてもらったもんじゃ。

そういえば二つの里の案内役の子が、儂へ物申す役目も担っているようでな。いつの間にやらまとめ役らしきことまでさせられとるんじゃと。まぁ、あのチョーと長老じゃまとめられんわな……いや、反面教師として一致団結はできとるか……

朝ごはんを作り上げたら、ルーチェとナスティが身支度を整えて席に着いておったよ。クリムとルージュは途中から来ておる。カブラとバルバルは、支度を始めたと同時くらいに水をせがむほどじゃ。食欲に一切逆らわず、素直なのはいいことなのか、悪いことなのか……他人に迷惑かけなければ、まぁ、叱るほどのことではないな。

三つの里の若い子を集めて朝ごはんとなった。いろいろな具材を入れたおにぎりが主食で、キノコとタケノコの味噌汁、焼き魚、漬物が今朝の献立じゃよ。

「……頭が痛いウェイ……」

頭の部分を押さえて濁った白いもじゃもじゃになっとるオーサーに、儂は味噌汁を差し出す。酔い潰れた者の為に用意したシジミ汁じゃよ。

「……身体中痛いニョキ……」

「か、快感だなんて思ってないマシュよ！」

自業自得なチョーと長老は放置じゃ。何かに目覚めたかもしれん長老には、誰一人構おうとしておらんな。長老にはその放置すらも楽しいようで、皆がドン引き状態になるが……このままにしよう。

他にも死屍累々になっていた大人たちが集まってきた。

誰もいがみ合っておらんし、険悪な空気も漂ってない。諍いなんぞハナからなかったみたいじゃよ。

「……無駄なことをしていたニョキね」

バンブルの案内役の子は、味噌汁のキノコを食べながら大人たちを見ている。

「こんな美味しいのを食べなかったなんて、馬鹿マシュよ」

タケノコを持ち上げて頷くマッシュマシュ。

「切磋琢磨って意味なら、競い合うのも大事じゃよ」

おにぎりを奪い合うクリムとルージュを小脇に抱えた儂は、二人に向かって笑った。

「これは無意味な喧嘩だから、しちゃいかん」

抱き付かせんように、二匹とも背中を儂に向けさせたからな。何もできんじゃろ。右腕に捕らえられたルージュがじたばたすれども、儂は締め付けを緩めん。左腕のクリムは既に諦めたらしい。やがて二匹は揃って儂を見上げ、つぶらな瞳を向けてからてしてし腕を叩き、ぺこりと頭を下げるのじゃった。

朝ごはんの後、それぞれの里の者と交換会をしてから、儂らはシーダーの里をあとにした。交換会は今日も大好評でな。結局、昼過ぎまで里におったよ。

料理以上に人気だったのはマッサージで、最後まで並ぶ者が絶えんほどじゃったな。バルバルの進化のことを教えといたので、もしかしたら本気で代わりのスライムを探すかもしれん……その際は、無理をしてスライムを傷付けたりしないようにと言っておいた。

折角無益(むえき)な争いを収められたんじゃ。必要ない衝突は避けるべきじゃて。それは相手がスライムだろうと、人だろうと変わらんよ。

その辺りをしっかり言い含めたから、分かってくれたはずじゃ……チョーと長老が暴走しそうになったなら、全員で止めると力強く宣言しておったな。

「また来るニョキ！」

「ぜひ来るマシュ！」

「「ウェーイ！」」

三つの里の者が肩を組み、揃って見送りをしてくれた。長年の積み重ねじゃから、小さいいざこざはあると思う。それでも、無駄な諍いは起こさんじゃろ。儂はマッシュマシュ、バンブル、シーダーを信頼しとるからな。

獣道ってほどの悪路でもなく、さりとて街道と言えるほど整ってもいない。そんな道を進む儂らは、のんびり歩いておる。

日が傾けば気温が下がり、だんだん寒くなってくる。刺すような寒さがなくなってから旅に出たが、さすがに夜は冷え込むからのぅ。今夜は鍋料理にするか。幸いキノコとタケノコに困る心配はありゃせん。肉に野菜、あと魚は多少目減りしたが、それは山野や河川を探せば見つかる。

今だってそろそろ今夜の寝床を決めようとしていたんじゃが、クリムとルージュがラビとウルフを狩ってきたんじゃよ。

「じいじ、あったかいお鍋が食べたいです」

藪の中に潜り込んでいたルーチェが、山菜を摘んで戻ってきたと思ったら、そんなことを口にした。

「アサオ殿、少し先から水の匂いがする。たぶん川があるのだろう」

先行して周囲の様子を窺ってきたロッツァも、何かしら獲物を得たらしい……あ、これは狩りではなく採取と言ったほうが正しいな。蜂の巣を枝ごと持参したようじゃ。

「あらあら～。私も何か採ってこなきゃですね～」

いつもの笑顔とのんびり口調のナスティが、儂のそばから離れようとしたので引き止める。でないと、また皆が出ていってしまうわい。現にカブラとバルバルがどこかに行こうとしておるからな。

ロッツァに止めてもらったおかげで、カブラたちが出ていくことはなかった。

「おぉそうだ。アサオ殿、見てきたところが、周りに何もないのに温かかったぞ」

「そこが砂地なら～、温砂（おんさ）かもしれませんよ～」

バルバルを抱えたナスティがロッツァに答える。

「岩や石がごろごろしていて、砂ではなかったな」

「だったら、砂になる前なのかもしれん。岩や石が川を流れて、小さくなるからのぅ」

儂の説明にルーチェたち子供組が首を捻る。どうやら岩が砂になる原理が分からんらしい。なので手近にあった石を二つ持って教えてやった。

じゃが、儂が石を壊して小さくするのは納得できても、川の水が小さくするのは理解できんそうじゃ。となれば、明日の朝にでも川へ行ってみるか。川上へ向かって進めば、現物を見せながら教えられるからの。

明日の予定も決まったので、ここからは夜ごはんじゃよ。

皆の食事が終わり、片付けも済ませたら、儂は風呂の準備じゃ。《清浄（クリーン）》だけで済ませるのも味気(あじけ)なくてな。満点の星空を見ながら湯船に浸かる……至福(しふく)じゃろ？

自作した湯船を【無限収納(インベントリ)】から取り出し、湯を張っていく。この湯船作りに、カタシオラでなかなか苦労したもんじゃ。いくらステータスが高くても、湯船なんぞ作ったことがない。だもんでスキルもありゃせん。

それでも、巨人樹の丸太を削れる者が儂しかいなくてな。イェルクでは力が足りず鑿(のみ)が刺さりもせんかったよ。誰も買い手が現れない【無限収納(インベントリ)】の肥やし。このまま放置じゃ木材として可哀そうでな。それで暇している時間に、こつこつ巨人樹の丸太を削っていたんじゃよ。

それが街を出る直前に完成してくれた。湯を張ってみる機会もなかったが、ここなら何があっても大丈夫じゃて。

誰に急かされるでもないから、儂はゆっくり湯を注ぐ。巨人樹の湯船は、薫(かお)り高い木でないのが残念じゃが、そこは考えようでな。単純に風呂を楽しむことにした。

そんな風に思っていたら、バルバルが儂に何かを手渡してきたんじゃ。何かと思えば、取り込んだ木材や樹皮(じゅひ)で作ったブロックじゃったよ。

四角いのや丸いの、あとは三角も用意してくれとるから、積み木に見えるが……良い香りのするそれは日本でも見たことあるあれじゃ。受け取ったそれらを湯船に放り込むと、木の香りが立ち上る。

夕食で満腹になり、うとうとしていたルージュとクリムが、儂のやることに興味を持ったらしい。寝ぼけ眼だった四つのお目々は、今じゃしっかり輝いておるよ。今にも湯船へ飛び込みそうじゃが、ぐっと堪えとるわい。

「ふぃーーー」

一番風呂を譲ってもらえた儂は、手足を伸ばして湯に浸かる。一人で入るには十分すぎる広さじゃから、もう一人……一匹が一緒じゃよ。ブロックと共に、バルバルも湯船の中で浮き沈みを繰り返しとる。

その後をクリムとルージュが待っておるが、まだまだ入れる。なので、《清浄》を使って埃などを落とした二匹も一緒の入浴となった。いつの間にか座布団に鎮座して待っていたカブラもじゃ。

儂らは星空を眺めながら、全身を弛緩させる。そんな様子をロッツァだけが見ておった。ルーチェとナスティは、食後の休憩と称して仮眠だそうじゃ。もう夜なんじゃから、仮眠と言わずに寝てしまってもいいと思うが……何かやりたいことがあるんじゃろ。

「アサオ殿、我もそれに入りたいが小さいな」

「ふむ。ちょっと待っておれよ……」

ロッツァを待たせて、儂は【無限収納】を漁る。目当ての物はすぐに見つかった。コボルトたちからもらった宝石の中に、儂の拳大くらいのトパーズの原石があってな。

「これに《付与（アディション）》、《拡大（グロウス）》っと」

トパーズを割ることなく魔法を付与できた。それを湯船に付けてやれば、ロッツァが入ってもまだまだ余裕があるほどの大きさになりよったよ。

しかし、そのせいで湯量がまったく足りん。このままでは風邪（かぜ）をひいてしまうので、儂は大慌てで湯を追加じゃ。全力の《浄水（ウォータ）》と《加熱（ヒート）》で、壊れた蛇口（じゃぐち）みたいに湯を注ぐ。ついでに湯船の補強（ほきょう）も併（あわ）せて行い、ロッツァへの《浮遊（フロート）》も施したぞ。大きさと共に深さも増したでな。上昇した水圧対策に加えて、ロッツァの飛び込みも警戒してのことじゃ。

「おぉぉぉ！　我が湯に浸かれるとは！」

小さめのプールかと思える湯船へロッツァをゆっくり下ろしたが、盛大に湯が溢れた。それが楽しかったようで、クリムたちは大はしゃぎじゃったよ。

ネットで人気爆発作品が続々文庫化！

アルファライト文庫 ALPHAPOLIS ライト **大好評発売中!!**

受付業務からダンジョン攻略まで!!
元神様な少年の
自重知らずな辺境暮らし!!!

元邪神って本当ですか!? 1
万能ギルド職員の業務日誌

紫南 *Shinan*　　illustration riritto

邪神の過去があっても、本人はド天然――!?
自重知らずの少年は、今日も元気にお仕事中!

辺境の冒険者ギルドで職員として働く少年、コウヤ。彼の前世は病弱な日本人。そして前々世は――かつて人々に倒された邪神だった！　今世ではまだ神に戻れていないものの、力は健在で、発想も常識破りで超合理的。その結果、劣悪と名高い辺境ギルドを二年で立て直し、トップギルドに押し上げてしまう――。"元神様"な天然ギルド職員のうっかり改革ファンタジー、待望の文庫化！

文庫判　定価：671円（10%税込）　ISBN：978-4-434-31728-6

アルファライト文庫

この作品に対する皆様のご意見・ご感想をお待ちしております。

おハガキ・お手紙は以下の宛先にお送りください。

【宛先】

〒150-6008 東京都渋谷区恵比寿 4-20-3 恵比寿ガーデンプレイスタワー 8F
(株) アルファポリス　書籍感想係

メールフォームでのご意見・ご感想は右のＱＲコードから、
あるいは以下のワードで検索をかけてください。

アルファポリス　書籍の感想

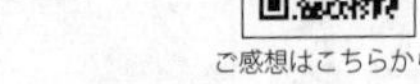

ご感想はこちらから

本書は、2020 年 8 月当社より単行本として
刊行されたものを文庫化したものです。

じい様が行く 8 『いのちだいじに』異世界ゆるり旅

蛍石（ほたるいし）

2023年 4月 30日初版発行

文庫編集－中野大樹
編集長－太田鉄平
発行者－梶本雄介
発行所－株式会社アルファポリス
　〒150-6008東京都渋谷区恵比寿4-20-3恵比寿ガーデンプレイスタワー8F
　TEL 03-6277-1601（営業） 03-6277-1602（編集）
　URL https://www.alphapolis.co.jp/
発売元－株式会社星雲社（共同出版社・流通責任出版社）
　〒112-0005東京都文京区水道1-3-30
　TEL 03-3868-3275
装丁・本文イラスト－NAJI柳田
装丁デザイン－ansyyqdesign
印刷－中央精版印刷株式会社

価格はカバーに表示されてあります。

落丁乱丁の場合はアルファポリスまでご連絡ください。

送料は小社負担でお取り替えします。


ISBN978-4-434-31898-6 C0193